Sur l'auteur

Kristen Roupenian est diplômée du Barnard College et de Harvard où elle a décroché un PhD en littérature. Elle est l'auteur de la nouvelle « Cat Person » (« Un mec à chats »), publiée dans *The New Yorker* en décembre 2017, et qui devint immédiatement l'un des textes les plus lus sur le site du journal, et sélectionnée dans l'ouvrage collectif *The Best American Nonrequired Reading 2018. Avoue que t'en meurs d'envie* est son premier recueil de nouvelles.

KRISTEN ROUPENIAN

AVOUE QUE T'EN MEURS D'ENVIE

« Cat Person » et autres nouvelles

Traduit de l'anglais (États-Unis)
par Marguerite Capelle

10/18

NIL ÉDITIONS

Titre original :
You Know You Want This

© Kristen Roupenian, 2019.
© NiL éditions, Paris, 2019, pour la traduction française.
ISBN : 978-2-264-07522-2
Dépôt légal : août 2020

Un grand merci aux revues qui ont été les premières à publier certaines de ces nouvelles, y compris dans de premières versions : « Vilain » (« Bad Boy ») est parue dans *Body Parts Magazine*, « Un mec à chats (*Cat Person*) » dans *The New Yorker*, « Sacrifice » (« Don't Be Scarred ») dans *Writer's Digest*, et « Course nocturne » (« The Night Runner ») dans *Colorado Review*. Merci également à la fondation Hopwood pour le soutien apporté à « Course nocturne » et au « Signe de la boîte d'allumettes » (« The Matchbox Sign »).

Pour ma mère,
Carol Roupenian,
qui m'a appris à aimer
ce qui me fait peur

Vilain...	13
Fais gaffe à ce petit jeu, ma belle..................	29
Les sardines	49
Course nocturne......................................	75
Le miroir, le seau et le vieux fémur	99
Un mec à chats (*Cat Person*)........................	119
Un mec bien	151
Le garçon dans la piscine...........................	219
Sacrifice	249
Le signe de la boîte d'allumettes...................	267
Pulsion de mort.......................................	295
À pleines dents	317

VILAIN

Notre ami est venu à la maison l'autre soir. Son horrible copine et lui avaient enfin fini par rompre. C'était sa troisième rupture avec cette fille, mais il soutenait que cette fois c'était la bonne. Il a fait les cent pas dans notre cuisine, passant en revue les dix mille petites humiliations et tourments qui avaient marqué leurs six mois de relation, tandis que nous nous affairions avec des cris apitoyés et nous composions des figures pleines de compassion. Quand il est allé aux toilettes pour se reprendre, on s'est affalés l'un contre l'autre en levant les yeux au ciel, chacun faisant mine de s'étrangler et de se tirer une balle dans le crâne. Je ne sais plus lequel a fait remarquer qu'écouter notre ami se lamenter sur les détails de sa rupture, c'était comme écouter un alcoolique pleurnicher sur sa gueule de bois : certes, la souffrance était indéniable, mais bon sang, c'était vraiment dur d'éprouver de la compassion pour quelqu'un d'aussi à côté de la plaque sur les causes de ses propres problèmes. Combien de temps, on s'est demandé, notre ami allait-il continuer à sortir avec des personnes horribles, pour ensuite faire mine d'être surpris quand elles le traitaient de façon horrible ? Puis il est sorti de la salle de bains et nous lui avons préparé son quatrième cocktail de la soirée, et lui avons dit qu'il était trop bourré pour rentrer en voiture, mais qu'il pouvait rester dormir sur le canapé.

Cette nuit-là, au lit tous les deux, on a parlé de notre ami. Ça nous faisait râler : notre appartement était trop petit, on ne pouvait pas coucher ensemble sans qu'il entende. On devrait peut-être le faire quand même, nous nous sommes dit : ce sera ce qu'il aura vécu de plus proche d'une partie de jambes en l'air depuis des mois. (La privation de sexe avait été l'une des stratégies de manipulation de l'horrible copine.) Peut-être que ça lui plairait.

Le lendemain matin, quand on s'est levés pour aller au travail, notre ami était toujours endormi, la chemise à moitié déboutonnée. Il gisait au milieu d'un tas de canettes de bière écrasées, et avait manifestement continué à boire tout seul longtemps après que nous étions allés nous coucher. Il avait l'air tellement pathétique, étendu là, qu'on s'est sentis coupables de s'être moqués de lui aussi méchamment la veille au soir. On a préparé plus de café, on lui a fait prendre un petit déjeuner, et on lui a annoncé qu'il pouvait rester à la maison aussi longtemps qu'il le voulait – ce qui ne nous a pas empêchés d'être surpris de le retrouver sur le canapé à notre retour.

On l'a poussé à se lever et à aller prendre une douche, puis on l'a emmené dîner au resto, en lui interdisant de parler de la rupture. Par contre, nous nous sommes montrés charmants. Nous avons ri à toutes ses blagues, commandé une deuxième bouteille de vin et lui avons donné des conseils de vie. Tu mérites quelqu'un qui te rende heureux, on a dit. Une relation saine, avec quelqu'un qui t'aime, on a ajouté en échangeant un regard satisfait, avant de concentrer toute la force de notre attention sur lui. Il ressemblait à un petit chien triste avide de gentillesse et d'encouragements, et c'était agréable de le voir boire nos paroles comme du petit-lait. Ça donnait envie de caresser sa petite tête duveteuse, de le gratter derrière les oreilles et de le regarder frétiller.

Après avoir quitté le restaurant, on s'amusait tellement qu'on a invité notre ami à monter à l'appartement. Une fois là-haut, il a demandé s'il pouvait à nouveau rester dormir et, en l'asticotant un peu, il a fini par admettre qu'il ne se sentait pas bien tout seul dans son propre appartement en ce moment, parce qu'être à la maison lui rappelait l'horrible copine. Bien sûr, tu peux rester autant que tu veux, on a répondu, on a un canapé-lit, il est là pour ça. Mais, dans son dos, on a échangé un regard, car malgré toute notre envie d'être sympas avec lui, pas question de supporter une deuxième nuit sans sexe – d'abord, on était bourrés et, ensuite, jouer cette comédie de charme toute la soirée nous avait un peu émoustillés. Nous sommes donc allés au lit, et rien que notre façon de lui dire bonne nuit annonçait sans doute clairement notre intention de baiser. Au début, on a essayé de ne pas faire trop de bruit, mais très vite on s'est dit que tous ces efforts pour rester discrets tout en finissant par glousser et échanger des *chut* attireraient sans doute plus l'attention sur ce qui nous occupait que de le faire tout simplement normalement, alors on a fait ce qu'on voulait, et il fallait bien admettre que l'idée qu'il était là dans le noir, en train de nous écouter, nous plaisait pas mal.

Le lendemain matin, on était un peu gênés, mais on s'est dit que bon, c'était peut-être ce qu'il lui fallait pour le pousser à quitter le nid et regagner son propre appartement, et que ça pourrait même le motiver à se trouver une copine qui couche avec lui un peu plus souvent qu'une fois tous les deux mois. Mais, cet après-midi-là, il nous a envoyé un texto pour nous demander ce qu'on faisait le soir même, et bientôt il dormait à la maison pratiquement tous les soirs de la semaine.

On lui faisait à dîner, et puis on allait quelque part tous les trois, nous deux à l'avant de la voiture, lui toujours sur la banquette arrière. On plaisantait sur l'idée de lui donner de l'argent de poche, sur les corvées domestiques aussi. On blaguait en disant qu'il serait judicieux de modifier nos forfaits de téléphone pour l'inclure dans l'abonnement famille, puisqu'on passait tous tellement de temps ensemble. Et puis, ça nous permettrait de mieux l'avoir à l'œil et de l'empêcher d'envoyer des textos à l'horrible ex-copine, parce que même s'ils avaient rompu ils étaient toujours en contact, et il passait son temps sur son téléphone. Il promettait d'arrêter, jurait qu'il savait que ça lui faisait du mal, mais il craquait très vite et se remettait derechef à lui envoyer des textos. La plupart du temps, pourtant, ça nous plaisait bien de passer du temps avec lui. On aimait bien être aux petits soins, s'occuper de lui et le réprimander quand il faisait des choses irresponsables, comme envoyer des textos à l'horrible ex-copine ou ne pas aller au boulot parce qu'il s'était couché trop tard la veille.

Nous, on continuait à coucher ensemble alors même qu'il vivait dans l'appartement avec nous. En fait, le sexe n'avait jamais été aussi génial. C'est devenu le noyau d'un fantasme qu'on partageait, l'imaginant là-dehors, l'oreille pressée contre le mur, tout tourneboulé par la jalousie, l'excitation et la honte. On ne savait pas si c'était vrai – peut-être se mettait-il un oreiller sur la tête et essayait-il de nous ignorer ; peut-être nos murs étaient-ils mieux insonorisés que nous ne le pensions – mais on faisait comme si, entre nous, et on se mettait au défi de sortir de la chambre encore tout rouges et haletants, pour aller chercher de l'eau dans le frigo et voir s'il était réveillé. S'il l'était (et il l'était toujours), on échangeait quelques mots avec lui comme si de rien n'était, avant de nous précipiter au lit pour en rire et baiser à nouveau, avec encore plus d'urgence que la première fois.

Ce jeu nous procurait une telle excitation que nous avons commencé à augmenter l'enjeu, en sortant à moitié nus ou enveloppés dans une serviette, en laissant la porte légèrement entrouverte, voire un peu plus. Le lendemain matin d'une nuit particulièrement bruyante, on le titillait en lui demandant s'il avait bien dormi, ou de quoi il avait rêvé, et il fixait le sol en répondant : je ne me souviens pas.

L'idée qu'il puisse avoir envie de nous rejoindre au lit n'était qu'un fantasme, mais bizarrement, au bout de quelque temps, l'air de fausse pudeur de notre ami a commencé à nous agacer un peu. On savait que s'il devait se passer quelque chose, ce serait à nous de faire le premier pas. Déjà, on était en supériorité numérique, ensuite, c'était notre appartement, et, troisièmement, c'était comme ça que les choses fonctionnaient entre nous : on le menait à la baguette et il faisait ce qu'on lui demandait. Mais tout de même, nous nous sommes laissés aller à nous montrer irritables avec lui, à nous en prendre un peu à lui, à lui reprocher nos frustrations et à le taquiner un peu plus cruellement qu'auparavant.

Quand est-ce que tu vas te trouver une nouvelle copine ? on lui demandait. Bon sang, ça fait tellement longtemps pour toi, ça doit te rendre dingue, tu ne te tripotes pas sur notre canapé, hein ? T'as pas intérêt à te tripoter sur notre canapé. Avant d'aller au lit, on restait plantés les bras croisés comme si on était en colère après lui : t'as intérêt à bien te tenir, c'est un beau canapé, on ne veut pas voir de taches dessus demain matin. Il nous arrivait même de faire indirectement allusion à cette blague devant d'autres gens, devant les jolies filles. Raconte-lui, on disait. Raconte-lui le canapé et à quel point tu l'adores, hein que tu l'adores ? Et il ne savait plus où se mettre, opinait et disait : ouais, c'est vrai.

Puis il y a eu une nuit où nous avons tous fini bourrés, vraiment bourrés, et on a poussé la blague encore plus loin, insistant pour le faire avouer : allez, t'es tout le temps en train de le faire, pas vrai, t'es là à devenir dingue, à nous écouter, espèce de pervers, tu crois qu'on ne le sait pas ? Et puis on s'est figés un instant parce que c'était la première fois qu'on admettait à voix haute avoir conscience qu'il pouvait nous entendre, alors que ce n'était pas vraiment notre intention de lâcher le morceau. Il n'a rien répondu, cependant, alors on s'est encore plus acharnés sur lui : on t'entend, on disait, en agitant nos bières dans sa direction, on t'entend qui respires lourdement et le canapé qui couine, t'es probablement à la porte la moitié du temps, à nous regarder, enfin bon, c'est pas grave, on s'en fiche, on sait que t'es désespéré, mais bon sang, arrête de mentir, s'il te plaît. Puis nous avons ri, trop fort, et bu une autre tournée de shots, et puis une nouvelle blague a été lancée, et la blague était que, puisqu'il nous avait déjà regardés des dizaines de fois, ce ne serait que justice de nous permettre de le regarder, lui. Il devrait nous montrer, il devrait nous montrer ce qu'il faisait sur ce canapé, *notre* canapé, quand nous avions le dos tourné. Pendant ce qui nous a paru des heures, on s'est moqués de lui, on l'a provoqué, asticoté, et son trouble grandissait mais il n'est pas parti, il est resté cloué à sa place sur notre canapé, et quand enfin il a commencé à baisser la braguette de son jean, la bouffée d'excitation qu'on a ressentie ne ressemblait à aucune autre. On l'a regardé aussi longtemps qu'on a pu le supporter, et puis on a titubé jusqu'à notre chambre et on l'a fait avec la porte ouverte, mais sans l'inviter à s'approcher davantage, cette première fois : on voulait qu'il nous regarde de l'extérieur, qu'il nous épie par la porte.

La matinée du lendemain a été un moment délicat, mais nous l'avons surmonté en proclamant à quel point nous étions bourrés, bon sang, complètement H.S. Il est parti après le petit déjeuner et a disparu pendant trois jours, mais le quatrième soir, nous lui avons envoyé un texto et sommes tous allés voir un film, et le cinquième soir il est venu à la maison. On n'a pas mentionné la blague, ni ce qui s'était passé entre nous, pourtant le seul fait de nous retrouver à picoler tous les trois ressemblait à une façon d'admettre que ça allait se reproduire. Nous avons bu sans discontinuer, avec application, et chaque heure qui passait augmentait la tension, mais aussi notre certitude qu'il était d'accord, jusqu'à ce qu'on finisse par dire :

Va dans notre chambre et attends-nous. Quand il s'est exécuté, on a pris tout notre temps pour finir nos verres, en les savourant, avant de les poser et d'aller le rejoindre.

On a inventé des règles sur ce qu'il avait le droit de faire ou non, le droit de toucher ou non. La plupart du temps, il ne pouvait rien faire du tout : la plupart du temps, il regardait, et parfois il n'avait même pas le droit de faire ça. Nous étions des tyrans : ce qui nous procurait le plus de plaisir c'était d'inventer les règles, puis de les changer et d'observer sa réaction. Au début, ce qui se passait pendant ces nuits était une chose étrange, inexprimée, une bulle accrochée en équilibre instable aux frontières de la vraie vie. Puis, environ une semaine après que cela avait commencé, on a inventé la première règle qu'il devrait suivre pendant la journée, et soudain le monde s'ouvrait en grand et débordait de possibilités. Au départ, les choses que nous lui disions de faire étaient les mêmes que depuis le début : se lever, prendre une douche, se raser, arrêter d'envoyer des textos à cette horrible fille. Mais à présent, chaque instruction s'accompagnait d'un crépitement électrique, un chatoiement dans l'air. On en a ajouté d'autres : il devait aller faire du shopping et s'acheter de plus beaux vêtements, choisis par nous. Il devait se faire couper les cheveux. Il devait nous préparer le petit déjeuner. Il devait nettoyer le coin autour du canapé où il dormait. Nous lui avons fait un planning, que nous avons découpé en créneaux de plus en plus étroits, jusqu'à ce qu'il dorme, mange, pisse uniquement quand nous lui autorisions. Ça semble cruel, dit comme ça, et c'était peut-être le cas, mais il a cédé sans se plaindre, et pendant un temps, il s'est épanoui sous nos soins.

Vilain

On adorait ça, son empressement à nous plaire, et puis, petit à petit, ça a commencé à nous agacer. Sexuellement, c'était frustrant, cette obéissance instinctive et infaillible : dès qu'on a adopté ce nouveau fonctionnement, il n'y avait plus trace des frictions et de l'incertitude de cette première nuit grisante. Rapidement, les taquineries ont recommencé : les blagues sur le fait que nous étions de véritables parents pour lui, qu'il était puéril, sur ce qu'il avait ou non le droit de faire sur le canapé. On a commencé à inventer des règles impossibles à suivre, et à instituer des petites punitions quand il les enfreignait : vilain, on l'asticotait, regarde ce que t'as fait. Ça nous a occupés un moment. On était d'une créativité diabolique pour les punitions, et puis elles ont commencé à dégénérer elles aussi.

Nous l'avons surpris en train d'envoyer des textos à cette horrible fille, et avons découvert en confisquant son téléphone qu'il avait continué à lui parler tout ce temps-là, alors qu'il nous avait promis – juré ! – que c'était fini entre eux. Il n'y avait rien d'amusant dans la colère, le sentiment de trahison personnelle que nous avons ressenti alors. On l'a fait asseoir à la table, face à nous. Écoute, on a dit, tu n'es pas obligé de rester avec nous, on ne te force pas à rester, rentre chez toi si tu veux, on s'en fout totalement.

Je suis désolé, a-t-il répondu, je sais qu'elle me fait du mal, c'est pas ce que je veux. Il pleurait. Je suis désolé, a-t-il répété, ne m'obligez pas à partir, s'il vous plaît. D'accord, on a répondu, mais ce qu'on a fait de lui ce soir-là allait trop loin, même pour nous, et le lendemain nous étions dégoûtés de nous-mêmes et avions un peu la nausée en le voyant. On lui a dit de rentrer chez lui, et qu'on lui ferait signe quand on aurait à nouveau envie de lui parler. Dès son départ, pourtant, nous sommes tombés dans un ennui terrible, à peine supportable. On a serré les dents pendant deux jours, mais sans son regard posé sur nous, on se sentait si éteints et si désœuvrés que c'était presque comme ne pas exister. On a passé l'essentiel de notre temps à parler de lui, à faire des hypothèses sur ce qui clochait chez lui, sur tout ce qu'il y avait d'abîmé en lui, et puis on s'est promis que s'il fallait faire « ça », quel que soit ce « ça », on allait le faire de manière respectable, avec des conseils de famille, des mots codés pour dire stop et des réunions polyamoureuses. Et le troisième jour, on lui a dit de revenir. Nous étions pleins de bonnes intentions, sauf que tout le monde était si affreusement poli et mal à l'aise qu'à la fin, la seule manière de relâcher la tension a été d'aller dans la chambre pour rejouer toutes les choses qui nous avaient tellement dégoutés trois jours auparavant.

Après ça, tout ce qu'on a fait c'est devenir de pire en pire. Il était comme un truc glissant qu'on tenait dans nos poings, et plus on serrait fort, plus il nous moussait entre les doigts. On chassait quelque chose en lui qui nous révulsait, mais dont l'odeur faisait de nous des chiens enragés. On faisait des expériences – avec de la douleur et des bleus, des chaînes et des accessoires – et puis on s'effondrait dans un enchevêtrement de membres moites, emmêlés tous les trois comme les déchets qui s'échouent sur la plage après une tempête. Il y avait une sorte de paix dans ces moments-là, dans la chambre redevenue silencieuse à l'exception de nos souffles dont le rythme ralentissait et se chevauchait. Mais alors, on le bannissait pour pouvoir rester seuls, et il ne se passait pas longtemps avant que le besoin de le mettre en pièces ne recommence à monter en nous. Peu importait ce qu'on faisait, il ne nous arrêtait jamais. Peu importait ce qu'on lui demandait, il ne disait jamais, jamais non. Pour nous protéger, nous l'avons rejeté aussi loin que possible dans un recoin de nos vies. Nous avons cessé de sortir avec lui, cessé de dîner avec lui, cessé de lui parler. Nous ne répondions pas à ses appels et ne le convoquions que pour le sexe, des séances brutales de trois, quatre ou cinq heures, avant de le renvoyer à nouveau chez lui. Nous exigions qu'il soit à notre disposition, en permanence, et le renvoyions dans un sens et dans l'autre comme un yo-yo : va-t'en, viens, viens, va-t'en. Tous nos autres amis n'avaient plus de nos nouvelles depuis des lustres. Le travail était un endroit où nous allions pour comater et faire une sieste. Quand il n'était pas à la maison, on se regardait fixement l'un l'autre, complètement vidés, tandis que le même film pornographique éculé tournait en boucle dans nos têtes. Jusqu'au jour où il a cessé de répondre sur-le-champ à nos textos. D'abord, c'était un délai de cinq minutes, puis dix, puis une heure, et puis enfin : *Je suis pas sûr de pouvoir faire ça ce soir, désolé, je me sens vraiment paumé en ce moment.*

C'est là que nous avons pété les plombs. On a complètement pété les plombs, putain. On s'est déchaînés dans l'appartement en sanglotant et en brisant des verres, et on a hurlé : *Mais il croit quoi putain de merde il peut pas nous faire ça.* Nous ne pouvions pas revenir à notre vie d'avant, tous les deux, au sexe insipide à la papa, dans la chambre avec personne pour regarder, plus rien à ronger ni à lacérer, à part nous. On s'est mis dans un

Avoue que t'en meurs d'envie

état de rage et on l'a appelé vingt fois, mais il n'a pas décroché, et on a fini par prendre une décision : non, ça n'est pas acceptable, on y va, il ne peut pas nous échapper, on va découvrir ce qui se passe bordel. On était furieux pourtant, mêlée à la colère, il y avait une sorte d'excitation à l'idée d'en découdre, presque un frisson de chasseur : savoir que quelque chose d'explosif et d'irrévocable était sur le point de se produire.

On a vu sa voiture garée devant son immeuble, et la lumière était allumée dans sa chambre. Depuis la rue on l'a appelé à nouveau, mais à nouveau il n'a pas répondu, et puisqu'on avait un double de sa clé depuis l'époque où on arrosait les plantes et récupérait le courrier les uns des autres, on est entrés.

Ils étaient là, dans la chambre, notre ami et l'horrible fille. Ils étaient nus, et il était sur elle, en train de la sauter. Ça avait l'air si ridiculement simple, après tout ce qu'on avait traversé, que notre première réaction a été de rire.

Elle nous a vus avant lui et a émis un petit glapissement de surprise. Il a roulé sur le côté et sa bouche s'est ouverte, sauf qu'aucun son n'en est sorti. La terreur affichée sur son visage nous a un peu apaisés, mais c'était une goutte d'eau sur un incendie. La copine a essayé tant bien que mal de se couvrir, et ses bêlements choqués se sont mués en un torrent d'accusations. Qu'est-ce que vous faites, putain, hurlait-elle d'une voix perçante, c'est quoi ce bordel, qu'est-ce que vous foutez là, vous êtes complètement tordus tous les deux, il m'a tout raconté, les trucs que vous faites, c'est vraiment dégueulasse, barrez-vous, putain, vous n'avez rien à foutre là, espèces de tarés, allez-vous-en, allez-vous-en, allez-vous-en.

Vilain

Ferme-la, on a dit, mais elle nous ignorait.

S'il te plaît, la suppliait notre ami. S'il te plaît, arrête. J'arrive pas à réfléchir. S'il te plaît.

Elle refusait de s'arrêter. Elle continuait à parler, à dire des trucs sur lui, sur nous, sur tout ce qui s'était passé. Tout ce temps-là, il nous parlait d'elle, mais il lui avait parlé de nous : et maintenant elle savait tout, même les choses dont on avait trop honte pour pouvoir en parler, même entre nous. On pensait avoir mis à nu la moindre parcelle de son être, et pourtant il nous avait menti, il nous avait caché ça, tout ce temps, et en fin de compte c'était nous qui nous retrouvions mis à nu.

Fais-la taire, on a hurlé, sentant une sorte de panique nous gagner ; oblige-la à arrêter de dire ça, fais qu'elle la ferme, qu'elle la ferme tout de suite. Nous avons serré les poings et l'avons fixé jusqu'à faire plier son regard, il s'est alors mis à trembler, les yeux embués, et soudain toute la colère qui nous avait embrasés s'est consumée, et il y a eu comme un déclic.

Oblige-la à se taire, avons-nous répété…

Et il l'a fait.

Il lui est tombé dessus avec tout le poids de son corps, et ils ont lutté, se sont débattus, griffés, jusqu'à ce que le lit tangue et que la lampe de chevet bringuebale sur sa table, et puis ils se sont immobilisés, ont trouvé un point d'équilibre, la poitrine de notre ami contre le dos de sa copine, son bras serré autour de son cou, le visage de la fille enfoui dans le matelas.

Bien, on a dit. Maintenant vas-y. Continue ce que t'étais en train de faire. Ne t'interromps pas pour nous. T'en as envie, pas vrai ? Avoue que t'en meurs d'envie. Alors vas-y. Termine ça. Termine ce que t'as commencé.

Il a avalé sa salive, les yeux baissés sur l'horrible fille sous son corps, qui avait cessé de lutter et était désormais immobile, ses cheveux formant un nid d'or emmêlé.

Je vous en prie, ne m'obligez pas, a-t-il dit.

Enfin... ce petit nœud de résistance. Mais c'était décevant, en fin de compte, parce qu'il était tellement abject, couché là, si petit, alors que nous, on remplissait le monde entier. On aurait pu partir à ce moment-là, car on avait trouvé, on se savait capables de briser ça, de le briser lui... mais on ne l'a pas fait. On est restés, et il a fait ce que nous lui disions de faire. Bientôt, la peau de l'horrible fille était aussi blanche qu'un parchemin, à l'exception de l'ecchymose marbrée en travers de ses cuisses. Elle ne bougeait plus que quand lui la déplaçait, et le nœud serré de sa main s'est relâché, et ses doigts pâles se sont dépliés. Pourtant il a continué ; tandis que la chambre s'assombrissait puis que la lumière revenait à nouveau, et que l'air se chargeait d'odeurs, on l'a forcé à rester, et il a fait ce qu'on lui disait de faire. Quand on a fini par lui dire d'arrêter, les yeux de la fille étaient des billes bleues, et ses lèvres desséchées s'étaient rétractées en dévoilant ses dents. Il a roulé pour s'en détacher, gémi et essayé de se tenir loin d'elle, loin de nous, mais on a posé nos mains sur ses épaules, lissé ses cheveux trempés de sueur, essuyé les larmes sur ses joues. On l'a embrassé, on a passé ses bras autour d'elle et écrasé son visage sur celui de la fille. Vilain, on a dit doucement en le quittant.

Regarde ce que t'as fait.

FAIS GAFFE À CE PETIT JEU, MA BELLE

Jessica avait douze ans en septembre 1993 – vingt-quatre ans après les meurtres de la « Famille » Manson, cinq ans après la mort de Hillel Slovak d'une overdose d'héroïne, sept mois avant que Kurt Cobain ne se tire une balle dans le crâne, et trois semaines avant qu'un homme armé d'un couteau ne kidnappe Polly Klaas lors d'une soirée pyjama à Petaluma, en Californie.

La famille de Jessica avait déménagé de San Jose, où elle était la fille la plus populaire de sa classe de sixième, pour s'installer à Santa Rosa, où elle gravitait inconfortablement entre plusieurs groupes d'amis : ses copines populaires, qui la négligeaient, ses copines de l'orchestre, qui étaient sympas mais ennuyeuses, et celles qu'elle considérait secrètement comme ses copines mauvaises, qui étaient les plus intéressantes, mais aussi les plus vachardes, et dont les blagues lui labouraient la peau comme de minuscules griffes. Elle ne pouvait voir les méchantes qu'à petites doses, des moments palpitants qui très vite l'épuisaient et la laissaient endolorie, obligée de battre en retraite dans l'univers confortable de ses copines de l'orchestre pour récupérer.

La famille de Jessica vivait dans une demeure victorienne jaune vif de Lomita Heights, et tous les jours elle rentrait de son entraînement de hockey sur gazon, vidait ses livres de classe sur son lit pour remplir à nouveau son sac à dos avec son Discman, la pochette noire contenant ses CD, les livres qu'elle avait empruntés à la bibliothèque, et une pomme et trois tranches de fromage en guise d'en-cas. Puis elle courait le long des trois pâtés de maisons qui séparaient la sienne du parc où traînaient les skateurs. Là-bas, elle s'asseyait au pied du toboggan en colimaçon et choisissait la musique qu'elle avait envie d'écouter et les livres qu'elle avait envie de lire. Elle possédait dix-sept CD mais n'en écoutait que trois : *Blood Sugar Sex Magik*, *Use Your Illusion I*, et *Nevermind*. Les livres étaient pour la plupart des éditions de poche au dos cassé provenant des rayonnages de science-fiction et de fantasy, des histoires de garçons qui découvraient leurs pouvoirs.

Les skateurs du parc étaient plus âgés qu'elle, treize ou quatorze ans peut-être, ils s'interpellaient à grands cris et descendaient la rampe en béton sur leurs planches, dans un affreux bruit de raclement. Parfois ils soulevaient leur tee-shirt pour essuyer leur visage en sueur, révélant un bref instant un ventre brun et plat, et, de temps à autre, il y en avait un qui plantait sa planche sur la rampe et partait en vol plané avec atterrissage sur les mains et les genoux, laissant un quatuor de traces rouge vif sur le revêtement. Aucun ne lui adressait jamais la parole. Elle les regardait pendant une heure, écoutait sa musique, faisait semblant de lire son bouquin, et rentrait à la maison.

Fais gaffe à ce petit jeu, ma belle

La première fois qu'elle le vit, elle était en train d'ouvrir un nouveau CD des Guns N' Roses. Elle venait de faire glisser son ongle le long de l'enveloppe en cellophane, et s'apprêtait à déchirer le plastique avec ses dents, quand elle s'aperçut qu'il la fixait depuis l'extrémité opposée du terrain de jeux. Elle pensa que c'était un des skateurs. Il faisait à peu près leur taille, avec la même silhouette, mince et souple comme une anguille, mais ses cheveux étaient plus longs et lui tombaient en dessous des épaules, et, quand il fit un pas de côté et cessa d'être une silhouette à contre-jour dans le soleil de la fin d'après-midi, elle réalisa qu'il avait au moins la vingtaine : un homme jeune, mais adulte. Lorsqu'il vit qu'elle le regardait, il lui fit un clin d'œil, pointa son pouce et son index sur elle comme une arme, et tira.

Trois jours plus tard, elle était en train d'écouter son nouvel album quand l'homme apparut, comme sorti de nulle part, et s'assit en tailleur sur le gravier devant son toboggan. « Hé, ma belle, dit-il, t'écoutes quoi ? » Elle était trop surprise pour répondre, alors elle ouvrit son lecteur de CD et lui montra le disque.

« Oh, bien joué. Il te plaît, ce mec ? »

Il aurait dû dire : *Ils te plaisent, ces mecs*, parce que les Guns N' Roses étaient un groupe, pas un chanteur tout seul, mais elle fit oui de la tête.

Les yeux de l'homme étaient dépourvus d'expression, bleus ; ils disparurent dans les plis de son visage quand il éclata de rire. « Ouais, dit-il. Ça m'étonne pas. »

Sa façon de le dire lui donna l'impression que peut-être il savait vraiment – pas l'effet que lui faisait le groupe, mais l'effet que lui faisait Axl : la manière dont ses tee-shirts déchirés moulaient ses épaules, et son rideau soyeux de cheveux roux aux reflets dorés.

« Il a une jolie voix », fit-elle.

L'homme fronça les sourcils pour y réfléchir. « Ça, c'est vrai », répondit-il.

Puis il demanda :

« L'album est comment ?

— Pas mal. Ce sont surtout des reprises de chansons d'autres gens.

— Et c'est pas une bonne idée, selon toi ? »

Elle haussa les épaules. Il avait l'air d'en attendre davantage, mais elle n'avait rien à ajouter. Elle ouvrit la bouche pour dire quelque chose du genre : *T'es pas un peux vieux pour me parler*, ou *C'est un endroit pour les gamins ici, t'es pas au courant ?* mais au lieu de ça, elle s'entendit dire :

« Il y a une piste cachée dessus.

— Ah bon ? répondit-il en levant les sourcils.

— Ouais. »

Elle attendit qu'il lui demande s'il pouvait l'écouter, ou même ce qu'était une piste cachée, mais il n'en fit rien. Il se contenta de rester assis là, et elle eut l'impression d'être une idiote. Elle remit son casque, passa à la dernière chanson et fit défiler le silence en accéléré jusqu'à ce que le son reprenne. Elle lui proposa le casque, et il hocha la tête. Quand elle le lui passa, l'homme effleura ses doigts du bout des siens. Elle retira sa main d'un geste vif, comme si elle avait reçu un choc électrique, et il lui adressa un petit sourire triste. Il tira sur le casque pour le presser contre ses oreilles et les écouteurs disparurent dans ses cheveux emmêlés.

« T'es prêt ? demanda-t-elle.
— Vas-y, balance. »
Elle appuya sur *play*. Il ferma les yeux, arrondit les mains sur les écouteurs, et commença à se balancer. Il se léchait les lèvres et faisait mine d'articuler les paroles, bougeant ses doigts dans le vide comme s'il plaquait des accords sur le manche d'une guitare. Il était tellement à fond dans la musique que c'en était gênant, et au bout d'un moment elle s'aperçut qu'elle était incapable de regarder son visage, alors elle regarda ses pieds. Il n'avait pas de chaussures, et les replis tendres entre ses orteils étaient incrustés de saleté. Ses ongles étaient jaunes et longs.

Quand la chanson fut terminée, il lui repassa le casque, tapota deux fois sur son Discman et dit : « Je préfère l'originale. »

Il la regardait en disant ça, et comme elle ne répondait pas, il bondit.

« Tu vois de quoi je parle, hein ?
— C'est pas sur la pochette, reconnut-elle.
— Tu veux dire que tu ne l'as jamais entendue ? La version originale de cette chanson ? »

Elle secoua la tête.

« Oh, ma belle, lâcha-t-il, traînant sur ce dernier mot. Oh, ma belle, tu loupes un truc. »

Elle commença à rassembler ses affaires.

« Te fâche pas, dit-il.
— Je suis pas fâchée.
— Je crois que si. Je crois que t'es fâchée contre moi.
— Mais non. Je dois y aller.
— Vas-y, vas-y, fit-il en agitant les mains dans sa direction. Je suis désolé de t'avoir mise en colère.

Je me rattraperai, promis. La prochaine fois que je te vois, je t'apporterai un cadeau.

— Je ne veux pas de cadeau.

— Tu voudras bien de celui-là », dit-il.

Elle ne le revit pas de tout le reste de la semaine. Le week-end, elle alla chez Courtney, une de ses vilaines copines, et but pour la première fois trois gorgées brûlantes de vodka orange qui lui laissèrent une insupportable sensation de pesanteur dans les membres. Le mercredi suivant, il réapparut, avec quelque chose dans la main.

« J'ai un cadeau pour toi, annonça-t-il.

— J'en veux pas. »

Il hocha la tête, comme si sa grossièreté lui faisait plaisir. Il ouvrit la main pour lui montrer qu'il tenait une cassette. À travers le boîtier en plastique transparent, elle distinguait une playlist écrite à la main, avec une encre noire et compacte.

« Je peux pas écouter ça, dit-elle. J'ai pas de lecteur de cassette.

— Pas ici, répondit-il, mais peut-être chez toi ?

— Pas chez moi non plus.

— Je t'en apporterai un, alors. »

Son tee-shirt était plus sale que la fois précédente, et il avait tiré ses cheveux en arrière pour former une queue-de-cheval négligée, attachée par un lacet de chaussure marron en piteux état. Elle se demanda où il avait trouvé le lacet, puisqu'il ne portait pas de chaussures. Il était peut-être SDF.

« Ne fais pas ça, dit-elle. Ne m'apporte rien. »

Il rit. Ses yeux étaient très, très bleus.

« Je te l'apporterai demain », répondit-il.

Elle songea à rester chez elle, mais se dit : pourquoi est-ce que je devrais, c'est aussi mon parc. En plus, le parc était très fréquenté dans la journée : s'il tentait quoi que ce soit, elle crierait à l'aide et tous les skateurs viendraient à son secours. Elle ne pensait pas qu'il allait tenter quoi que ce soit, pas vraiment. Alors elle y alla, mais bien qu'elle soit restée sur le toboggan pratiquement jusqu'à dix-huit heures trente, il ne se montra pas.

Une autre semaine passa avant qu'il ne revienne la voir. « Désolé, fit-il. Je t'ai dit que je te trouverais un lecteur de cassette, mais ça m'a pris plus longtemps que je ne pensais. » Il tenait un Walkman jaune tout cabossé qui avait l'air d'avoir été récupéré dans une poubelle. La plupart des boutons en caoutchouc manquaient, et le coin inférieur avait été trempé dans quelque chose de rouge et de collant.

« J'ai pas du tout envie d'écouter un truc avec ça, dit-elle. C'est dégoûtant. »

Il se rassit devant le toboggan de Jessica.

« Je vais avoir besoin d'emprunter ton casque, reprit-il. J'ai pas réussi à en trouver un.

— Mais t'es qui ? demanda-t-elle. Pourquoi tu viens me parler ? »

Il afficha un large sourire. Il avait les dents blanches et bien alignées.

« *Toi*, t'es qui ? Pourquoi est-ce que tu me parles à *moi* ? »

Elle leva les yeux au ciel. Son casque était sur ses genoux, il le prit et le brancha sur le Walkman. Il plongea la main dans sa poche pour en tirer la cassette que Jessica avait refusé de prendre la semaine précédente, puis ouvrit le boîtier et la glissa dans l'appareil.

« T'es prête ?

— Non. Je te l'ai dit, j'ai pas envie d'écouter ta cassette à la noix.

— Mais si. Tu ne le sais pas encore, c'est tout. » Il leva les mains et glissa les écouteurs sur ses oreilles. Elle sentait son odeur corporelle, un mélange de fumée de cigarette, de sueur et d'haleine fétide. Elle allait arracher le casque quand elle entendit un grésillement poussiéreux, comme les parasites au début d'un disque, et puis un homme qui chantait, accompagné par les accords bruts d'une guitare acoustique. Sa voix était haut perchée, mélancolique et sonnait très légèrement faux. Cela lui rappela ce qu'elle avait ressenti après avoir bu la vodka, comme si une planète entière pesait sur elle et la clouait au sol.

Quand la chanson s'acheva, elle ôta brusquement les écouteurs et les laissa pendre autour de son cou.

« C'était toi ? C'était toi qui chantais ? »

L'homme avait l'air ravi.

« Ma belle, c'est pas moi, ça. C'est Charlie.

— Qui ?

— Charlie. Charles Manson. Tu connais pas Charlie ?

— C'est un chanteur ?

— C'était. Juste avant qu'il n'assassine un tas de gens, là-bas à Benedict Canyon. »

Elle lui lança un regard furieux.

« T'essaies de me faire peur ?

— Jamais, répondit-il en posant les mains sur les épaules de Jessica. Charlie était chanteur, et il aurait pu devenir une star. Toutes les filles l'adoraient. Elles l'aimaient même encore plus que tu n'aimes Axl, et lui aussi les aimait tout autant. Elles le suivaient partout, Mary, Susan, Linda et les autres. Mais après ils ont tué cette femme et son bébé, et un tas d'autres gens, et maintenant il est en taule et elles aussi sont en taule et toute la Famille est dispersée, mais ils n'ont jamais cessé de s'aimer, pas un seul instant, pas un seul jour, et c'est de ça que parlent toutes ces chansons.

— C'est vraiment super glauque, dit-elle, se tortillant pour s'éloigner de lui. Je sais pas de quoi tu parles, mais je crois que tu ferais mieux de dégager.

— Pourtant la chanson t'a plu, fit-il d'une voix qui avait pris un accent enfantin, presque suppliant. Je savais qu'elle te plairait. C'est pour ça que je te l'ai apportée.

— Je savais pas qu'elle était d'un meurtrier !

— Je suis désolé. T'as raison. J'aurais pas dû te parler de Charlie. Je n'avais pas l'intention de te faire peur, promis. »

Elle le regarda, perplexe. Elle voyait qu'il avait les bras bronzés et puissants, couverts de poils noirs épais et frisés, mais ses cils étaient d'une autre couleur – roux avec des reflets dorés, comme ceux d'Axl.

« Je te prête la cassette si tu veux, dit-il en se levant pour partir. Écoute toutes les chansons. Pour moi "Look at Your Game, Girl" est la meilleure, mais j'aime bien aussi "Cease to Exist" et "Sick City". Peut-être que tu seras d'accord avec moi. Ou peut-être pas. C'est pas grave. Toutes les chansons sont super, en fait. » Il ouvrit le lecteur et remit la cassette dans son boîtier, puis la lui tendit en fixant le sol, comme s'il était trop gêné pour la regarder dans les yeux.

Elle prit la cassette et la mit dans son sac.

« Merci, dit-elle.

— Tu l'écouteras ?

— Bien sûr.

— C'est super ! Tu réussiras peut-être à trouver un lecteur de cassette quelque part. Je te donnerais celui-là si je pouvais, mais je peux pas. Je suis désolé.

— C'est pas grave. Je me débrouillerai. »

Elle pensait qu'il était sur le point de partir, quand il se pencha sur elle et lui prit le visage. Il avait des mains énormes, chaudes, qui lui donnèrent l'impression que son visage était minuscule, comme celui d'une poupée. Au moment où elle pensait qu'il allait l'embrasser, il fit courir son pouce le long de sa bouche. Elle entrouvrit les lèvres et le pouce glissa dans sa bouche. Elle sentit les sillons rêches de son empreinte digitale appuyer sur sa langue, et le goût âcre de la saleté sous ses ongles.

« Bien sûr, faudra que tu me la rendes, reprit-il. La cassette, je veux dire. Tu me la rendras, hein ? Tu promets ? »

Sa main étouffa la réponse de Jessica.

« Quand ? demanda-t-il. Ce soir ? »

Elle secoua la tête. Il libéra son pouce, et elle vit qu'il était brillant de salive, la sienne.

« Je peux pas ! lâcha-t-elle, le souffle coupé. Je peux pas ce soir.

— Pourquoi pas ?

— Ma copine… ma copine fait une soirée pyjama. Faut que j'y aille. »

Fais gaffe à ce petit jeu, ma belle

Il éclata de rire, comme si c'était la chose la plus drôle qu'il ait jamais entendue.

« J'en ai rien à foutre de ta copine, dit-il. Retrouve-moi ici, une fois que t'auras écouté la cassette, et tu me diras laquelle tu préfères.

— Je te dis que je peux pas !

— Oh, ma belle, dit-il en lui ébouriffant les cheveux. Bien sûr que si. On dit quoi, dix heures ? Ou non, pourquoi pas minuit, plutôt ?

— Pas question que je vienne ici à minuit. J'ai douze ans ! T'es dingue ou quoi ?

— Va pour minuit alors, répondit-il, en lui donnant une petite tape sous le menton. À bientôt. »

Évidemment qu'elle n'allait pas sortir pour retrouver un inconnu crasseux dans le parc, à minuit. Rien que l'idée, c'était stupide, et c'était stupide de la laisser ne serait-ce que lui traverser l'esprit. Elle ne pouvait pas s'empêcher de le voir comme étant Charlie, même si elle savait que ce n'était pas son nom, et elle n'arrêtait pas de penser à son pouce, comme il était osseux, dégoûtant, la manière dont son ongle avait égratigné la peau spongieuse à l'endroit où sa gorge et la voûte de son palais se rejoignaient. Elle passait son temps à courir à la salle de bains pour ouvrir grande la bouche et vérifier qu'elle ne saignait pas. Elle aurait dû le mordre. Elle aurait dû lui arracher carrément son affreux pouce à coups de dents, pour le faire hurler, qu'il retire sa main d'un coup et se retrouve avec rien, juste un moignon lacéré, ensanglanté, qui giclerait sur tout le terrain de jeux.

Évidemment qu'elle n'allait pas aller au parc à

minuit pour retrouver ce Charlie flippant et affreux, et pourtant quand ses copines de l'orchestre l'appelèrent pour lui demander de rapporter son exemplaire de *Dirty Dancing* à la soirée pyjama, elle répondit que finalement elle ne pourrait pas venir, parce qu'elle avait mal au ventre.

À l'idée d'écouter ses copines de l'orchestre glousser en câlinant leurs ours en peluche et en jouant à « Légère comme une plume, raide comme une planche », elle avait envie de frapper quelqu'un, et puis elle avait aussi réellement un peu mal au ventre. Plus tard, pourtant, elle se dit qu'elle aurait peut-être dû aller à la soirée pyjama, parce que regarder sa mère, son père et son petit frère attablés dans la cuisine en train de manger des lasagnes l'énervait encore davantage.

« Maman, papa, dit-elle. Je me demandais juste. Est-ce que l'un de vous a déjà entendu parler de Charles Manson ? »

Maman et papa avaient entendu parler de Charles Manson, mais ils ne voulaient pas aborder le sujet au dîner. Jessica songea à appeler Courtney et Shannon pour voir ce qu'elles faisaient, mais alors elle se dit qu'elles allaient vouloir sortir en douce pour fumer des cigarettes, et le dernier endroit où elle avait envie d'être c'était dehors, la nuit, là où Charlie pourrait la trouver. Elle ferait probablement mieux de rester tout simplement à la maison. C'était à la maison qu'elle était le plus en sécurité, car Charlie ne savait pas où elle habitait, et même s'il l'avait suivie une fois jusque chez elle, et elle était pratiquement sûre que ce n'était pas le cas, ils possédaient un système de sécurité top niveau que son père avait installé quand ils avaient emménagé, sans parler de leur chien Bosco, un croisé berger allemand qui détestait tout le monde à part les gens qu'il connaissait depuis qu'il était chiot. Elle était en sécurité. Tout allait bien. Il était hors de question qu'elle sorte retrouver Charlie au parc à minuit. Tout allait parfaitement bien.

Après le dîner, sa mère mit un film et, quand les aiguilles de l'horloge dépassèrent dix heures, Jessica songea à la première fois où elle avait vu Charlie, comment elle l'avait pris pour un skateur, et puis à toutes les questions qu'il lui avait posées sur l'album des Guns N' Roses, à quel point il avait aimé la musique. Elle le revit se balancer sur la chanson qu'elle avait mise pour lui, serrant les écouteurs sur ses oreilles, et se remémora ce qu'elle avait ressenti pendant le court instant où il avait touché son visage pour la première fois, et le bleu si intense de ses yeux. Elle pensa à la cassette, toujours enfouie tout au fond de son sac, et se demanda ce qui se passerait s'il venait pour la récupérer. Elle pensa à ce qui se passerait si elle se décidait à aller au parc, et lui rendait sa cassette, et lui disait quelle chanson elle préférait, et le laissait l'emmener où il voulait.

Sa maman, son papa et son frère s'endormirent sur le canapé avant la fin du film. C'était le genre de choses qui arrivait régulièrement chez eux pendant les soirées cinéma, et d'habitude ça la rendait dingue, mais, ce soir-là, elle se sentit au bord des larmes. Elle regarda sa mère, avec sa coupe ridicule aux pointes trop effilées qui lui donnait l'allure d'un vieil oiseau effarouché, son père qui ronflait sous sa moustache, et son frère dans son pyjama Tortues Ninja. Que penseraient-ils s'ils savaient qu'elle avait été approchée par un sale type, un type qui lui avait fourré son pouce répugnant dans la bouche et qui trouvait que les meurtres de Manson étaient le truc le plus cool du monde ? Sa mère et son père seraient dans tous leurs états. Ça leur ferait *tellement peur*. Cette idée lui donna du courage, et quand le film se termina, au lieu de les réveiller et de leur dire d'aller se coucher maintenant, elle monta chercher son oreiller et sa couverture dans sa chambre, et les rapporta sur le canapé. Elle veilla sur sa mère, son père, son frère et sur elle-même jusqu'à ce que minuit soit passé sans encombre, et quand l'horloge se tut, elle remonta la couverture sur son menton et mit un terme à son tour de garde en chantonnant tout bas : *Va te faire foutre, Charlie, va te faire foutre, va te faire foutre.*

Le lendemain soir, sa famille regardait le journal télé quand les premières infos sortirent au sujet de la fillette qui avait l'âge de Jessica, les mêmes cheveux et les mêmes taches de rousseur que Jessica, et qui avait été enlevée dans sa chambre pendant une soirée pyjama par un homme armé d'un couteau, un homme dont le visage sur l'avis de recherche lui était épouvantablement familier.

Il fallut presque une heure aux parents de Jessica pour lui faire cracher toute l'histoire, et pour faire le tri entre les détails pertinents et ses lamentations hystériques au sujet d'Axl Rose et de Charles Manson, mais quand ils finirent par comprendre ce qu'elle essayait de leur dire au sujet d'un *homme*, d'un *parc* et d'une *soirée pyjama*, ils appelèrent la police. Il leur fallut deux heures de plus pour réussir à parler à quelqu'un au commissariat, parce que le kidnapping de Polly était en passe de devenir le plus célèbre crime qui ait jamais eu lieu dans le comté de Sonoma, et qu'ils étaient déjà submergés par les appels de cinglés, de plaisantins, de journalistes et de médiums.

Quarante-huit heures plus tard, deux femmes officiers de police vinrent rendre visite à Jessica chez elle, et, au cours de cet entretien, la police découvrit entre autres que si elle ne connaissait pas le véritable nom du vagabond, il lui avait donné une cassette, qu'il avait touchée avec ses mains sales, et qu'il avait mis cette cassette dans un boîtier, le lui avait donné, et que la cassette était toujours au fond de son sac de collégienne. Elles regagnèrent leur voiture de police, sortirent leurs gants de caoutchouc blanc, leurs pinces à épiler et leurs sachets pour recueillir les preuves, et puis elles emportèrent sa cassette, la remercièrent avec gravité, et promirent à ses parents de leur donner bientôt des nouvelles.

Plusieurs mois passèrent, au cours desquels plus de quatre mille personnes arpentèrent le moindre centimètre carré du comté de Sonoma en criant le nom de Polly, tandis qu'une version en noir et blanc de sa photo d'école était affichée sur tous les murs, tous les arbres et tous les poteaux téléphoniques de l'État de Californie. Pendant quelque temps, on aurait dit que, dans tout le pays, tout le monde ne parlait que de ce qui était arrivé à Polly, et Jessica était certaine que la police reviendrait bientôt pour confirmer sa culpabilité et révéler au monde qui elle était : la première fille à avoir croisé le chemin du kidnappeur, et donc celle par qui le mal était arrivé. Mais quand la police finit par retrouver Polly, dans une tombe peu profonde au bord de la route 101, il s'avéra que l'homme qui l'avait tuée était quelqu'un d'âgé, et que sa ressemblance avec Charlie sur l'avis de recherche n'était rien d'autre qu'un tour joué par son imagination, ou un effet de lumière.

Près d'un an plus tard, une enveloppe en papier kraft arriva chez Jessica, avec comme adresse d'expédition le poste de police de Petaluma. Bien que Jessica fût certaine que l'enveloppe contenait la cassette que Charlie lui avait donnée, ses parents s'en emparèrent avant qu'elle puisse y jeter un œil, et elle ne revit jamais ni la cassette ni l'enveloppe.

Quand elle eut atteint ses quatorze ans, Jessica avait compris qu'elle s'était trompée, que Charlie n'avait pas voulu s'en prendre à elle et enlevé Polly à sa place, et que l'enchaînement de ces deux événements n'était rien d'autre qu'une coïncidence. Pourtant, elle continua à croire, jusqu'à la fin de ce qui restait de son enfance, qu'il devait y avoir un lien entre ce qui était arrivé à Polly et ce qui lui était arrivé à elle, quel que soit ce lien : si ce n'était pas une question de faits concrets, alors cela devait être le produit d'une force gravitationnelle circulant en profondeur, sous la surface des choses.

Après son départ pour l'université, Jessica en vint à penser que cette première impulsion qui l'avait poussée

Fais gaffe à ce petit jeu, ma belle

à associer sa propre expérience à celle de Polly était le résultat d'un nombrilisme enfantin, une tendance à se considérer comme le centre du monde et à croire que tout le reste tournait autour. Telles que Jessica envisageait alors les choses, l'homme qui avait tué Polly était une supernova, une force du mal terrible et dévastatrice, tandis que Charlie était une étoile naine insignifiante. Du point de vue qui était le sien quand elle était plus jeune, ce qui était petit et proche et ce qui était énorme et distant avaient pu apparaître, brièvement, comme d'égale luminosité… mais c'était une illusion, rien de plus.

En fin de compte, se disait Jessica, elle s'en était bien sortie. Après tout, le seul mal que Charlie lui avait fait était cette petite égratignure au fond de la gorge, qu'elle avait peut-être imaginée, ou pas. Comparé à ce qui était arrivé à Polly – comparé à la quantité infinie de choses terribles qui s'étaient produites dans l'univers –, ce bref instant où elle avait frôlé le mal n'était qu'une minuscule piqûre d'épingle lumineuse, presque imperceptible sur une toile de fond de constellations tourbillonnantes formées d'autres étoiles, plus brillantes.

Et pourtant, longtemps après s'être mariée, avoir eu des enfants à son tour et déménagé loin de la Californie, Jessica avait toujours du mal à s'endormir tant que minuit n'était pas passé. Alors que ses filles jumelles dormaient paisiblement dans la chambre voisine, elle restait debout à la fenêtre, scrutant la vaste nuit terrifiante et piquetée de lumière, et elle se surprenait à se demander si Charlie était encore là-bas dans le parc, à attendre qu'elle arrive.

LES SARDINES

C'est la première fois que Marla se fait un après-midi apéro avec les mamans depuis l'Incident. Tilly joue dehors avec les autres petites filles, toutes les peines semblent oubliées, mais Marla rumine sa rancune avec son merlot. Elle la sent qui la démange, cette colère fichée comme un coin dans sa cage thoracique, là où les côtes se rejoignent.

« On est *tellement* contentes que Tilly et toi soyez venues cet après-midi », dit Carol, serrant son verre à pied strié de traces de calcaire entre ses mains. Elle a des petits ongles trapus, rognés presque jusqu'au sang.

« Vous m'avez manqué, les filles, répond Marla. Vraiment.

— Bien sûr, bien sûr, répond Babs, les yeux rosis et larmoyants.

— Mais on comprend toutes pourquoi tu as eu besoin de prendre de la distance. »

Il se fait un instant de silence, pendant lequel toutes prennent acte, la mine sombre, de la gravité de l'Incident.

« Putain, quelles petites *garces* ! finit par s'exclamer Kezia. Je te jure, si je n'avais pas fait sortir le ballon de basket qui sert de tête à Mitzi de ma propre putain de chatte, je l'aurais tuée pour ce qu'elle a fait à Tilly. » Elle a un geste avec son verre en direction de Carol, dont la fille a été adoptée :

« Sans vouloir te vexer.

— Ce qu'on veut dire, c'est qu'on est vraiment désolées, fait Babs, se tamponnant les yeux avec sa manche pendante en lin. J'en ai fait des cauchemars. Comme nous toutes.

— C'est gentil de votre part », répond Marla. Elle aussi avait été tourmentée par un rêve récurrent : Tilly dans un champ jaune, qui tournoie, sanglote et s'arrache les cheveux. Marla elle-même n'est pas présente dans le rêve. Elle est une simple caméra, qui recule en révélant une vaste étendue de néant : le champ, le pays, le continent, la planète, où il n'y a rien d'autre que Tilly, seule, seule, seule.

« Comment tu gères tout ça, ma chérie ? » demande Carol.

Bonne question, et la réponse est : pas super. Dans le chaos immédiat qui avait suivi l'Incident, alors que ni les discussions, ni les engueulades, ni les cris, ni les secousses n'étaient parvenus à tirer Tilly de sa crise de larmes, Carol – Carol la pacifiste, la détentrice d'une carte de marijuana thérapeutique, la maman cool – avait giflé Tilly en travers du visage. La puissance du coup avait envoyé valser les lunettes que la gamine avait sur le nez, et Marla, qui n'avait jamais frappé sa fille, ni même envisagé une chose pareille, avait plaqué une main sur sa bouche pour réprimer un ricanement. Il est impossible d'anticiper certains des aspects les moins reluisants de la parentalité, jusqu'au moment où

Les sardines

vous vous les prenez en pleine figure. Voilà donc une découverte fâcheuse qui vient s'ajouter à cette liste : dans certaines situations, face à quelqu'un qui gifle votre fille, il arrive que votre réaction soit de rigoler comme une dingue.

« Tilly a l'air d'aller bien, et c'est tout ce qui compte, reprit Marla, réalisant qu'elle était restée les yeux dans le vague. Si elle est capable d'encaisser, alors moi aussi je devrais. Vous voyez ce que je veux dire ?

— Les enfants sont vraiment résilients », fait Babs, et toutes les femmes opinent du chef. *Conneries*, pense Marla. Certains gamins sont peut-être résilients. Mais est-ce qu'ils le sont tous ? Est-ce que Tilly l'est ? La résilience – la capacité à balayer la souffrance d'un revers de main – est quelque chose que Marla elle-même n'a développé qu'imparfaitement et par intermittence, avec le temps. Les petites misères de sa propre enfance comptent parmi ses souvenirs les plus vivaces, encore aujourd'hui.

« On dirait qu'au final c'est une vraie petite dure à cuire, ta Matilda, fait Kezia. Mitzi dit qu'elles se sont mises à jouer toutes les deux à un nouveau jeu, dans le bus ? »

Marla cède à la tentation à laquelle elle s'efforçait de résister depuis dix minutes, et jette un coup d'œil par la fenêtre vers l'endroit où sont rassemblées les filles. Elles sont vautrées les unes sur les autres au soleil, un enchevêtrement pastel de bandeaux à pois, de chaussettes à froufrous et de cheveux brillants.

« Je ne crois pas qu'elles y jouent vraiment dans le bus, si ? répond-elle. Elles préparent juste le jeu ?

Où elles en discutent ? Je ne suis pas au courant des détails. C'est un truc que Tilly a chopé chez son père.

— Tu dis ça comme si c'était une MST ! fait Babs, et juste au moment où tout le monde prend conscience du sous-entendu particulièrement dégueulasse de cette blague, il y a une légère onde de mouvement sur la pelouse.

— Oh, dit Marla. Je crois qu'elles s'y mettent. »

Attirée vers la fenêtre, elle repose bruyamment son verre de vin dans l'évier vide. Il est cinq heures passées, et l'atmosphère de la fin d'après-midi est de plus en plus suave, douce et mordorée. Sur la pelouse fraîchement tondue, toutes les filles sont debout et se frottent les genoux et les mains pour se débarrasser des brins d'herbe coupée.

« Je suis désolée que tu me trouves neuneu, Till-Bill, dit Marla. Mais tu peux peut-être m'expliquer d'une autre manière ? Qu'est-ce que tu veux dire exactement par : le contraire du cache-cache ? »

Dans le rétroviseur de la voiture, Marla voit Tilly au supplice, les membres agités de spasmes, comme une grenouille qu'on fait danser à coup de chocs électriques.

« Je sais pas quoi dire d'autre ! C'est exactement comme le cache-cache ! Mais c'est l'inverse ! Tu vois ? »

Marla serre les dents et compte jusqu'à cinq. « Non, je ne vois pas, ma puce. Personne ne se cache, tu veux dire ? Ou bien on ne les cherche pas ?

— Non mais *arrête* de me demander d'expliquer, s'il te plaît ! » Tilly est littéralement en train de s'arracher les cheveux d'exaspération : elle les a enroulés à pleines poignées autour de ses doigts et tire brutalement de chaque côté de sa tête, ce qui lui fait comme des ailes. La « trichotillomanie », c'est comme ça que leur thérapeute a qualifié ce comportement. On a conseillé à Marla d'éviter d'y accorder trop d'importance, et de réorienter plutôt l'enfant en douceur.

« OK, dit-elle. C'est bientôt ton anniversaire, le mois prochain ! Tu as hâte ?
— Je veux que la fête ait lieu chez papa », dit Tilly.

Elle se met à donner des coups de pied dans le dossier du siège de Marla, sur un rythme saccadé.

« Je vais voir ce qu'on peut faire, Bébé », répond Marla, pied au plancher pour passer à l'orange.

Tilly a un secret.

Mentalement, Marla énumère les indices : la lueur louche et inexpressive dans les yeux bruns terreux de Tilly. Son rire un peu écervelé. Sa manière d'osciller entre logorrhée et silence obtus chaque fois que Marla lui pose des questions sur un certain jeu.

Marla n'est pas la seule à avoir vu ses soupçons éveillés : toutes les mamans réprouvent pareillement le comportement adopté par leurs filles ces derniers temps. Avec ce jeu, les gamines se sont retrouvées embringuées dans un flux continu de textos permanents, de petits mots échangés et de conversations par messagerie instantanée. « Mais de quoi peuvent-elles bien bavasser pendant tout ce temps ? » demande Babs à Marla au téléphone. La question semble stupide, car d'après ce que Marla en sait, les fillettes de dix ans peuvent bavarder sans interruption de n'importe quel sujet, pendant une éternité. Mais Marla aussi a du mal à comprendre la ferveur passionnée suscitée par le jeu.

L'enquête menée conjointement par les mères a permis de découvrir le nom du jeu, « les sardines », et d'avoir une vague idée des règles, qui d'après ce qu'elles en savent ont l'air inoffensives. Pourtant, le comportement de Tilly ces derniers temps rappelle à s'y méprendre à Marla la semaine où sa fille avait découvert ce qui se passait quand elle tapait *nichons* dans le navigateur de l'ordinateur familial : l'empressement exagéré avec lequel elle se précipitait au bureau après l'école, criant d'une voix flûtée et sirupeuse « Oh, rien, rien ! » chaque fois que Marla lui demandait ce qu'elle fabriquait.

Marla préférerait pouvoir blâmer les autres filles – une petite clique de brutes méchantes, ça c'est clair –, mais en fait c'est Tilly elle-même qui semble être la meneuse. Ça aussi c'est bizarre, car Tilly a toujours été un peu exclue, soit tyrannisée, soit mise à l'écart. Même si toutes les autres mères sont trop polies pour le dire, le fait que le jeu semble capable d'extirper Tilly des bas-fonds de la hiérarchie sociale contribue en grande partie à son aura douteuse. Une pensée surgit un soir dans le cerveau embrumé de Marla, juste avant qu'elle ne s'endorme : ce n'est pas normal.

Il se passe quelque chose de *pas normal*.

Le père de Tilly accepte d'accueillir la fête, ce qui signifie qu'il est d'accord pour qu'elle ait lieu chez lui, tant que c'est Marla qui se charge de l'organisation et gère la chose. En revanche il n'a *pas* accepté la requête de Marla : demander à la fille avec qui il vit de libérer les lieux pour l'après-midi. En conséquence, pour satisfaire les vœux de Tilly pour son anniversaire, Marla va devoir passer quatre heures d'affilée à distribuer des cotillons aux côtés de la jeune femme de vingt-trois ans qu'elle a un jour trouvée en train de baiser son mari sur le canapé du salon familial.

Est-ce que ça met Marla un peu sur les nerfs ? Est-ce que ça suscite chez elle une certaine impatience quand Tilly refuse de livrer le moindre indice sur ce qu'elle aimerait faire pendant la fête, à part jouer au jeu des sardines ?

Quel genre de gâteau est-ce que tu veux pour la fête, Tilly ? Chocolat ? fraise ? avec des vermicelles multicolores ?

Je m'en fiche.

À part les filles du quartier, est-ce qu'il y a quelqu'un en particulier que tu as envie d'inviter ?

Pas vraiment.

Est-ce qu'on choisit un thème cette année ? Les pirates, peut-être ? ou les clowns ?

Nan. Ça a l'air chiant.

Tu veux qu'on joue à quel genre de jeux ?

Ben. Au jeu des sardines.

D'accord, bien sûr, mais quoi d'autre ? Tu veux une piñata ? une chasse au trésor ? le jeu du drapeau ?

MAMAN, EST-CE QUE TU PEUX ARRÊTER D'ÊTRE BÊTE ? J'AI DIT LE JEU DES SARDINES.

Eh bien oui, tout ça irrite effectivement Marla. En fait oui, carrément.

Les autres mamans seront toutes présentes à la fête, et Marla est d'abord reconnaissante de ce soutien. Ses troupes seront plus nombreuses que celles de son ennemi ! Elle n'aura pas à pénétrer seule dans la tanière du lion ! Mais, le matin de l'anniversaire de Tilly, Marla est au lit, pitoyable, et préférerait n'avoir demandé à aucune d'entre elles de venir.

Après avoir découvert Steve et sa petite nana en flagrant délit, Marla a échafaudé des dizaines de plans pour se venger : remplacer le tube de lubrifiant dans le tiroir de chevet de la fille par de la Super Glue, l'attacher et lui tatouer SALOPE en travers du visage... Et pourtant, jour après jour, goutte à goutte, toute cette vaillante colère s'est évaporée jusqu'à en arriver à ça : elle va passer la journée à ravaler sa colère en affichant un sourire crispé, tandis que son ennemie jurée paradera, victorieuse : ni humiliée, ni super gluée, ni tatouée. Comment Marla a-t-elle pu laisser une telle chose arriver ? Comment a-t-elle pu se résoudre si docilement à la défaite ?

L'alarme du téléphone en mode répétition se met à piailler, et Marla fourre l'appareil sous son oreiller pour le faire taire. Une minute plus tard, Tilly entre en sautillant dans la chambre, tel un flamant rose paradant dans sa robe d'anniversaire rose vif.

« Maman ! dit-elle doucement. Maman, espèce de marmotte ! Je t'ai *dit* que je voulais des gaufres d'anniversaire ! T'as oublié ? »

***

La première fois que Marla avait déposé Tilly au nouveau domicile de Steve, elle avait eu envie de vomir : la demeure coloniale pleine de recoins était le genre d'investissement qui valait le coup seulement

Les sardines

si vous comptiez la remplir un jour d'enfants. Mais elle doit admettre que c'est l'endroit parfait pour une fête d'anniversaire : de hauts plafonds, plein de petites pièces rigolotes, et une impeccable pelouse verte tout autour, qui dégringole une colline jusqu'à une étendue de bois à l'abandon, pleine de broussailles. Elle se gare et ouvre le coffre pour décharger des sacs de fournitures de fête, tandis que Tilly détale dans l'allée à la rencontre de son père.

La stratégie de survie de Marla pour cette journée consiste à faire comme si la Copine n'existe pas vraiment. Elle se lance dans des acrobaties verbales sophistiquées pour éviter de la mentionner par son nom, ne la regarde jamais directement mais plante plutôt son regard légèrement à gauche de son visage. (Elle a aussi un petit tube de Super Glue dans la poche. De la Super Glue dont la consistance se rapproche remarquablement de celle de la marque préférée de lubrifiant aromatisé de Steve. Elle ne s'en servira probablement pas. Pratiquement *sûr* que non. Mais quand même.)

Marla s'occupe de toute la décoration – après avoir tenté sans grand enthousiasme d'accrocher une banderole d'anniversaire en travers de l'entrée, Tilly disparaît dans les bois. Elle ne revient qu'après l'arrivée des premiers invités, ses collants blancs maculés de boue jusqu'aux mollets.

Sur l'insistance de la reine de la fête, on commence par ouvrir les cadeaux. Tilly est assise en tailleur sur le sofa, et s'attaque à la pile de présents avec des gestes mécaniques, arrachant à pleines poignées le papier pailleté et balançant chaque jouet en tas à ses pieds. Marla lui rappelle : « Dis merci, Tilly », et Tilly répète : « Merci, Tilly », sur un ton monocorde particulièrement irritant.

Ensuite, c'est l'heure du gâteau et des glaces. La veille au soir, pressée de se retirer dans son refuge improvisé à base de vin et de Netflix, Marla n'a pas attendu assez longtemps que le gâteau refroidisse. Résultat, le glaçage en boîte qu'elle a étalé sur le cake à base de préparation toute faite a ramolli, transformant les lettres bleues JOYEUX ANNIV'TILLY, qu'elle avait tracées à l'aide d'un cornet, en bouillie illisible. Une tentative pour transformer les mots en tourbillon marbré artistique à l'aide de la tranche d'un couteau n'a fait qu'aggraver les choses.

Marla est dans la cuisine en train de contempler le désastre, quand quelqu'un arrive dans son dos et que deux mains aux ongles taillés court s'enroulent autour de sa taille.

« Salut, ma chérie, dit Carol. Les indigènes commencent à s'exciter. Comment tu t'en sors ?

— Regarde-moi ça ! s'écrie Marla, manquant presque planter le couteau à beurre enduit de glaçage dans l'œil de Carol. C'est une catastrophe !

— Oh, c'est pas si terrible, dit Carol avant de marquer une pause. Bon, j'avoue, c'est vraiment pas super. Mais Tilly s'en remettra. Et regarde, j'ai fait des courses sur le chemin, ajoute-t-elle. J'avais juste un pressentiment. » Elle ouvre un énorme cabas en toile de chez Whole Foods et pose une boîte de glaçage au chocolat noir sur le plan de travail.

Contemplant la boîte, Marla s'enfonce dans un

Les sardines

désespoir encore plus profond. Mais c'est quoi ce délire, bordel ?

« Là, dit Carol, en prenant doucement le couteau des mains de Marla et en ouvrant la boîte. On n'a qu'à… hein ? »

Marla acquiesce. De l'autre pièce leur parvient le son de la voix de Tilly qui pousse un cri strident : *Lâche ça ! C'est à moi !* mais elle n'a pas le courage d'aller régler ça. Pas tout de suite.

« Je m'en occupe, dit-elle, reprenant le couteau à Carol. Tu peux aller voir ce qui leur fait péter les plombs ? »

Après avoir appliqué vite fait la couche de glaçage supplémentaire, Marla plante onze bougies d'anniversaire classiques autour du gâteau. Au centre, en guise de porte-bonheur, elle en ajoute une dernière : un joujou fantaisie qu'elle a trouvé au rayon soldes du supermarché. La bougie a la forme d'un bouton de fleur replet avec des pétales jaunes, et quand Marla approche la flamme de son briquet de la mèche, ça se déploie avec des mouvements saccadés et se met à tournoyer.

« OK ! appelle-t-elle. C'est l'heure du gâteau ! »

Elle soulève à deux mains le plat à gâteau, et franchit à reculons la porte de la cuisine.

Les invitées sont rassemblées autour de la table de la salle à manger, toutes couronnées de chapeaux pointus d'anniversaire, à l'exception de Tilly qui porte un nœud argenté à pois planté au sommet du crâne. Quand Marla entre avec le gâteau, tandis que la bougie fantaisie siffle et lance des étincelles comme un mini-feu d'artifice, une Tilly ébahie plaque ses mains sur son visage. « C'est *trop beau !* » s'exclame-t-elle. Les invitées entonnent les premières notes de « Joyeux anniversaire » au moment précis où la bougie fantaisie se met à gazouiller les notes d'une mélodie inconnue. Toutes s'interrompent, perdues, tandis que la bougie continue son turlututu : *dou di dou di dou di da*, jusqu'à ce que Kezia finisse par beugler : « Joyeux anniversaire TILLY ! » et alors tout le monde fait taire la bougie en hurlant, et elles déroulent la chanson d'anniversaire au pas de charge.

Quand elles ont terminé, Tilly souffle les bougies classiques en un seul *sssssssshhhhhh* explosif et à peine baveux, mais elle a beau y aller de toutes ses forces, la bougie fantaisie refuse de s'éteindre et de cesser de jouer sa mélodie horripilante. Pour éviter au gâteau de finir complètement noyé sous les postillons de Tilly, Marla rapporte la bougie en cuisine et la passe sous le robinet, ce qui éteint la flamme sans parvenir à la faire taire. Elle la balance par terre et l'écrase à coups de pied, mais *cette saloperie continue à jouer*, et même après l'avoir fourrée tout au fond de la poubelle de la cuisine, elle l'entend encore tintinnabuler faiblement, obstinément : *dou di dou di dou di da*.

« Maman, demande Tilly quand Marla regagne la salle à manger. Même si je n'ai pas réussi à souffler la bougie porte-bonheur, est-ce que mon vœu d'anniversaire va quand même se réaliser ?

— Je pense que oui, dit Marla. C'était de la camelote ce truc.

— Bien, dit Tilly, en écrasant sa glace dans son

gâteau avec sa fourchette avant de prendre une énorme bouchée. Tu veux que je te dise un truc ?

— Bien sûr, mon cœur », répond distraitement Marla. Steve est en train de roucouler à l'oreille de la Copine, il la fait sauter sur son genou et caresse ses cheveux bouclés. Si ces deux-là commencent à s'emballer, Marla jure devant Dieu qu'elle va planter ce couteau à gâteau en plein dans le gosier de la Copine.

« Je crois que mon vœu va te plaire, Maman. » Tilly suce le glaçage sur ses doigts, frétille joyeusement et ajoute : « J'ai souhaité un truc *terrible*. »

Voici les règles des sardines, que l'on peut trouver dans n'importe quel livre de jeux pour enfants. Tout le monde ferme les yeux, sauf un joueur, celui qui doit se cacher. Pendant que tout le monde lance le compte à rebours à partir de cent, ce joueur va se cacher. Une fois qu'on a fini de compter, le premier à trouver le joueur caché se cache avec lui. Le prochain qui trouve le premier joueur caché se cache avec les deux autres. Et ainsi de suite jusqu'à ce que tous les joueurs à part un se retrouvent entassés dans la même cachette, aussi serrés que des sardines dans leur boîte.

Voici les règles spéciales de Tilly pour son anniversaire :
– c'est Tilly qui choisit le premier joueur à se cacher ;
– on ne peut pas se cacher dans la maison ;
– tout le monde est obligé de jouer.

Tilly entraîne les invités dehors, grimpe sur une chaise de jardin, et les contemple à ses pieds. Marla lui trouve un air de condescendance bienveillante digne d'une reine. « Et maintenant je vais choisir le joueur qui se cache en premier », dit-elle. Elle lève le doigt et le fait dériver, une expression rêveuse sur le visage. Son doigt survole un bref instant Kezia, Carol et Steve. Et, puis d'un coup, il plonge brusquement. « Toi, déclare-t-elle en désignant la Copine. C'est toi qui te caches. Ça veut dire que tu dois aller te trouver une cachette. »

Tout le monde baisse la tête tandis que Tilly lance le compte à rebours. Sous ses paupières à demi baissées, Marla observe la Copine qui reste pétrifiée, l'air paniquée, jusqu'à ce que le décompte atteigne quatre-vingts, moment qu'elle choisit pour s'élancer et dévaler la colline en courant.

« *3, 2, 1, ON ARRIVE !* » hurle Tilly, et tout le monde se disperse. Marla fait discrètement le tour de la véranda. Une fois qu'elle est certaine que personne ne la regarde, elle se faufile par la porte de derrière. Désolée, Till-Bill, mais carrément pas moyen qu'elle prenne le risque de trouver la Copine et de devoir se pelotonner à côté d'elle, dans un trou crasseux au fond des bois. (Elle en profite aussi pour fouiner un peu. Chercher un peu. Et faire un petit échange. Oh, c'est juste une farce. Une blague inoffensive. Juste un petit avant-goût de vengeance bien sucrée et bien collante.)

Steve ne boit pas beaucoup de vin, mais ça doit être le cas de la Copine, car pendant sa perquisition Marla tombe sur un bar rempli de bouteilles de piquette à deux dollars. Elle s'empare d'un sauvignon à capsule vissée, envisage de partir en quête de glaçons, et décide qu'elle est assez paresseuse pour le boire tiède. Son exploration terminée, elle se débarrasse de ses chaussures, et, les pieds sur l'accoudoir, s'installe sur le canapé avec les restes du gâteau.

Marla a descendu la moitié de la bouteille quand elle lève les yeux et découvre sa fille dans l'encadrement de la porte. Les bras de Tilly pendent lourdement sur ses flancs, et le soleil de l'après-midi se reflète sur ses lunettes, leur conférant une inquiétante opacité.

« Bon sang Till, tu m'as fait peur ! s'exclame Marla. Ça fait combien de temps que t'es plantée là ?

— Qu'est-ce que tu fais ici, maman ? demande Tilly. T'as pas entendu quand j'ai dit que tout le monde devait jouer ?

— Si. Je suis désolée. Je vous rejoins dans une minute. J'avais juste... besoin d'une petite pause. »

Tilly s'avance dans la pièce en traînant des pieds, une expression hébétée sur le visage. Elle mêle ses doigts à ceux de Marla et appuie son front moite contre le cou de sa mère.

« Maman, dit-elle. Je me demandais. Tu les aimes bien, Layla, Mitzi et Francine ? »

Hypnotisée par la sensation provoquée par les doigts froids de Tilly qui dessinent des cercles dans la paume de sa main, Marla est sur le point de lâcher : *C'est qui, déjà ?* quand elle redescend sur terre.

« En fait, Till, pas tellement. Je sais que ce sont tes amies, mais je trouve qu'elles ont trop l'esprit de clan.

— Ça veut dire quoi *l'esprit de clan* ?

— Qu'elles ont leur petit club à elles. Je ne trouve pas ça très sympa.

— Et leurs mamans ? Tu les aimes bien ? »

Marla soupire et libère sa main, puis se lèche le

pouce pour frotter une trace de glaçage au chocolat sur le menton de Tilly.

« Je ne sais pas. Ça va. Je n'ai rien à leur reprocher. Mais si je devais choisir là maintenant tout de suite, j'imagine que je dirais non, je ne les aime pas.

— Et papa et... »

Avant que Marla puisse dire quoi que ce soit, Tilly répond à sa place.

« Je sais. Tu les détestes, pas vrai ? »

Le nez d'adulte de Tilly – le nez de Steve – est apparu au milieu de sa figure il y a quelques mois, faisant partir en vrille tout le reste de son visage. Le haut de son front est parsemé de boutons gras d'acné récemment apparus, à la naissance de sa chevelure à moitié arrachée, et un grain de beauté marron et boursouflé a poussé sur le côté de son cou. Elle transpire malgré son déodorant dès le milieu de l'après-midi, même avec la formule « spécial sport » pour hommes que Marla a déposé sur son lit la semaine dernière, sans rien dire. À n'importe quel moment de la journée, son haleine se met parfois à exhaler une odeur de viande moisie, et Marla se surprend à baisser la vitre de la voiture, sans faire de commentaires. Ses seins semblent pousser avec un léger décalage, ce qui fait que pas un seul des soutiens-gorge de sport que Marla lui achète ne lui va. Plus Tilly s'aventure d'un pas incertain dans la laideur de l'adolescence, plus elle met un point d'honneur à se comporter comme un bébé, essayant de retrouver un côté mignon qu'elle n'a jamais eu. Exaspérante Tilly, pleine de tics et si avide d'affection. Bien-aimée Tilly, qui malgré tous les efforts de Marla pour la protéger semble parfois non seulement destinée, mais déterminée à finir en charpie sous les dents acérées du monde.

Marla sait le genre de choses qu'elle est censée répondre : *Bien sûr que non, ma chérie* ou *Détester n'est pas un très joli mot* ou *J'aimerai toujours ton père parce que grâce à lui je t'ai, toi*, mais toutes les platitudes nécessaires se ratatinent sur le bout de sa langue. Alors à la place elle ne dit rien, et Tilly hoche la tête. « Tu fais beaucoup de bêtises, mais t'es quand même une bonne maman », dit-elle. Elle serre violemment Marla dans ses bras, lui plante un baiser baveux pile sur l'oreille, et attrape un bout de gâteau à pleine main.

« Tilly ? lance sa mère alors que sa fille quitte la pièce.

— Ouais ?

— Quel vœu as-tu fait tout à l'heure ? »

Le sourire cerné de gâteau de Tilly est luisant et adorable.

« Oh, maman, tu vas très vite le savoir. »

Laissons Tilly conspirer. Laissons Marla à son vin. Imaginez-vous plutôt à la place de la Copine, maintenant. Ici, à la fête d'anniversaire de la fille de votre mec. Organisée par la mère de la fille de votre mec. Avec comme invitées les amies de la mère de la fille de votre mec. Qui sont toutes venues parader dans votre maison, bien décidées à manifester à quel point vous leur déplaisez. Et c'est chez vous ! Ce n'est pas comme si vous vous étiez incrustée à une fête. Vous vivez ici ! La mère, qui refuse de prononcer votre nom ou de vous regarder dans les yeux. Votre mec, mal à l'aise, qui ne sait plus où se mettre dès que vous posez la main sur lui. Et la fille, qui vous brandit son petit doigt pointu en pleine figure. *Toi. C'est toi qui te caches.* Comment ces mots peuvent-ils ne pas résonner à vos oreilles comme une accusation ? Comment, tandis que vous dévalez la colline pour fuir, entravée par vos espadrilles, ne pas vous sentir ne serait-ce qu'un tout petit peu dans la peau… d'une proie ?

Se cacher trop bien veut dire prolonger votre calvaire. C'est seulement quand le jeu sera fini que la fête pourra s'achever. Mais se cacher trop mal (s'accroupir sous la table de pique-nique, se tapir derrière le premier gros arbre que vous trouvez), c'est échouer dans le rôle qui vous a été assigné. *C'est toi qui te caches. Ça veut dire que tu dois aller te trouver une cachette.* Être trouvée trop tôt, c'est irriter Tilly, décevoir Steve, donner une excuse de plus aux mères pour vous juger. Et c'est pour cela que vous quittez la pelouse baignée de lumière et pénétrez dans la forêt sombre, tandis que le sous-bois égratigne vos chevilles et que les épines nues s'accrochent à votre jupe.

Une colline à grimper et redescendre, un petit lit de rivière asséchée à traverser, une trouée entre les arbres. Vous trouvez des souches formant un cercle assez haut pour vous abriter, à condition de vous pelotonner et de remonter vos genoux contre votre poitrine. C'est calme. Des chants d'oiseaux. L'odeur des aiguilles de pin écrasées et des feuilles pourrissantes.

C'est paisible ici, vous dites-vous. Vous écoutez votre souffle irrégulier s'apaiser lentement, retrouver son rythme. Vous rêvassez à ce que vous allez faire quand la fête sera terminée.

Vous attendez qu'on vous trouve.

Les sardines

Marla ferme les yeux et les rouvre à nouveau, et à ce moment-là elle se réveille dans son rêve. Le rêve dans lequel tout le monde a disparu, sauf Tilly. Combien de temps s'est-il écoulé ? Une heure, une journée, une époque ? Impossible à dire. C'est le début de la soirée, voilà tout ce qu'elle sait. Le soleil a explosé en flammes rouges au loin de l'autre côté de la forêt, libérant toutes les ombres. Enchevêtrées, d'un noir profond. S'étirant dans toutes les directions.

Les fenêtres baignées de lumière de la maison sont devenues aussi insondables que les lunettes de Tilly. La banderole d'anniversaire pendouille à la porte, telle une langue déployée. Marla s'aventure dehors, et la reine de la fête, couronnée d'un ruban argenté, se tient debout en contrebas (attend-elle ? flotte-t-elle ?), là où la pelouse rencontre les bois.

Au jeu des sardines, les corps se superposent. Un bras contre l'os d'une hanche, des fesses qui s'affalent sur des genoux. Les cheveux de quelqu'un se fourrent entre vos dents, le doigt d'un autre se plante dans votre oreille. Quelle jambe appartient à qui ? Qui a pété ? Qui est-ce qui *bouge* ? Qui est-ce qui *parle* ? Arrête de te tortiller ! Retire ton pied de mon entrejambe ! Retire ton nez de mon aisselle ! Arrête de me donner des coups de coude dans le nichon, Francine ! Mon coude est à des kilomètres de ton nichon à la con, pauvre naze, c'est le genou de Layla. Non, c'est pas vrai ! Ferme-la ! Chuuut, les filles, Tilly arrive ! Oh non, ma main dépasse. On ne peut pas tenir ! C'est beaucoup trop serré ! Non, on peut y arriver. Rapprochez-vous. Rapprochez-vous. Rapprochez-vous jusqu'à ce que le moindre centimètre carré de votre corps touche quelqu'un d'autre. Poussez, tassez, pétrissez, aplatissez, pressez.

Tilly pénètre nonchalamment entre les arbres et Marla la suit, ses pas étouffés par un parterre d'aiguilles de pin, le paillis tendre de la décomposition arboricole. Les lèvres vaginales d'un sabot-de-Vénus rose pointent derrière des broussailles ; un lambeau de ballon de baudruche éclaté, piqueté d'un ombilic rouge et grassouillet, pendouille à une branche d'arbre, et le cadavre d'un champignon écrasé luit d'un reflet triste, froid et pâle.

Attendez.
Avant qu'on aille les trouver.
Il y a une dernière chose que vous devez savoir.
La bougie porte-bonheur de Tilly exauce les vœux.
Elle exauce les vœux des gens qui sont seuls. Les godiches. Les vexés. Ceux qui sentent mauvais. Les gens en colère, les torturés, ceux qui sont pleins de haine, les impuissants. Les filles et les mères. Les mères et les filles. Les Marla et les Tilly. Les Tilly et les Marla. Les Tarla et les Milly, les tillères et les marly. Les milles et les fères. Les Marlyetdarlaetdollyetlesriresetlillyetlesautres.

Dans les bois, près de la fosse, dans le noir, ensemble, mère et fille, Tilly et Marla, n'entendent aucun bruit si ce n'est le vent dans les feuillages, le battement des cœurs et les souffles.
Chhhuuut !

Les sardines

Écoutez.
Voici le bruit que font les vœux exaucés...
(Ceux qui sont terribles. Ceux qui sont mauvais.)
Des hurlements. Beaucoup, beaucoup de hurlements...
Mais étouffés. Comme si quelqu'un hurlait dans un oreiller.
Ou peut-être quelque chose d'un peu plus élastique.
Comme un ballon de baudruche.
Comme du chewing-gum.
Comme de la peau.

Surprise ! Il s'avère qu'au seul moyen d'un peu de magie d'anniversaire, il est possible de capturer la haine, comme un rayon de soleil. La haine peut être amplifiée, réfractée, *braquée sur vous*. Et un groupe d'invités à une fête, agglutinés comme des fourmis sur un trottoir (comme des sardines dans une boîte), se retrouve inondé par les rayons d'une force mystérieuse, qui pour être invisible n'en est pas moins puissante.

La peau collective si douce des invités devient chaude, puis brûlante, puis plus brûlante encore.

Leurs cheveux brillants commencent à se consumer. Puis à fumer, et à griller.

Leurs corps qui tremblent, pulsent, palpitent et sifflent se mettent à transpirer. Puis à roussir. Puis à grésiller. Puis à cuire. Puis à éclater. Puis à fondre. Et puis à *fusionner*.

Leurs corps superposés n'en forment plus qu'un. Leurs nombreux cerveaux ne sont plus qu'un unique cerveau en proie à la confusion et à la panique. Au lieu de plusieurs personnes distinctes, ils deviennent une masse bouillonnante, un organisme terrifié et rendu fou, une mare de chair sensible en ébullition, une *chose* avec des dizaines d'yeux et des tas de membres.

Au sommet d'une colline, sous la lueur crue de la lune, Marla et Tilly se serrent l'une contre l'autre tandis qu'à leurs pieds le monstre d'anniversaire de Tilly tressaute, tremble et grince des dents. Tandis qu'il mugit, tente de s'arracher à lui-même, et hurle.
J'ai peur je ne sais pas ce qui se passe je veux ma maman mon bébé qui es-tu qu'est-ce que tu fais dans ma tête dans mon corps c'est pas moi c'est toi qui es dans le mien est-ce que tu non c'est ma maman non c'est moi Francine non c'est moi Carol non Kezia mon bébé c'est maman comment est-ce possible s'il vous plaît faites que ça s'arrête non c'est moi Steve c'est moi Stacey c'est moi Mitzi c'est moi Layla je ne comprends pas j'ai tellement peur j'aime pas ça s'il vous plaît est-ce que quelqu'un peut m'aider je peux pas bouger je peux pas m'arrêter de bouger oh mon Dieu qu'est-ce qui s'est passé pourquoi est-ce que je ne vois rien je vois tout c'est quoi ces bruits c'est qui ça c'est quoi ça qu'est-ce que je suis qui a fait ça ça fait mal s'il vous plaît faites que ça s'arrête ça me fait mal oh mon bébé je suis désolée c'est qui qu'est-ce que tu es moi...
Frappée de stupeur, Tilly fixe le monstre. Ses yeux rougeoient comme si son crâne était rempli à craquer d'un millier de bougies d'anniversaire, et un filet de bave coule sur son menton.

Au milieu des membres qui se contorsionnent et

des têtes qui poussent des cris perçants, le visage de la Copine se détache brièvement des autres. Elle a l'œil hagard, elle est maculée de boue, son petit nez mutin est cassé, ensanglanté, et la moitié de son incisive a disparu, laissant une béance irrégulière.

La fête d'anniversaire de Tilly est devenue son cadeau d'anniversaire : un monstre qui se contracte, palpite et gargouille au lieu de se moquer des gens. Un monstre qui bave et se convulse et souffre et qui n'embête personne. Un monstre qui geint et bredouille au lieu de tromper et de divorcer. Qui se débat, pousse des cris stridents et se tord de douleur au lieu d'abandonner les gens qu'il était censé aimer et dont il était censé prendre soin.

« Maman ? chuchote Tilly, sidérée, à sa mère. Est-ce que tu crois que les vœux d'anniversaire peuvent être *annulés* ? Peut-être par exemple l'année prochaine pour mon anniversaire ? Ou peut-être même maintenant ?

— Je ne sais pas, ma chérie, répond Marla.

— Tu crois que je *devrais* l'annuler ? demande-t-elle en levant des yeux implorants vers sa mère. Est-ce que tu veux que je le fasse ? »

Marla essaie de répondre mais constate que les mots restent bloqués dans sa gorge. Elle réfléchit tandis que Tilly attend, que le monstre à leurs pieds mugit, jappe et implore la pitié, et tandis que – sous des caillots de glace fondue, des lambeaux de serpentins et des miettes de gâteau détrempé – la bougie jaune tourne, étincelle et piaille : *dou di dou di dou di da !*

COURSE NOCTURNE

Les filles de la classe de sixième étaient des pestes, et tout le monde le savait. Tous les enseignants de l'école primaire de filles de Butula avaient une histoire à raconter sur la classe de sixième : la fois où les filles avaient enfermé une professeure dans les toilettes des garçons pour la nuit. La fois où elles avaient entraîné toute l'école dans une grève sur le tas parce qu'on leur avait servi du *githeri* à la cantine pendant dix jours d'affilée. L'incident de la chèvre dans le placard à fournitures. Quand ils apprirent qu'on avait attribué la classe de sixième à Aaron, le volontaire américain des Peace Corps, tous les enseignants se mirent à lui adresser des regards compatissants en le croisant dans le couloir, et l'une des plus jeunes était tellement désolée pour lui qu'en évoquant le dilemme auquel il était confronté, au réfectoire avec les collègues, elle fondit en larmes.

Mais quand Aaron supplia l'enseignante de lui donner des tuyaux sur la manière de gérer les filles, elle ne put que répondre, avec un soupir fataliste : « Il n'y a pas moyen de les gérer, celles-là. Elles ont le diable au corps, et il n'y a rien à faire à part… » Elle fouetta l'air de la main en guise de démonstration.

Tchac.

À l'école, tout le monde avait purgé sa peine auprès de la classe de sixième. Mais de tous leurs enseignants soumis à rude épreuve, seul Aaron avait peur de les traîner dehors et d'appliquer une badine sur la peau tendre de leurs mollets. Résultat, il ne pouvait même pas se retourner pour écrire sur le tableau noir (Le virus du VIH se transmet/se transmettent selon les modes suivants…) sans que les railleries incessantes qui bouillonnaient dans la classe ne débordent en chaos total.

Elles imitaient son ton quand il parlait, et lui couinaient dessus d'une voix nasale et haut perchée. Elles lui balançaient des trucs : non seulement des craies, mais aussi des boulettes de papier mâché, des grains de maïs, des épingles à cheveux et des projectiles friables et verdâtres confectionnées avec de la morve. Une fois, alors qu'il venait de rendre une série d'exercices, Roda Kudondo s'avança jusqu'à son bureau d'un pas nonchalant et lui colla son cahier sous le nez, baragouinant dans un charabia qui se voulait une imitation de son accent traînant de Texan. La classe explosa de rire, et Aaron, qui ne comprenait pas, lui ordonna de s'asseoir. Mais elle se contenta de répéter ce qu'elle avait dit et s'enfonça un doigt au fond de la bouche pour faire gonfler sa joue. Elle était en train de lui faire des avances, et sa proposition pour rire de l'entraîner au fond de la salle et de lui tailler une pipe en échange d'une meilleure note le laissa tout rouge et abasourdi, tandis qu'elle retournait tranquillement à son pupitre sous les acclamations.

Et puis, un après-midi humide de décembre, Linnet Oduori suivit Aaron au-delà du portail de l'école et jusque chez lui, en miaulant comme un chat tout le long du chemin. Linnet était la fille la plus petite de la classe de sixième, aussi jolie et gracile que l'oiseau qui lui avait donné son nom. Jusqu'à présent, Aaron avait fait d'elle une sorte de chouchoute, saisissant toutes les occasions de la féliciter et de montrer son médiocre travail en exemple aux autres : un favoritisme paresseux et nullement mérité qui inspira cet après-midi-là à la fillette une vengeance étrange mais efficace.

« C'est à cause de tes yeux, l'informa son amie Grace, ce soir-là, quand Aaron raconta ce que lui avait fait Linnet, et comment les autres enfants qu'ils avaient croisés en chemin s'étaient tous joints à elle avec enthousiasme, jusqu'à ce qu'il se retrouve cerné par un troupeau de gamins qui criaient tous *miaou, miaou* avec des voix haut perchées et moqueuses. Tes yeux ressemblent à ceux d'un chat, à cause de leur couleur », continua-t-elle, comme s'il s'agissait d'une évidence.

Aaron trouvait les yeux de Grace plus félins que les siens, qui étaient juste d'un bleu quelconque. Grace était une fille Luhya du coin, et elle avait les yeux bruns, évidemment, mais diaboliquement retroussés aux coins et légèrement globuleux, de sorte que, quand il la regardait de côté, il distinguait le ménisque transparent formé par sa pupille, comme une goutte d'eau prête à déborder.

Grace avait adopté Aaron au cours de sa première semaine au village, et s'était présentée un soir à sa porte avec un Coca tiède et un chapati brûlé en guise d'offrande. Avec la traînée grasse de boutons qui lui barrait le front, son sourire dévoilant des dents écartées et des gencives noires, et son air dédaigneux et détaché, Grace aurait été tout à fait à sa place parmi les filles de la classe de sixième, même si elle avait dix-neuf ans, et était donc plus âgée que n'importe laquelle d'entre elles. Très tôt, elle avait demandé à Aaron d'où il venait exactement en Amérique, et quand il avait répondu, elle avait dit froidement : « Moi, je croyais que tous les Texans étaient des balèzes, genre cow-boys, mais toi tu n'es pas balèze. Tu es juste… de taille ordinaire. » Grace avait fréquenté Butula quelques années auparavant, et quand Aaron lui racontait ce qui se passait à l'école, elle affichait un refus obstiné de croire qu'il puisse lui apprendre quoi que ce soit qu'elle ne savait pas déjà.

Dès que la nuit tombait, Grace investissait la maison exiguë à l'odeur rance d'Aaron, manifestant à chaque brève inspiration que l'endroit était à peine tolérable à ses yeux, et que passer du temps dans un taudis pareil n'était pas digne d'eux. Une fois, elle lui avait demandé tout de go : « Pourquoi est-ce que t'as fait tout ce chemin depuis le Texas pour vivre dans cette maison toute petite-petite ? Tu ne sais pas que même le cuisinier de l'école a une maison mieux que ça ? »

Aaron lui avait expliqué qu'il était volontaire, que la maison avait été fournie par l'école, et qu'il ne pouvait donc rien y faire, même si en réalité il s'était plaint avec véhémence de ses conditions de vie auprès de ses responsables chez les Peace Corps, et ce dès son arrivée. Et en effet, quand il avait franchi le seuil pour la première fois, il avait reçu une pluie de crottes de chauve-souris poussiéreuses tombées du chambranle, et plus tard il avait découvert le cadavre desséché de

Course nocturne

l'une des coupables restée coincée dans la cuisinière débranchée, ressemblant à s'y méprendre à un étron marron tout durci.

Malgré son dégoût manifeste pour cet endroit, Grace restait souvent chez lui jusqu'à minuit passé, à suçoter la jointure de ses doigts tout en l'observant par-dessus la table éclairée par une lanterne. Aaron soupçonnait qu'elle finirait par lui faire des avances, et il consacrait beaucoup de temps à se demander comment il réagirait, mais pour le moment elle n'en avait encore rien fait. À la fin de la soirée, elle se contentait de se lever, de bâiller, et de remettre l'air de rien la bretelle de soutien-gorge qui avait glissé sur son épaule.

Mais la nuit de l'incident des miaulements, Aaron raccompagna Grace jusqu'à la limite de sa concession, et s'attarda. De façon impulsive, il voulut la toucher or, au lieu de s'abandonner, elle souleva la main qu'Aaron avait posée sur sa taille, la replaça sur le flanc du jeune homme, et lui rit au nez.

« Pas bien du tout », se moqua-t-elle, lui agitant son doigt sous le nez.

Désormais, Aaron avait cette honte à ajouter à la longue liste d'humiliations qui le maintenaient éveillé la nuit, les yeux fixés au plafond, à redouter l'arrivée du matin.

Peu de temps après s'être enfin endormi, Aaron fut réveillé par des coups frappés à sa porte. Sa lanterne s'était éteinte, et il se dépêtra donc à l'aveuglette de sa moustiquaire et trébucha dans l'obscurité pour gagner l'avant de la maison. « J'arrive ! » cria-t-il, mais l'intensité des coups ne faiblit pas. Son visiteur était si insistant qu'il se demanda s'il s'était produit une urgence quelconque, un attentat terroriste ou une invasion de rebelles, et si des gens des Peace Corps étaient venus pour le mettre en sécurité par hélicoptère. C'était une éventualité à la fois effrayante et un peu excitante, mais quand il déverrouilla enfin la porte, il n'y avait personne.

Perplexe, il s'aventura dans la concession, dehors. L'air nocturne sentait le charbon de bois et le fumier, et sa fraîcheur lui donna la chair de poule. Le dernier coup n'avait retenti que quelques secondes à peine avant qu'il ouvre la porte : il semblait impossible que quelqu'un ait eu le temps de s'enfuir. Mais, dans la faible clarté de la lune, il vit que la cour était vide, le portail barré, et qu'alentour tout était silencieux.

« Il y a quelqu'un ? » demanda-t-il, mais il n'entendit rien en retour, à part le halètement de sa propre respiration.

Il rentra, reverrouilla la porte, et réarrangea sa moustiquaire en la bordant soigneusement sous les coins de son matelas... or dès qu'il fut sous les couvertures, les coups reprirent. Trois fois, il ouvrit la porte d'un coup et ne vit rien. À un moment, il se faufila par-derrière et essaya de faire discrètement le tour de la maison pour surprendre son tourmenteur, mais dès qu'il mit le pied dehors, les coups laissèrent place au silence. Il retourna dans la maison et s'assit dos au mur, en s'efforçant de ne pas céder à la panique. C'est alors que les coups reprirent, une fois de plus, martelés sur sa porte en métal dans un bruit assourdissant. « Allez-vous-en ! hurla-t-il, les mains pressées sur ses oreilles. Allez-vous-en ! *Toka hapa !* Allez-vous-en ! » Mais

Course nocturne

les coups – et c'était fou, impossible, abrutissant – se poursuivirent toute la nuit.

À l'aube, alors que ses yeux le brûlaient et que ses pensées s'agitaient nerveusement sous l'effet du manque de sommeil, la porte se tut enfin. Se disant que son harceleur pourrait avoir laissé quelques indices qui seraient visibles à la lumière du jour, Aaron sortit d'un pas hésitant, pour se retrouver seulement face à un tas fumant de merde enroulée douillettement au beau milieu de son porche.

La puanteur fraîche et intime de la chose lui donna un haut-le-cœur. Il se plaqua le bras sur le nez, rentra en courant et claqua la porte, mais, même comme ça, il était certain de sentir encore l'odeur. Plus tard, il but deux canettes de Tusker tiède pour se donner du courage et ramassa les excréments entre les pages d'un journal, leur chaleur insidieuse irradiant à travers le papier mince. Puis il traversa sa cour au pas de course, les bras tendus devant lui, et balança le paquet froissé par-dessus le mur, dans la rue.

Aaron savait que s'il n'allait pas à l'école aujourd'hui il perdrait toute chance d'avoir un jour le moindre contrôle sur la classe de sixième, pourtant il ne put s'y résoudre. Il resta couché sur son canapé, en sueur, le visage caché sous des couvertures, et essaya d'identifier celle qui était la suspecte la plus crédible pour cette attaque nocturne. La délicate Linnet, la miauleuse ? La grossière Roda Kudondo ? Ou quelqu'un de moins évident, comme la jolie Mercy Akinyi, qui avait un jour rendu une copie de contrôle composée uniquement des mots « J'aime Moses Ojou » répétés encore et encore ? Peut-être que c'était Milcent Nabwire, qui, la semaine dernière, avait levé la main pendant un cours et demandé : « *Mwalimu*, est-ce… est-ce que… est-ce que c'est vrai que… que les *Wazungu*… est-ce que c'est vrai que… ? » et puis, dans une grande rafale bredouillante : « *Mwalimu, ni kweli bazungu hutomba wanyama ?* » Pour tenter de dissimuler la lenteur de ses compétences en traduction, il avait fait semblant de peser la question avec soin, faisant la moue et fronçant les sourcils, si bien que c'est seulement quand il avait compris ce qu'elle voulait dire (*Maître, est-ce que c'est vrai que les Blancs couchent avec des animaux ?*) qu'il avait réalisé qu'il s'était complètement piégé tout seul, s'offrant de lui-même à leurs moqueries.

Ou c'était peut-être Anastenzia Odenyo, l'une des nombreuses orphelines de la classe, qui jouait le rôle de chef de famille pour cinq frères et sœurs plus jeunes. Elle venait si rarement à l'école qu'il avait du mal à se souvenir de son visage, même s'il la croisait parfois dans le village, l'air épuisée et stressée, un panier de courses posé en équilibre sur la tête, un enfant accroché à sa hanche. Il avait proposé un jour de payer les quelques oignons qu'elle achetait au marché, en ajoutant qu'il espérait qu'elle pourrait bientôt revenir à l'école. Elle avait accepté la poignée de shillings qu'il lui tendait, puis avait désigné son iPod et dit quelque chose en swahili qu'il n'avait pas compris.

« Pour écouter de la musique, avait-elle dit en anglais, énonçant chaque mot avec soin. J'aime bien écouter de la musique. » Il arrivait fréquemment qu'on lui demande ses affaires, mais ça le mettait toujours mal à l'aise.

« Non, Anastenzia, lui répondit-il. Désolé.

— D'accord, dit-elle en faisant taire l'enfant qu'elle portait, qui s'était mis à pleurer. Une autre fois peut-être. Merci pour les oignons, *Mwalimu*. Au revoir. » Il était à mi-chemin de sa maison quand une ignoble possibilité lui vint à l'esprit : peut-être ne lui demandait-elle pas de lui offrir son iPod, mais seulement de lui faire écouter une chanson.

Oui, cela aurait pu être Linnet, ou Roda, ou Mercy, ou Milcent, ou Anastenzia... mais cela aurait pu aussi être Stella Khasenye, ou Saraphene Wechuli, ou Veronica Barasa, ou Anjeline Atieno, ou Brigit Taabu, ou Purity Anyango, ou Violeta Adhiambo. La vérité, c'est que cela aurait pu être n'importe laquelle d'entre elles, parce qu'elles le détestaient toutes, jusqu'à la dernière.

Le directeur passa chez lui au milieu de l'après-midi, et Aaron dit qu'il était malade. Le directeur le mit en garde au sujet des dangers de la malaria, et proposa d'envoyer un des enfants lui apporter du Doliprane, mais il refusa poliment et se glissa de nouveau au lit. Plus tard, Grace se présenta à son heure habituelle et Aaron, esseulé et flageolant, l'invita à entrer. « Qu'est-ce qui t'arrive ? » demanda-t-elle dès qu'elle le vit. Il lui raconta une version abrégée de son supplice nocturne, même s'il ne put se résoudre à admettre que quelqu'un avait chié sur son porche. Comme la proposition grossière de Roda, l'insolence d'un tel acte lui faisait curieusement davantage honte à lui, la victime, qu'à l'auteur de la transgression. Il s'attendait à ce que Grace ne le croie pas quand il lui raconta que les coups avaient continué jusqu'au lever du soleil (il avait lui-même du mal à y croire), mais quand il eut fini son récit, et se prépara à être tourné en ridicule, elle ne fit qu'opiner, et dit d'un ton docte : « Ah. C'est un coureur de nuit.

— Un coureur de nuit ? répéta-t-il.

— Ils ne t'ont pas parlé des coureurs de nuit dans ton école des Peace Corps ? »

Très tôt, Aaron avait mentionné les huit semaines de formation des Peace Corps qu'il avait suivies avant d'arriver à Butula et, depuis lors, il avait l'impression que Grace était persuadée qu'il avait passé des mois en classe, où on lui aurait enseigné tous les détails possibles concernant la vie au Kenya, depuis la façon convenable de saluer un ancien jusqu'à la méthode adéquate pour préparer une mangue. Elle affichait de la stupéfaction à la moindre erreur de sa part, souvent sincèrement outrée par l'extrême négligence de ces enseignants imaginaires à l'égard de leur élève.

« Les coureurs de nuit sont très répandus chez nous, le peuple Luhya, lui raconta-t-elle. Ils causent des tas d'histoires en courant partout tout nus n'importe comment. » Peut-être inspirée par l'expression abasourdie d'Aaron, elle adopta un registre plus grave, masculin, fronça les sourcils et fit de son explication un véritable spectacle. « Ils débarquent, *boum, boum, boum*, en faisant des bruits comme ça (elle offrit une démonstration en décochant des coups de poing dans le vide), et ils frottent leur *nini* contre ton mur (elle bomba les fesses et les braqua sur lui), et si tu n'as vraiment pas de chance, ils te laissent un petit cadeau. » Elle gloussa et conclut avec emphase : « Oui ! Voilà ce qu'est le coureur de nuit. »

Pendant le reste de la soirée, Aaron essaya de faire

avouer à Grace que tout cela était une invention de sa part. Elle lui avait déjà raconté des histoires de dingues sur le monde surnaturel – notamment une au sujet d'un homme qui avait été maudit, de sorte que chaque fois qu'il urinait il faisait cocorico comme un coq ; et une autre sur une sorcière qui avait jeté un sort à un couple adultère, si bien qu'ils restèrent coincés tous les deux en faisant l'amour, et qu'on dut les conduire à l'hôpital pour les séparer par voie chirurgicale –, mais c'était toujours sous forme de taquinerie, lui semblait-il, comme si elle savait qu'il ne la croirait pas et le mettait au défi de la contredire. En revanche, en ce qui concernait l'existence réelle des coureurs de nuit, elle semblait profondément convaincue. Non, ce n'étaient pas des esprits, c'étaient de véritables personnes, poussées à courir par une sorte de maladie mentale démoniaque. Leur identité était secrète, car si la communauté découvrait que vous étiez un coureur de nuit... alors là, ouh là là, c'était votre fête ! Une fois, à trois villages de là, une coureuse de nuit avait été surprise et pratiquement lynchée avant qu'on ne s'aperçoive que, de jour, c'était la femme très respectée d'un pasteur.

Son scepticisme émoussé progressivement par la conviction de Grace, Aaron demanda comment on pouvait faire pour se débarrasser d'un coureur de nuit qui vous harcelait. Grace se lança dans une histoire alambiquée sur les meilleurs coureurs de nuit qui travaillaient en duo, et les rituels communs complexes qu'ils pratiquaient pour ne pas se faire attraper, mais alors elle s'interrompit et secoua la tête avec désespoir.

« Non ! Le vrai problème, c'est que ces coureurs

de nuit sont très difficiles à arrêter, parce que quand tu les pourchasses ils peuvent se transformer, en chats par exemple, en oiseaux ou même en léopards, donc comment est-ce que quelqu'un pourrait les suivre ?

— Grace ! s'écria Aaron tandis qu'elle explosait bruyamment de rire. T'es pas drôle ! »

Grace fit claquer sa main sur la table et cria : « Faux ! Je suis drôle. Ton problème, c'est que t'es trop sérieux. "Oh non, une enfant me miaule dessus !" "Oh non, quelqu'un frappe à ma porte la nuit !" Il y a pire dans ce monde que de se faire miauler dessus. Alors parce que t'as tes petits soucis… ça veut dire qu'on ne peut plus rigoler ?

— Je trouve juste que tu pourrais être un peu plus compatissante », fit Aaron d'un ton morose, en finissant le reste de son Coca.

Le lendemain matin, ragaillardi par huit bonnes heures de sommeil, Aaron décida de s'aventurer sur le campus. Toutefois, au lieu de rejoindre sa classe, il se présenta au bureau du directeur. Les pieds du directeur étaient posés sur son bureau, et une traînée de chewing-gum noircissait la semelle d'une de ses chaussures.

« *Mwalimu* Aaron ! s'exclama le directeur. Comment va votre malaria aujourd'hui ?

— Ce n'était pas la malaria, dit Aaron. Et je vais beaucoup mieux. Mais il faut que je vous parle des filles de la classe de sixième. Leur comportement dépasse les bornes. »

Tandis que le directeur écoutait, en se balançant en arrière dans son fauteuil, Aaron se lança dans une liste interminable des outrages commis par la classe de

Course nocturne

sixième. Elles lui jetaient des objets. Elles l'imitaient. Elles posaient des questions grossières. Elles refusaient de faire leurs devoirs. Elles ne le traitaient pas avec le respect qui lui était dû. Quand Aaron raconta l'histoire des miaulements de Linnet, le directeur se mit à froncer les sourcils, mais quand il décrivit l'attaque perpétrée contre sa maison, le directeur laissa retomber les pieds de son fauteuil avec fracas.

« Non ! déclara le directeur. C'est trop grave. Avec un tel harcèlement, comment pouvez-vous dormir ? Quelqu'un qui vient à votre porte, et qui tambourine, tambourine, tambourine toute la nuit ! »

Aaron allait acquiescer, mais avant qu'il puisse dire quoi que ce soit, le directeur continua : « Ce n'est pas seulement une nuisance, non ! C'est un vrai problème dans notre communauté, cette vilaine habitude de courir la nuit ! »

Aaron se laissa choir à nouveau dans son fauteuil tandis que le directeur se fendait soudain d'un large sourire, dévoilant une bouche pleine de dents luisantes. Il empoigna Aaron par l'épaule. « Mon ami. Si vous voulez qu'il y ait de la discipline dans votre classe, vous devez les discipliner ! La prochaine fois qu'une toute petite-petite fille vous miaule dessus… pan ! » Il fouetta l'air avec son journal. « Faites-le, et je pense que vous ne recevrez plus de visites de ce coureur de nuit. »

Vaincu, Aaron retourna dans sa salle de classe. N'importe quel autre jour, les filles se seraient déchaînées en son absence, or aujourd'hui elles étaient assises bien droites à leur pupitre, les chevilles serrées, les mains croisées et posées devant elles. Une centaine d'yeux le suivirent tandis qu'il traversait la salle vers le premier rang. Alors qu'il se raclait la gorge et se préparait à prendre la parole, il s'autorisa un instant d'espoir. *Peut-être que c'est terminé. Peut-être qu'elles réalisent enfin qu'elles sont allées trop loin.*

« Bonjour, les filles », lança-t-il à la classe.

L'atmosphère se remplit de bruits de raclement de pieds et de grincements de pupitres au moment où la classe de sixième se leva, d'un seul mouvement, pour le saluer.

« *MIAOU !* »

Dans le moment d'hystérie qui suivit, Aaron attrapa le bras de la fille qui se trouvait le plus près : Mercy Akinyi, celle qui était amoureuse de Moses Ojou. Mercy glapit et lui planta ses doigts dans la main, mais il la tira et l'entraîna de force vers la porte. Ils étaient pratiquement dans la cour avant que les autres filles ne réalisent ce qui était en train de se passer et, quand elles comprirent, elles suivirent en masse, l'enveloppant dans un maelström de cris perçants. Les crachats, bouts de papier et chaussures volaient autour de lui, mais Aaron n'avait qu'une chose en tête : garder le contrôle de l'unique élève qui se tortillait sous sa main.

Attiré par tout ce remue-ménage, le reste des écolières afflua à l'extérieur, et leurs enseignants intrigués ne firent aucun effort pour les arrêter. Sous les yeux de l'école tout entière, Aaron traîna Mercy au centre de la cour puis, ainsi que le voulait la coutume, lui souleva les mains au-dessus de la tête et les plaça sur le mât. La jupe à carreaux bleus et blancs de Mercy se releva sur l'arrière des genoux, dévoilant ses jambes brunes et lisses. À leurs pieds, des dizaines de fines baguettes jonchaient l'herbe, vestiges de corrections antérieures. Aaron en attrapa une et l'appliqua contre la jambe de Mercy. Un muscle potelé tressaillit sous la peau de son mollet.

Aaron avait maintenant l'estomac barbouillé, glacé. Il avait l'impression qu'il risquait de perdre le contrôle de ses intestins, mais leva la baguette pour frapper. À ce moment précis, Mercy inclina la tête et lui adressa un faible sourire.

« *Miaou* », murmura-t-elle.

Il n'y parvint pas. Il balança la baguette par terre et rentra chez lui.

Grace ne vint pas ce soir-là, mais le coureur de nuit, si. Le lendemain matin, Aaron ouvrit la porte et fut surpris un court instant de découvrir le porche vierge de toute souillure, jusqu'au moment où la puanteur lui parvint et où il se retourna pour découvrir la trace brune agglomérée étalée à hauteur de hanche en cercle continu, tout autour des murs blancs de sa maison.

Aaron rentra et appela sa responsable chez les Peace Corps. Il dit qu'il avait été la cible de harcèlement dans son village, qu'il n'avait plus le sentiment de pouvoir apporter quoi que ce soit à cette communauté, et qu'il voulait rentrer chez lui. Il s'attendait à ce qu'elle essaye de l'en dissuader, de le rassurer sur la valeur de son travail, mais elle n'en fit rien. Les Peace Corps l'avaient pratiquement laissé à lui-même sur son lieu de mission, mais dès qu'il voulut partir, ce fut comme s'il avait actionné un levier et mis en branle les rouages d'une machinerie complexe. Sa responsable lui demanda seulement s'il se sentait en insécurité dans le village, ou s'il envisageait de se faire du mal. Il répondit que non, elle lui demanda alors de venir au bureau le lendemain pour commencer à remplir les documents de cessation de contrat, et ce fut tout. Ça n'aurait pas pu être plus simple. Il en avait terminé.

Quand il raccrocha, Aaron remplit un seau d'eau tiède et mousseuse. Il fit un nœud à un vieux tee-shirt, sortit, puis se mit à genoux et frotta ses murs jusqu'à ce qu'ils brillent. Il ne ressentit ni dégoût ni révulsion, juste une sorte de mépris sourd. C'étaient elles qui avaient fait ce choix de le pousser à partir. Tout comme battre les enfants était un choix. Tout comme avoir des rapports sexuels non protégés était un choix. *Elles l'ont choisi*, se dit-il, et les mots étaient comme du sang dans sa bouche.

Tandis que le soleil se couchait sur son dernier jour au village, Aaron s'y rendit à pied pour la dernière fois, s'acheta un chapati et un Coca, et puis, après réflexion, un deuxième chapati et un Coca pour Grace. Il se demanda ce qu'elle dirait quand elle découvrirait qu'il partait, et il entendit à nouveau sa voix choquée dans sa tête : *Ils ne t'ont pas parlé des coureurs de nuit dans ton école de Peace Corps ?*

Non, Grace, pensa-t-il. *Ils ne m'ont appris aucune des choses que j'avais besoin de savoir.*

Ce soir-là, il n'y eut pas de Grace, et pas de coureur de nuit au début, juste une chaleur suffocante qui s'insinua dans la maison et refusa obstinément de s'en aller. Aaron avait du mal à respirer mais trop peur d'ouvrir les fenêtres, et il se déshabilla, se mit en sous-vêtements, et tamponna son front trempé avec un mouchoir en restant accroupi sur son matelas. Sur ses genoux, il tenait un outil qu'il avait pris dans son abri de jardin, une de ces lames longues et plates que les gens du coin appelaient un « coupe-herbe ». Il avait dit la vérité à sa responsable : il ne se croyait pas en insécurité dans le village. Mais il se sentait effrayé, humilié et impuissant, et il n'en pouvait plus de ressentir ça.

Les coups commencèrent juste après minuit. *Toc toc toc*, fit son visiteur, d'abord à la porte, et puis à la fenêtre. *Toc toc toc*. Porte, fenêtre, fenêtre, porte, jusqu'à ce que la maison tout entière soit cernée de coups papillonnants de petites filles. Personne ne pouvait se déplacer aussi vite, c'était certain. Peut-être que la classe de sixième tout entière était venue lui rendre visite, en guise de sortie scolaire sadique. Aaron revit Mercy, les mains posées sur le mât, qui lui lançait un regard en coin. Même au moment où il fut assez furieux pour la battre au sang, elle n'eut pas peur de lui, et maintenant il se retrouvait là, tapi dans sa maison comme un lâche. *Je suis venu ici pour vous aider*, pensa-t-il. Il se leva, le coupe-herbe sur l'épaule comme une batte de baseball, et se faufila jusqu'à la porte, tandis que le bruit des coups se répandait tout autour de la maison comme des battements d'ailes.

Attends.
Attends.
Toc toc toc.
Maintenant.

Aaron ouvrit la porte d'un coup. Deux jambes brunes et nues flottaient devant lui, orteils déchaussés et gigotant, et soudain l'une d'elles se lança en direction de son visage, et cinq ongles de pied nacrés lui griffèrent la joue. Avec un cri perçant, Aaron balança furieusement le coupe-herbe – mais les jambes glissèrent vers le haut et disparurent, le laissant face à une embrasure vide et à la nuit sombre et fraîche, la lame de métal logée dans le bois vermoulu du chambranle.

Aaron flancha, eut un haut-le-cœur. Il cracha de la bile à l'endroit où, si la lame avait rencontré la chair, la jambe sectionnée d'une petite fille aurait roulé au sol. Le choc de ce qu'il avait failli faire l'atteint comme un coup de fouet, et s'enroula, électrique, autour de sa colonne vertébrale. Rien que d'imaginer, s'il l'avait touchée. Le craquement de l'os. Le hurlement. Le flot de sang rouge sombre qui giclait.

Mais elle lui avait échappé. Elle était sur le toit à présent, les coups remplacés par une pluie bruissante de *tap tap tap*. Il sortit dans la cour d'un pas chancelant, juste à temps pour voir une ombre petite et sombre se faufiler de l'autre côté du toit en pente. Elle était hors de vue, prise au piège, car le mur de ce côté-là de la concession était bien trop haut pour qu'une petite fille puisse l'escalader.

« Mercy ? implora-t-il. Linnet ? Roda ? Viens ici et parle-moi. Je t'en prie. »

De l'autre côté de la maison lui parvint un bruit étouffé, *pouf*, quand celle qui était sur le toit, quelle que soit son identité, dégringola au sol. Aaron courut à grandes enjambées en direction du bruit, coupant la route vers la sortie. Impossible qu'elle ait pu se faufiler autour de la maison sans qu'il la voie : et pourtant, le bruit suivant s'éleva dans son dos, un léger gloussement suivi d'un murmure moqueur. « *Miaou !* »

La colère qu'il pensait avoir exorcisée enfla de nouveau en lui. Il fit volte-face et plongea pour la plaquer, mais elle lui échappa et il la prit en chasse, par-delà le portail, sur la route, oubliant qu'il était pieds nus, oubliant qu'il ne portait rien d'autre que ses sous-vêtements, oubliant absolument tout à part sa rage.

Elle courait le long de la route dans l'obscurité de la nuit, et il ne distinguait rien d'autre que le contour flou de son ombre, d'abord de la taille d'un enfant, puis aussi grande qu'un homme, puis aussi petite qu'un chat, et puis de nouveau de la taille d'une petite fille. Il courut derrière elle dans les rues vides, passant devant des maisons aux volets clos et des magasins fermés, traversant de petits massifs humides de rosée puis un bosquet d'arbres plus grands dont les branches s'accrochèrent à lui, s'emmêlèrent dans ses cheveux et laissèrent de minces traces ensanglantées semblables à des marques de fouet sur sa poitrine. Il courut et courut encore, dépassa une église et une décharge, et traversa un champ de maïs, les jeunes plants coupants comme des rasoirs lui lacérant les jambes, et enfin il escalada un mur, pour atterrir dans une concession illuminée par un feu.

Clignant des yeux, Aaron mit la main en visière. Au début, il était incapable de distinguer les gens des ombres. Ce qu'il prit d'abord pour un homme grand et émacié tangua et se révéla être un mât. Il cligna à nouveau des yeux et réalisa que la cour lui était familière, le bâtiment derrière encore plus. Rassemblées autour du feu, qui flamboyait ce soir comme chaque fois qu'il y avait une fête, se trouvaient les filles de la classe de sixième. À leurs côtés, il y avait les filles de cinquième, de septième et de huitième. La plupart tenaient des Coca et des Fanta. Elles avaient la bouche luisante de chèvre rôtie au feu.

C'était une fête, pour célébrer la fin du trimestre. Aaron s'accroupit devant elles, pantelant, et en l'apercevant les filles écarquillèrent les yeux, et puis l'une d'entre elles le pointa du doigt, le visage déformé par l'horreur, et laissa échapper un petit gémissement de terreur. Aaron fit volte-face pour regarder derrière lui, et pendant cette seconde où il était en train de se retourner, il crut en toutes les créatures des histoires de Grace, avant de voir le mur vide dans son dos, et de se souvenir qu'il était le poursuivant, pas le poursuivi.

Certaines des plus petites se mirent à pleurer, avec des gémissements lugubres, effrayés, mais alors Roda Kudondo l'interpella hardiment : « Hé ! Le coureur de nuit ! » et les sanglots laissèrent place à des huées et des railleries.

Aaron baissa les yeux et se découvrit comme elles le voyaient : une apparition spectrale, un étranger aux yeux de chat, aussi pâle qu'un champignon. Le caleçon en lambeaux et couvert de saleté ; des brindilles et des feuilles accrochées aux poils entre ses jambes, sa peau embrasée par une bouffée de honte. *Courageuses petites*, se dit-il soudain, tandis que leurs huées s'élevaient autour d'elles, protectrices. Courageuses petites, capables de transformer la terreur en rires, de plaisanter au lieu de pleurer.

Course nocturne

« Pssst ! » Un murmure lui parvint de l'autre bout de la cour. « Aaron ! »

Il leva les yeux pour découvrir une silhouette nimbée d'ombres. D'abord, il crut que c'était juste une autre écolière, mais elle lui fit un large sourire et il reconnut ses longues jambes, et ses dents écartées.

« Pssst ! » recommença la voix. Elle lui faisait signe, articulant silencieusement une phrase en swahili.

Ukimbie nami.

Viens courir avec moi.

Grace, qui n'avait pas peur de lui. Grace, qui se moquait de lui et lui racontait des histoires, qui l'avait taquiné et terrifié. Grace, qui au lieu de pleurer ou de s'emporter... courait. Demain, il entamerait le long voyage de retour, mais ce soir, Grace piquait un sprint toute nue à travers la cour, invisible aux yeux de tous, à part lui.

Et ce soir, souple comme un chat, il s'élança à sa poursuite.

LE MIROIR,
LE SEAU & LE VIEUX FÉMUR

Il était une fois une princesse qui devait se marier. Nul ne s'attendait à ce que cela pose un problème. La princesse avait des yeux vifs et un petit visage mignon. Elle adorait sourire et plaisanter. Elle possédait un esprit affûté, passionné et curieux, et si elle passait un peu trop de temps le nez plongé dans les livres par rapport à l'idéal de l'époque (ou de n'importe quelle autre), eh bien au moins, cela voulait dire qu'elle avait toujours une histoire à raconter.

Les prétendants affluèrent de tout le royaume pour rendre visite à la princesse, et celle-ci les reçut tous avec la même grâce. Elle leur posa des questions puis répondit à son tour aux leurs. Elle se promena bras dessus bras dessous avec eux en flânant dans les jardins. Elle écouta, rit, échangea une histoire contre une autre, et elle était si charmante et si enjouée que chaque prétendant rentrait chez lui en se disant que passer sa vie marié à la princesse ne serait pas franchement chose désagréable, outre le plaisir de devenir roi un jour.

Après ces visites, la princesse s'asseyait au salon avec le roi, la reine et le conseiller royal, et ceux-ci la mitraillaient de questions. Qu'avait-elle pensé du dernier prétendant ? Le trouvait-elle beau, galant, intelligent, bon ?

Oh oui, répondait la princesse avec un sourire plein de fossettes. Absolument. Tout cela à la fois.

Et qu'avez-vous pensé de ce prétendant par rapport au précédent ?

Cet autre prétendant était certes tout à fait séduisant lui aussi.

Mais celui-ci était-il mieux ?

Oui, sans doute. Enfin, non. C'est difficile à dire. Ils avaient tous les deux tellement de qualités !

Faut-il que nous les invitions tous deux à revenir, de sorte que vous puissiez comparer ?

Oh, non, je ne pense pas que cela soit nécessaire.

Alors vous voulez dire qu'aucun des deux ne vous a plu.

Si, si ! Seulement…

Seulement ?

Cela semble mauvais signe, n'est-ce pas, que j'aie autant de mal à choisir entre les deux ? Je me disais, si ça n'est pas trop demander, peut-être pourrait-on…

… en inviter un autre ?

Oui.

Un autre prétendant.

Oui, s'il vous plaît.

S'il en reste.

Oui, s'il en reste. Serait-ce possible ? S'il vous plaît ?

Et sur ce, la reine pinça ses lèvres minces, le conseiller royal sembla troublé mais garda ses conseils pour lui, et le roi soupira et dit : Eh bien dans ce cas…

De cette façon, une année passa, puis une autre, et puis encore trois, et la princesse avait fait défiler tous les princes du royaume, et tous les ducs, et tous les vicomtes, et tous les financiers-sans-titre-mais-outrageusement-riches, et tous les-artisans-sans-titre-et-pas-très-riches-mais-respectables, et finalement tous les artistes, qui n'étaient ni titrés, ni riches, ni respectables, et pourtant pas un seul d'entre eux ne s'était distingué aux yeux de la princesse.

Bientôt, il devint impossible de se promener à quelques kilomètres à la ronde sans tomber sur l'un des anciens prétendants de la princesse. Et comme tous les prétendants s'accordaient à le dire, cela aurait été une chose de se voir rejeté pour un motif quelconque, mais ne pas être retenu parce qu'on était, pour quelque vague raison, pas assez bien… c'était vraiment dur à avaler.

Quand cinq ans eurent passé, la princesse avait évincé presque tous les hommes éligibles du royaume, et des rumeurs avaient commencé à se répandre, accompagnées d'un certain mécontentement. La princesse était peut-être égoïste. Trop gâtée. Arrogante. Ou peut-être n'était-ce qu'un simple jeu pour elle, et qu'elle ne voulait pas se marier du tout.

Au début de la sixième année, le roi perdit patience. Un jour il informa la princesse que tous les hommes qu'elle avait repoussés seraient invités le lendemain à revenir au château. La princesse en choisirait un et l'épouserait, et fin de l'histoire. Et la princesse, qui était fatiguée elle aussi de tout ce défilé, et perturbée par sa propre incapacité à choisir, accepta.

Les prétendants revinrent et, une fois de plus, la

princesse se promena parmi eux, en bavardant, en riant et en échangeant des histoires, même si elle n'était peut-être pas tout à fait aussi enjouée qu'autrefois, et chacun des prétendants décida une nouvelle fois que passer sa vie marié à la princesse ne serait pas franchement chose *si* désagréable, surtout compte tenu du plaisir de devenir roi un jour.

La journée se déroula sans incident, et au coucher du soleil, le roi, la reine et le conseiller royal se réunirent au salon avec la princesse et lui demandèrent de leur livrer sa décision. La princesse ne répondit pas tout de suite. Elle se mordit la lèvre. Elle se rongea les ongles. Elle se passa les mains dans ses longs cheveux bruns. Enfin, elle murmura : S'il vous plaît, est-ce que je peux avoir un jour de plus ?

Le roi poussa un beuglement et renversa la table de rage. La reine bondit et gifla la princesse. La princesse enfouit son visage dans ses mains et se mit à sangloter, et tout ne fut que chaos et malheur jusqu'à ce que le conseiller royal intervienne.

Laissez-lui une nuit de plus pour y réfléchir, dit le conseiller royal. Elle peut choisir son mari demain matin.

Le roi et la reine étaient loin d'être ravis, mais jusqu'à présent jamais le conseiller royal ne leur avait fait faire fausse route, et ils permirent donc à la princesse d'aller se coucher ce soir-là, sa décision toujours en suspens.

Seule dans sa chambre, la princesse était couchée, éveillée, et se tortillait dans ses draps en sondant son cœur, comme elle l'avait fait tous les soirs ces cinq dernières années. Pourquoi n'y avait-il personne pour la satisfaire ? Quelle était cette chose qu'elle cherchait en vain ? Son cœur meurtri ne lui apporta aucune réponse. Épuisée et malheureuse, elle venait de s'assoupir quand un coup résonna à sa porte.

La princesse s'assit dans son lit. Était-ce la reine, prête à lui offrir un baiser d'excuses et de compassion ? le roi, porteur d'une énième menace ou d'un avertissement ? Ou peut-être était-ce le conseiller royal, muni de quelque mission magique qu'elle pourrait soumettre à ses prétendants, et qui permettrait de choisir le plus valable d'entre eux tous.

Mais quand la princesse ouvrit sa porte, la silhouette qui se tenait dans le couloir n'était pas celle du roi, ni celle de la reine, ou du conseiller royal. C'était quelqu'un qu'elle n'avait jamais vu auparavant.

Le visiteur de la princesse portait une cape noire qui lui tombait jusqu'aux chevilles, et un capuchon noir qui lui couvrait les cheveux. Mais son visage, quand elle le contempla en face, était charmant, envoûtant et chaleureux. Il avait des joues rondes, des lèvres pleines et douces, et des yeux d'un bleu lumineux qui donnaient envie de s'y noyer.

Oh, murmura doucement la princesse. Bonsoir.

Bonsoir, murmura à son tour son visiteur.

La princesse sourit, et quand le visiteur lui rendit son sourire, elle eut l'impression qu'on avait vidé son corps de tout son sang pour le remplacer par un mélange de bulles de savon, d'air et de lumière.

La princesse attira son visiteur à l'intérieur, et ils passèrent la nuit ensemble dans son lit à baldaquin, à s'embrasser, plaisanter et bavarder jusqu'à l'aube. Quand elle s'endormit, juste au moment où le soleil se levait, la princesse était plus heureuse qu'elle ne l'avait jamais été, et, quand elle rêva, ce fut d'une vie emplie de plus de joie qu'elle n'avait jamais osé l'imaginer, une vie débordant de rires, de bonheur et d'amour.

La princesse se réveilla avec un sourire qui dansait sur ses lèvres, la main de son amant sur sa hanche, et le roi, la reine et le conseiller royal penchés au-dessus d'elle.

Oh, mon Dieu, dit la princesse, rougissant. Je sais ce que vous pensez. Mais écoutez : j'ai réussi. Enfin, après toutes ces années. J'ai fait mon choix.

Elle se tourna vers son amant, toujours caché sous les draps. C'est lui que j'aime, dit-elle. Rien d'autre n'a d'importance. C'est l'homme que je choisis.

Le roi et la reine secouèrent tristement la tête. Le conseiller royal arracha les couvertures du lit et les jeta à terre, et alors, avant que la princesse ne puisse s'y opposer, il souleva l'épaisse cape noire du visiteur et la secoua. De la cape dégringolèrent un miroir fêlé, un seau en fer-blanc cabossé, et un vieux fémur.

La princesse sentit un fourmillement sur sa hanche, là où s'était trouvée la main de son amant. Elle baissa les yeux et vit que c'était seulement sa propre main, qui tressaillait de terreur.

Je ne comprends pas, murmura la princesse. Qu'avez-vous fait de lui ?

Nous n'avons rien fait, dit le conseiller royal. C'est là tout ce qu'il a jamais été.

La princesse ouvrit la bouche pour parler mais aucun mot ne sortit.

Tenez, dit le conseiller royal. Laissez-moi vous montrer.

Il prit le fémur sur le lit et l'appuya contre le mur.

Le miroir, le seau & le vieux fémur

Il attacha le miroir au sommet de l'os avec un bout de ficelle, et fixa le seau au milieu, et puis il drapa la cape noire par-dessus le tout.

Vous voyez, dit le conseiller royal. Quand vous regardiez le visage de votre amant, c'était votre propre visage que vous contempliez, reflété dans ce miroir fêlé. Quand vous entendiez sa voix, c'était seulement la vôtre qui vous revenait en écho du fond de ce seau cabossé. Et quand vous l'étreigniez, c'étaient vos propres mains que vous sentiez caresser votre dos, alors même que vous n'aviez rien d'autre que ce vieux fémur entre vos bras. Vous êtes égoïste, arrogante et trop gâtée. Vous êtes incapable d'aimer qui que ce soit à part vous-même. Aucun de vos prétendants ne vous satisfera jamais, alors finissez-en avec ces bêtises et mariez-vous.

La princesse émit un son étranglé. Elle se griffa les bras et se mordit la langue jusqu'au sang, et puis elle tomba à genoux devant la chose qui avait été son amant. Quand elle se releva, son visage était calme, son menton déterminé, et il n'y avait plus trace de larmes dans ses yeux.

Oui, dit-elle. J'ai compris la leçon. Appelez les prétendants et rassemblez-les. Je suis prête à choisir.

Les prétendants se rassemblèrent dans la cour, et la princesse alla de l'un à l'autre et s'excusa de les avoir fait attendre si longtemps. Puis, sans hésitation ni le moindre signe de doute, elle choisit un mari : un jeune duc qui était beau, galant, intelligent et bon.

Une semaine plus tard, la princesse et le duc se marièrent. La reine était ravie. Le roi était satisfait.

Avoue que t'en meurs d'envie

Le conseiller royal garda ses conseils pour lui, mais ne put s'empêcher d'afficher un air un peu suffisant. L'atmosphère de mécontentement qui planait sur le royaume se dissipa, et tout le monde s'accorda à dire que tout s'arrangeait pour le mieux.

L'année qui suivit le mariage de la princesse, ses parents moururent tous les deux, ce qui signifiait qu'elle n'était plus une princesse, mais une reine. Son mari, désormais roi, traitait sa femme de la manière la plus courtoise et gracieuse qui soit. Tous les deux s'entendaient bien, et le roi gouverna le royaume avec succès pendant de nombreuses années.

Cependant, au bout de près de dix ans de mariage, après que la reine lui eut donné deux enfants, le roi s'aperçut qu'il était tombé amoureux de sa femme. Cela compliqua leur relation, puisqu'il ne pouvait donc plus fermer les yeux sur le fait qu'elle était très, très triste.

Le roi savait qu'une sorte de mystère avait présidé à la manière dont il avait été choisi : il n'était pas idiot, et avait parfaitement conscience de n'avoir pas fait particulièrement forte impression sur la princesse à l'époque où il la courtisait. Quand il y réfléchissait, ce qu'il s'efforçait d'éviter la plupart du temps, ses conclusions n'étaient pas très loin de la vérité : elle avait dû être amoureuse de quelqu'un qui n'était pas convenable, et quand cet homme lui avait été interdit, elle l'avait choisi lui, à la place. Cela ne dérangeait pas tant que ça le roi d'être un second choix, mais il détestait voir sa femme dépérir si lamentablement, et il ne pouvait pas s'empêcher de se demander si leur mariage n'était pas la cause de tout cela.

Le miroir, le seau & le vieux fémur

Alors, une nuit, le roi demanda à la reine avec hésitation ce qui n'allait pas, et s'il y avait quoi que ce soit qu'il pût faire pour arranger les choses. Au début, la reine tenta de nier qu'elle était malheureuse, mais, au bout de toutes ces années passées ensemble, un certain degré de confiance s'était développé entre eux, et elle finit par raconter au roi toute l'étrange histoire.

Quand elle eut terminé, le roi dit : Voilà un récit fort curieux. Et sais-tu ce qu'il y a de plus curieux dans tout cela : je vis avec toi depuis longtemps, je peux affirmer que je te connais bien, et je ne crois vraiment pas que tu sois égoïste, arrogante ou trop gâtée.

Mais c'est le cas, répondit la reine. Je sais que c'est le cas.

Comment le sais-tu ?

Parce que, murmura la reine. Je suis tombée amoureuse de cette chose. Je l'ai aimée comme je n'ai jamais aimé qui que ce soit d'autre : ni toi, ni mes parents, ni même mes propres enfants. La seule chose que j'aie jamais aimée au monde, c'est un machin grotesque confectionné avec un miroir fêlé, un seau cabossé et un vieux fémur. La nuit que j'ai passée avec ce truc dans mon lit est la seule nuit de ma vie où j'aie jamais été heureuse. Et même en sachant ce que c'est, je m'en languis, je le désire ardemment, je l'aime toujours. Qu'est-ce que cela peut bien vouloir dire, si ce n'est que je suis trop gâtée, égoïste, arrogante et que je ne suis capable d'aimer rien d'autre qu'un reflet déformé de ma propre âme tourmentée ?

Sur ces mots, la reine éclata en sanglots, et le roi la berça contre sa poitrine. Je suis désolé, dit-il, parce qu'il ne trouvait rien d'autre à dire. Que puis-je faire ?

Avoue que t'en meurs d'envie

Il n'y a rien à faire, répondit la reine. Je suis ta femme. Je suis la mère de mes enfants. Je suis la reine de ce royaume. Je m'efforce de devenir meilleure. Tout ce que je te demande, c'est d'essayer de me pardonner.

Bien sûr que je te pardonne, dit le roi. Il n'y a rien à pardonner.

Mais, ce soir-là, le roi alla se coucher profondément troublé et quand il se réveilla le lendemain matin, il ne pensait qu'à une chose : trouver un moyen d'alléger la peine de la reine. Il l'aimait tellement que si, pour la rendre heureuse, il fallait renoncer à elle, il aurait été prêt à le faire... mais à quoi cela servirait-il de lui rendre sa liberté, puisque la personne qu'elle aimait n'existait pas, hormis dans son propre esprit ?

Le roi rumina ce casse-tête pendant des jours. Pour finir, il alla voir le conseiller royal, et ensemble ils imaginèrent un plan. Même alors qu'ils étaient en train de l'échafauder, le roi savait que ce n'était pas un plan formidable, mais la reine devenait plus triste et plus pâle de jour en jour, et le roi sentait qu'il fallait qu'il fasse quelque chose, sous peine de la perdre pour de bon.

Ce soir-là, quand la reine se fut endormie, le roi sortit dans le couloir sur la pointe des pieds, et se drapa dans une longue cape noire. Il frappa à la porte et, quand la reine ouvrit, il brandit un miroir fêlé devant son propre visage.

Le miroir que le conseiller royal lui avait donné n'était vraiment que de la camelote. Même la plus vaniteuse ou la plus misérable des femmes du royaume l'aurait jeté aux ordures. Sa surface ondulée et trouble semblait recouverte d'une fine couche de graisse, et

Le miroir, le seau & le vieux fémur

une fêlure profonde courait de haut en bas, comme si un long cheveu avait été placé en travers de la glace. Et pourtant, dès que la reine plongea son regard dans le miroir, son visage fut envahi d'une expression de tendresse telle que le cœur du roi faillit se briser. La reine vacilla, ferma les yeux, et pressa ses lèvres sur son reflet. Oh, soupira-t-elle, oh, tu m'as tellement manqué. Tous les jours, j'ai pensé à toi. Toutes les nuits, j'ai rêvé de toi. Je sais que c'est impossible, et pourtant la seule chose que j'aie jamais désirée, c'était d'être avec toi.

Tu m'as manqué aussi, murmura le roi. Mais dès qu'il prononça ces mots, la reine ouvrit les yeux et recula d'un bond.

Non ! s'écria-t-elle. Non ! Ça ne va pas du tout. Tu n'es pas lui. Tu ne parles pas comme lui. Ce n'est pas ça que je veux ! Je t'en prie, tu ne fais qu'empirer les choses.

Elle se jeta en travers de son lit et, quand le roi s'approcha et se coucha à ses côtés, elle refusa de le regarder.

La reine ne se leva plus pendant trois jours. Quand elle sortit enfin de son lit, ses enfants accoururent et se blottirent dans son giron. La reine les serra dans ses bras, mais elle ne sourit pas à leurs baisers, et quand ils lui racontèrent les menus détails de leur journée en bavardant gaiement, elle mit trop longtemps à répondre, comme si elle leur parlait d'un endroit très lointain.

Au début, le roi essaya de respecter les vœux de la reine et de la laisser à sa tristesse, mais maintenant qu'il l'avait vue heureuse une fois, même seulement un bref instant, il trouvait encore plus difficile qu'auparavant d'être témoin de sa souffrance. Tandis que les jours s'écoulaient et que la reine restait triste, pâle et silencieuse, le roi se persuada que, s'il pouvait seulement trouver le moyen de rendre l'illusion un peu plus convaincante, son déguisement pourrait apporter de la joie à la reine, plutôt que du chagrin. Et ainsi, peu de temps après, le roi se présenta devant la porte de la chambre à coucher de la reine, muni d'un miroir fêlé dans une main, et d'un seau en fer-blanc cabossé dans l'autre. Le seau était en pire état encore que le miroir : il était rouillé, crasseux et exhalait une odeur aigre, et une tache de lichen pâle s'étalait comme du lait répandu en travers du fond.

Le roi frappa à la porte, et la reine répondit, et de nouveau elle plongea son regard dans le miroir, et de nouveau son visage s'adoucit, et le cœur du roi faillit se briser, et elle embrassa la glace et susurra des mots doux à son amant imaginaire. Cette fois-ci, cependant, le roi garda le silence, et le seul son dans la pièce était celui de la voix de la reine elle-même, et de son écho. Sanglotant de joie, la reine tomba contre la large poitrine du roi... mais dès que ses bras se refermèrent sur elle, elle ouvrit les yeux et se dégagea de son étreinte.

Non, dit-elle. Tu ne peux pas me duper comme ça. Ta façon de me toucher n'a rien à voir avec la sienne. Pourquoi est-ce que tu tiens tant à me faire souffrir ?

Sourde aux excuses du roi, la reine retourna au lit et n'en sortit plus : ni quand le roi la supplia, ni quand sa fille vint implorer qu'on lui rende sa mère, ni quand le conseiller royal l'exhorta à cesser de se comporter de manière aussi stupide et à ne pas penser qu'à elle, pour une fois. Elle resta immobile, refusant de manger ou de boire, jusqu'à ce que le roi finisse par décider qu'il devait agir, faute de quoi elle mourrait à coup sûr.

***

Cette fois, le roi abandonna toute ambition de supercherie. Il apporta le vieux fémur dans la chambre de la reine en pleine journée. Le fémur était long et jaune, avec des bouts de tendons encore accrochés dessus, et grêlé de petits trous sur les côtés, là où les chiens l'avaient rongé. L'os sentait la viande pourrie, les ordures et la bile, et le roi eut beaucoup de peine à le toucher sans avoir de haut-le-cœur. Néanmoins, il attacha le miroir et le seau à l'os avec des bouts de ficelle, drapa la cape noire par-dessus et cala le tout dans un coin de la chambre. Au moment où il terminait, la reine ouvrit les yeux et gémit.

Pourquoi, supplia-t-elle ? Pourquoi est-ce que tu m'infliges ça, alors que je fais tellement d'efforts pour être bonne ?

Tu aimes ce que tu aimes, dit le roi. Si cela signifie que tu es égoïste, ou arrogante, ou trop gâtée, eh bien soit. Je t'aime, et tes enfants t'aiment, et le peuple de ce royaume t'aime, et nous refusons de te voir souffrir plus longtemps.

La reine quitta son lit sur des jambes mal assurées. Sous les yeux du roi, elle plongea son regard dans le miroir, murmura dans le seau, enroula ses bras autour du vieux fémur, et sourit.

Pendant les jours qui suivirent, les serviteurs apportèrent à la reine de la nourriture à picorer et du vin à siroter, et bientôt les cernes les plus sombres se dissipèrent autour de ses yeux, et ses pommettes ne furent plus aussi creusées. Même s'il était heureux qu'elle ait émergé des profondeurs de son désespoir, le roi trouvait la vision de la reine en train de roucouler béatement devant sa collection de déchets impossible à supporter, alors il la laissa à son affaire et, quand il revint au matin, il découvrit qu'elle avait traîné la chose immonde dans leur lit. Il tenta d'émettre une objection, mais, dès qu'il approcha, la reine se mit à l'invectiver avec une telle fureur qu'il recula en trébuchant pour quitter la chambre.

Au bout d'une semaine, les enfants de la reine se mirent de nouveau à réclamer leur mère. Le roi retourna à la chambre de la reine, où il la trouva couchée nue au milieu des draps et des couvertures, en train de frotter son nez contre le miroir, de murmurer dans le seau, et de bercer le vieux fémur entre ses bras.

Qu'est-ce que tu veux ? demanda-t-elle alors qu'il s'approchait, sans quitter le miroir des yeux.

Tu manques à tes enfants, dit le roi. Ne pourrais-tu pas sortir de là pour jouer avec eux un petit moment ?

Envoie-les-moi, dit la reine. Ils peuvent jouer ici.

Hors de question, répondit le roi avec dégoût. Va t'occuper de ta famille. Ce... truc sera encore là quand tu reviendras.

La reine murmura quelque chose dans sa barbe, et puis inclina la tête, écoutant son propre écho. Une expression horrible et sournoise s'empara de son visage.

Oh, dit-elle d'un ton rusé. Je vois.

Vois, murmura le seau.

Oui, répondit-elle. Je vois.

De quoi est-ce que tu parles ? demanda le roi.

Le miroir, le seau & le vieux fémur

Tu veux m'attirer hors d'ici, dit la reine. Tu es jaloux. Dès que je quitterai la pièce, tu vas venir ici en douce et voler mon miroir, mon seau et mon vieux fémur, et je me retrouverai à nouveau toute seule.

Seule, murmura le seau.

Oui, dit la reine d'une voix sombre. Seule.

Je t'en prie…, la supplia le roi. Écoute-moi. Ce n'est pas ce que je…

Sors d'ici ! cria la reine, et puis elle se mit à hurler, et l'écho de ses mots jaillit du seau en fer-blanc cabossé jusqu'à ce que la pièce résonne d'une cacophonie de glapissements :

Laisse-nous tranquilles ! Laisse-nous tranquilles ! Laisse-nous tranquilles !

***

Après ça, le roi devint fou lui-même. Il ordonna que l'on coupe la langue des serviteurs, pour qu'ils ne puissent raconter à personne l'état dans lequel se trouvait la reine, et il congédia le conseiller royal, puis embaucha un assassin pour s'assurer qu'il garderait le secret. Il mentit à ses enfants et leur raconta que leur mère était une infirme, et il édicta une loi interdisant à quiconque de parler de ce qui lui était arrivé. Et pourtant en dépit de tous ses efforts, des bruits se répandirent. La rumeur disait que, tard le soir, la reine émergeait de sa chambre à coucher et se promenait sur les remparts, traînant derrière elle son amant monstrueux dans un bruit de claquements et de cliquetis.

Le roi gouvernait son royaume aussi bien qu'il le pouvait, et essayait de se considérer comme veuf.

Il avait cessé de rendre visite à la reine, même si, certaines nuits, il divaguait dans son sommeil et se réveillait dans le couloir face à sa chambre, les doigts repliés, prêts à frapper à sa porte.

Une année passa, puis cinq, puis dix, jusqu'à ce qu'enfin, incapable de supporter plus longtemps le poids de son chagrin, le roi retourne à la chambre de sa femme, résolu à lui parler une dernière fois avant de mettre fin à ses propres jours.

La chambre à coucher de la reine était éclairée par une unique chandelle, en train de fondre dans un coin. Le roi crut d'abord que la pièce, noyée dans la pénombre, était vide, mais à mesure que ses yeux s'habituaient à l'obscurité, il commença à distinguer une forme pâle qui se tortillait dans le noir. De la direction du lit lui parvenait un gazouillis de chuchotis frénétiques, semblables aux sons produits par des larves quand on les expose en retournant une pierre. Le bruit était si troublant que le roi fut sur le point de fuir, mais alors un rai argenté de clair de lune transperça la fenêtre et illumina ce qui gisait emmêlé dans les draps.

La créature qui leva le visage vers lui était une chose affreuse et squelettique, avec des cheveux emmêlés et la peau aussi blanche qu'un cadavre, et des yeux immenses et aveugles qui s'étaient depuis longtemps habitués au noir. La chose montra les dents et émit un grognement inarticulé, ses omoplates nues se contractant sous sa peau comme des moignons d'ailes informes. Au ralenti, comme dans un rêve, le monstre qui avait autrefois été la reine se laissa glisser du lit et se mit à ramper vers le roi, traînant derrière elle le miroir, le seau et le vieux fémur.

Le miroir, le seau & le vieux fémur

Le roi hurla et courut vers la porte, mais au moment précis où il l'atteignit, il fut submergé par une vision de sa femme telle qu'elle était quand il avait posé les yeux sur elle pour la première fois – une jeune fille souriante, avec un doux visage – et la pitié eut raison de sa terreur.

Rassemblant son courage, il retourna dans la chambre, et s'agenouilla auprès de la femme qu'il aimait. Je suis tellement désolé, murmura-t-il, et dans le silence, le seau en fer-blanc lui renvoya l'écho de ses propres mots.

Je suis désolé.

Doucement, le plus doucement possible, le roi commença à extirper le fémur des mains serrées de la reine. Tremblante, elle se cramponna tant qu'elle pouvait, mais ses forces ne pouvaient se mesurer à celles du roi. Sans prévenir, elle lâcha. La main du roi glissa. Le fémur tomba, le seau cabossé atterrit sur la pierre avec un bruit de cloches fracassées, et le miroir explosa en mille morceaux.

La reine fronça les sourcils, perplexe, et pendant un bref instant, elle sembla redevenir elle-même. Puis elle s'effondra comme si on lui avait tranché les tendons, et quand il essaya de lui prendre le bras pour la relever, la main de la reine fouetta l'air et, avec un éclat de miroir, lacéra la gorge du roi.

Le lendemain matin, la reine émergea de sa chambre. Elle était toujours aussi blanche qu'un cadavre et avait la peau sur les os, mais quand elle ouvrit la bouche, ses paroles étaient douces et limpides. Elle annonça au peuple la tragédie qui s'était produite la nuit précédente : comment le roi, rendu fou par des années de chagrin, était venu dans sa chambre à coucher et s'était tranché la gorge. Elle dit qu'elle avait été malade pendant longtemps, mais qu'elle allait mieux maintenant, et qu'elle était prête à régner à la place de son mari. L'histoire défiait l'entendement, et une étincelle de folie luisait dans les yeux de la reine alors qu'elle la racontait, mais elle restait la reine, et personne, pas même ses propres enfants, n'osa s'élever contre elle.

La reine monta sur le trône et, peu de temps après, une silhouette vêtue d'une vieille cape noire apparut à ses côtés. Même si nul n'était autorisé à s'approcher assez pour la distinguer clairement, elle exhalait une puanteur désagréable, et parfois, quand la reine se penchait et écoutait ses conseils, ceux qui étaient agenouillés devant elle auraient juré entrevoir, entre les plis du capuchon, une image du visage de la reine elle-même, brisé en mille fragments irréguliers. Et c'est ainsi que la reine termina ses jours et, quand elle mourut, elle fut inhumée, selon ses souhaits, avec la silhouette en cape noire à ses côtés dans le cercueil.

Les enfants de la reine grandirent, et vieillirent, et moururent à leur tour, et bientôt le royaume s'effondra et fut envahi par des étrangers. Des profondeurs de la terre, le seau en fer-blanc résonnait des bruits d'asticots en train de ronger, et le miroir reflétait une danse de sinistre décrépitude. Bientôt, la triste histoire de la reine fut entièrement oubliée. Sa pierre tombale s'écroula, les intempéries successives effacèrent son nom, et quand un siècle se fut écoulé, le vieux fémur n'était plus qu'un os au milieu d'un tas d'autres, le seau en fer-blanc cabossé s'était tu depuis longtemps, et le miroir brisé ne reflétait plus qu'un crâne blanc, tout propre.

UN MEC À CHATS (*CAT PERSON*)

Margot rencontra Robert un mercredi soir, vers la fin du premier semestre. Elle travaillait au stand de confiseries du cinéma d'art et d'essai en centre-ville, quand il s'approcha pour acheter un grand pop-corn et un paquet de réglisses Red Vines à la fraise.

« Alors ça c'est un choix… original, dit-elle. En fait je crois que je n'ai encore jamais vendu un seul paquet de Red Vines. »

Flirter avec ses clients était une habitude qui remontait à l'époque où elle travaillait comme serveuse dans un café, ça aidait pour les pourboires. Elle n'en touchait pas au cinéma, mais ce boulot était assommant, sinon, et elle trouvait Robert vraiment mignon. Pas assez mignon pour, disons, aller l'aborder en soirée, mais assez mignon pour qu'elle puisse fantasmer sur lui, si jamais il s'était retrouvé en face d'elle pendant un cours où elle s'ennuyait – même si elle était à peu près sûre qu'il devait avoir terminé la fac, et avait au moins dans les vingt-cinq ans. Il était grand, ce qui lui plaisait, et elle distinguait un bout de tatouage dépassant d'une des manches retroussées de sa chemise. Mais il était plutôt du genre rondouillard, avait la barbe un peu trop longue, et les épaules légèrement affaissées vers l'avant, comme s'il essayait de protéger quelque chose.

Il ne réagit pas à sa tentative de flirt, ou alors seulement en reculant un peu, comme pour la pousser à faire un pas vers lui, un effort supplémentaire.

« Ah, lâcha-t-il en empochant sa monnaie, OK. »

Mais la semaine suivante, il revint au cinéma et acheta un autre paquet de Red Vines.

« Tu fais de mieux en mieux ton boulot, lui dit-il. T'as réussi à ne pas m'insulter cette fois. »

Elle haussa les épaules. « Je mérite une promotion, alors », répondit-elle.

Après le film, il revint.

« Eh, la vendeuse de bonbons, donne-moi ton numéro de téléphone », et avec une légère surprise, elle s'exécuta.

Au cours des semaines suivantes, ils échafaudèrent à partir de ce simple et bref échange au sujet de Red Vines tout un édifice complexe de blagues à n'en plus finir qu'ils s'envoyaient par textos, des vannes qui jaillissaient et s'enchaînaient si rapidement qu'elle avait parfois du mal à suivre le rythme. Il était très intelligent, et elle découvrit qu'il lui faudrait faire beaucoup d'efforts pour l'impressionner. Bientôt, elle remarqua que lorsqu'elle lui envoyait un texto il répondait la plupart du temps dans la foulée, mais que si elle, de son côté, mettait plus de quelques heures à lui répondre, le message suivant était toujours court et dépourvu de questions, de sorte que c'était à elle de relancer la conversation, ce qu'elle finissait généralement par

*Un mec à chats (*Cat Person*)*

faire. Il lui arriva quelquefois d'avoir la tête ailleurs pendant un jour ou deux, et elle se demandait alors si la conversation n'allait pas tout simplement s'éteindre d'elle-même, mais ensuite elle pensait à quelque chose de marrant à lui raconter, ou elle voyait une photo sur Internet qui avait un rapport avec leur discussion, et ils recommençaient. Elle ne savait toujours pas grand-chose de lui, parce qu'ils ne parlaient jamais de choses personnelles, mais quand ils réussissaient à enchaîner deux ou trois bonnes vannes d'affilée cela provoquait une sorte d'euphorie, comme s'ils avaient partagé une danse. Et puis, pendant les révisions, alors qu'elle se plaignait que toutes les cafètes étaient fermées et qu'il n'y avait rien à manger dans sa chambre parce que sa coloc avait pillé les provisions envoyées par ses parents, il proposa de lui acheter des Red Vines en guise de nourriture. Au début, elle esquiva avec une nouvelle blague, parce qu'il fallait vraiment qu'elle révise, mais il relança : *Non mais sérieux, arrête de déconner et viens maintenant*, alors elle passa une veste sur son pyjama et le retrouva à la supérette 7-Eleven.

Il la salua sans plus de cérémonie, comme s'il la voyait tous les jours, et l'invita à entrer pour choisir quelques trucs à grignoter. Le magasin ne vendait pas de Red Vines, alors il lui offrit un granité Slurpee goût Coca-cerise et un paquet de Doritos, et puis un briquet fantaisie en forme de grenouille, avec une cigarette au bec.

« Merci pour les cadeaux », dit-elle quand ils furent de nouveau dehors.

Robert portait une chapka en fourrure de lapin qui lui descendait sur les oreilles, et une grosse dou-

123

doune épaisse à l'ancienne. Elle se dit que ça lui allait bien, même si c'était un peu ringard : le couvre-chef accentuait son allure de bûcheron, et l'épais manteau dissimulait sa bedaine, et cette allure voûtée un peu tristounette.

« De rien, vendeuse de bonbons », répondit-il, même si bien sûr il connaissait désormais son prénom.

Elle pensa qu'il allait se lancer dans une tentative de baiser et se prépara à esquiver et lui tendre la joue, mais, au lieu de l'embrasser sur la bouche, il la prit par le bras et posa doucement un baiser au sommet de son front, comme si elle était précieuse à ses yeux.

« Travaille bien, ma douce, dit-il, on se voit bientôt. »

En regagnant sa résidence à pied elle se sentit pleine d'une sorte de légèreté pétillante, une sensation dont elle connaissait la signification : elle commençait à craquer pour lui.

Quand elle rentra chez ses parents pour les vacances, ils s'échangèrent des textos pratiquement non-stop, pas seulement des blagues mais aussi des petites nouvelles de tout ce qu'ils faisaient. Ils commencèrent à se dire « bonjour » et « bonne nuit », et quand elle lui posait une question et qu'il ne répondait pas tout de suite, elle était tenaillée par une pointe de manque anxieux. Elle apprit que Robert avait deux chats nommés Mu et Yan, et ils inventèrent ensemble un scénario compliqué dans lequel le chat qu'avait Margot quand elle était petite, Pita, envoyait des messages aguicheurs à Yan dans un langage texto de sale mioche, tout en s'adressant systématiquement à Mu sur un ton froid et distant, parce qu'elle était jalouse de sa relation avec Yan.

« Comment ça se fait que tu n'arrêtes pas d'envoyer

Un mec à chats *(Cat Person)*

des textos ? interrogea le beau-père de Margot au dîner. Tu fréquentes quelqu'un ?

— Oui, répondit Margot. Il s'appelle Robert et je l'ai rencontré au cinéma. On est amoureux, et on va sûrement se marier.

— Hmmm, fit le beau-père de Margot. Dis-lui qu'on a quelques questions à lui poser. »

Mes parents posent des questions sur toi, envoya Margot, et Robert lui adressa en retour un smiley tout sourire avec des yeux en forme de cœur.

Quand Margot rentra au campus, elle avait hâte de revoir Robert, mais celui-ci se révéla étonnamment peu disponible. *Désolé, grosse semaine au boulot*, lui dit-il. *On se voit bientôt, promis.* Cela déplut à Margot, parce que ça lui donnait le sentiment que la dynamique lui échappait et qu'elle n'avait plus l'avantage, et quand enfin il finit par lui proposer d'aller voir un film, elle accepta tout de suite.

Le film qu'il voulait voir était donné au cinéma où elle travaillait, mais elle suggéra qu'ils aillent plutôt au multiplexe, en banlieue. Les étudiants n'y allaient pas très souvent, parce que pour s'y rendre il fallait une voiture. Robert passa la prendre dans une Honda Civic blanche couverte de boue, dont les porte-gobelets débordaient de papiers de bonbons. En chemin, il se montra plus silencieux qu'elle ne s'y attendait, et il ne la regarda pas tellement. Au bout de cinq minutes à peine, elle se sentait extrêmement mal à l'aise et, alors qu'ils s'engageaient sur l'autoroute, il lui vint à l'esprit qu'il pourrait l'emmener quelque part, la violer et l'assassiner. Elle ne savait vraiment pas grand-chose de lui, après tout.

Juste au moment où elle se disait ça, il prit la parole : « Ne t'inquiète pas, je ne vais pas te tuer », et elle se demanda si le malaise qui régnait dans la voiture était de sa faute, parce qu'elle se montrait nerveuse, tendue, le genre de fille persuadée qu'elle va se faire assassiner chaque fois qu'elle sort avec quelqu'un.

« Pas de souci, tu peux me tuer si tu veux », répondit-elle, et il rit et lui donna une tape sur le genou. Mais il conservait un mutisme déconcertant, et restait totalement hermétique à toutes les tentatives enjouées de Margot pour lancer des sujets de conversation. Au cinéma, il fit une blague sur les Red Vines à la caissière du stand de confiserie : la plaisanterie tomba à plat en mettant tout le monde mal à l'aise, surtout Margot.

Pendant le film, il ne lui prit pas la main, ne passa pas son bras autour de ses épaules, ni rien de ce genre et, quand ils furent de retour au parking, elle était à peu près certaine qu'il avait décidé qu'elle ne lui plaisait pas, finalement. Elle portait un legging et un sweat-shirt, et c'était peut-être ça le problème. Quand elle était montée dans la voiture, il avait dit : « Ça fait plaisir de voir que tu fais des efforts pour moi », ce qu'elle avait pris pour une blague, mais peut-être l'avait-elle réellement vexé en ne prenant pas ce rencard assez au sérieux, ou quelque chose de ce genre. Il portait un pantalon clair et une chemise à col boutonné.

« Bon, tu veux aller boire un verre ? » demanda-t-il quand ils regagnèrent la voiture, comme si on lui avait imposé l'obligation de se montrer poli. Margot se dit

Un mec à chats (Cat Person)

qu'il s'attendait manifestement à ce qu'elle refuse, et qu'une fois que ce serait fait ils ne se parleraient plus. Cela la rendit triste, pas tant parce qu'elle avait envie de passer davantage de temps avec Robert que parce qu'elle avait placé tellement d'espoir en lui pendant ces vacances. Cela lui semblait injuste que tout se soit cassé la figure aussi rapidement.

« Oui, on peut peut-être boire un verre, non ? dit-elle.
— Si tu veux », répondit-il. C'était tellement désagréable, ce "Si tu veux", qu'elle resta silencieuse dans la voiture jusqu'à ce qu'il lui touche la cuisse du bout du doigt et demande :
« Pourquoi tu fais la tête ?
— Je fais pas la tête, répondit-elle, je suis juste un peu fatiguée.
— Je peux te ramener.
— Non, j'ai bien besoin d'un verre, après ce film. »

Même s'il passait dans le gros cinéma commercial, le film qu'il avait choisi était un drame complètement déprimant sur l'Holocauste, tellement mal venu pour un premier rendez-vous que lorsqu'il l'avait suggéré, elle avait répondu : *lol, t'es sérieux*. Il avait plaisanté en s'excusant d'avoir mal préjugé de ses goûts, et proposé de l'emmener voir une comédie romantique à la place. Mais à présent, alors qu'elle faisait ce commentaire au sujet du film, il afficha une légère grimace, et elle entrevit soudain une lecture complètement différente de ce qui s'était passé ce soir. Elle se demanda s'il n'avait pas essayé de l'impressionner, peut-être, en suggérant ce film sur l'Holocauste, parce qu'il ne comprenait pas qu'un film sur l'Holocauste n'était pas le bon choix de film « sérieux » pour impressionner le genre de personne qui travaille dans un cinéma d'art et d'essai, le genre pour qui il la prenait sûrement. Peut-être, se dit-elle, avait-il été blessé qu'elle lui ait répondu par texto *lol, t'es sérieux*, peut-être que ça l'avait intimidé et mis mal à l'aise en sa présence. L'idée de cette vulnérabilité potentielle la toucha, et pour la première fois de la soirée elle ressentit une certaine tendresse à son égard.

Quand il lui demanda où elle voulait aller boire un verre, elle suggéra le bar où elle traînait généralement, mais il fit la grimace et affirma que c'était dans le ghetto des étudiants, et qu'il allait l'emmener dans un endroit mieux que ça. Ils se rendirent à une adresse où elle n'était jamais allée, un endroit en sous-sol genre bar clandestin, sans aucune enseigne pour signaler sa présence. Il y avait la queue pour entrer et, tandis qu'ils attendaient, elle devint de plus en plus fébrile ; elle essaya en vain de trouver comment formuler ce qu'elle devait dire à Robert et, quand le videur lui demanda sa carte d'identité, elle se contenta donc de la lui tendre. Le videur y jeta à peine un coup d'œil avant de lâcher avec un sourire en coin : « Ouais, mais non. » Il lui fit signe de se pousser sur le côté tout en invitant les suivants à avancer.

Robert l'avait précédée, sans remarquer ce qui se jouait derrière lui. « Robert, appela-t-elle doucement. Robert. » Mais il ne se retourna pas. Finalement, quelqu'un dans la queue qui avait suivi ce qui se passait lui tapa sur l'épaule et la pointa du doigt, échouée sur le trottoir.

Elle resta plantée là, penaude, tandis qu'il revenait à sa hauteur.

*Un mec à chats (*Cat Person*)*

« Désolée ! fit-elle. C'est vraiment super embarrassant.
— Quel âge tu as ? demanda-t-il.
— J'ai vingt ans.
— Oh, je croyais que t'avais dit que t'étais plus vieille.
— Je t'ai dit que j'étais en deuxième année ! » Se retrouver devant le bar, après s'être fait jeter devant tout le monde, était déjà assez humiliant comme ça, et maintenant Robert la regardait comme si elle avait fait quelque chose de mal.

« Mais t'as fait ce truc, comment on dit déjà, cette année de césure, objecta-t-il, comme si c'était un débat qu'il pouvait gagner.
— Je ne sais pas quoi te dire, lâcha-t-elle avec désespoir. J'ai vingt ans. » Et puis, réaction absurde, elle commença à sentir des larmes lui piquer les yeux, parce que d'une manière ou d'une autre tout était gâché, et qu'elle n'arrivait pas à comprendre pourquoi les choses étaient si compliquées.

Quand Robert vit son visage se décomposer, une sorte de magie opéra. Son attitude changea d'un coup, toute tension évanouie. Il se redressa et l'enveloppa de ses bras d'ours. « Oh, ma douce. Oh, mon cœur c'est rien, c'est pas grave. Allez, faut pas t'en vouloir », fit-il. Elle se laissa serrer contre lui et fut inondée du même sentiment que devant le 7-Eleven, l'impression d'être une chose délicate et précieuse qu'il avait peur d'abîmer. Il l'embrassa sur le sommet du crâne ; elle rit et essuya ses larmes.

« J'arrive pas à croire que je me suis mise à pleurer parce que j'ai pas pu rentrer dans un bar, fit-elle. Tu dois vraiment me prendre pour une idiote. » Mais elle savait que ce n'était pas ce qu'il pensait, à la manière dont il la regardait. Dans ses yeux, elle pouvait voir à quel point elle était jolie, souriant entre ses larmes dans la lumière blafarde du lampadaire, avec quelques flocons de neige qui tombaient.

C'est alors qu'il l'embrassa, sur la bouche, pour de vrai. Il lui tomba pratiquement dessus, et plongea littéralement sa langue au fond de sa gorge. C'était un baiser horrible, incroyablement maladroit. Margot avait du mal à croire qu'un homme adulte puisse embrasser aussi mal. C'était affreux, et pourtant, allez savoir pourquoi, cela provoqua à nouveau chez elle cet élan de tendresse à son égard, cette impression que même s'il était plus âgé, elle savait quelque chose que lui ignorait. Quand il eut fini de l'embrasser, il lui prit fermement la main et l'emmena dans un autre bar, où il y avait des billards, des flippers et de la sciure par terre. Dans un des box, elle aperçut le doctorant qui assistait son prof d'anglais, quand elle était en première année.

« Je te prends une vodka-soda ? » demanda Robert, et elle se dit que c'était peut-être censé être une blague sur le genre de trucs que boivent les étudiantes, même si elle-même n'avait jamais bu de vodka-soda. En fait, devoir choisir quoi commander la stressait un peu. Dans les bars où elle allait, la carte d'identité n'était demandée qu'au comptoir, donc ceux qui avaient vingt et un ans ou des faux papiers convaincants ramenaient généralement des pichets de bière PBR ou de Bud light à partager avec les autres. Elle n'était pas certaine de savoir si ces deux marques étaient le genre dont Robert

Un mec à chats (Cat Person)

pourrait se moquer, donc au lieu de préciser, elle dit : « Je prendrai juste une bière. »

Avec les verres devant lui et le baiser derrière, et aussi peut-être parce qu'elle avait pleuré, Robert se détendit considérablement et ressemblait davantage à la personne amusante qu'elle connaissait par ses textos. Au fil de la conversation, elle se persuada petit à petit que ce qu'elle avait interprété de prime abord comme de la colère ou de l'insatisfaction était en fait de la nervosité, la crainte qu'elle ne passe pas un bon moment. Il n'arrêtait pas de revenir sur la façon dont elle avait dédaigné le film au départ, lançant des vannes pleines d'allusions et l'observant attentivement pour voir comme elle réagissait. Il la taquina sur ses goûts d'intello, et lui dit que c'était très dur de l'impressionner à cause de tous les cours de cinéma qu'elle avait suivis, même si en fait elle n'avait suivi qu'un cours d'été dans cette matière. Il ironisa sur la façon dont elle et les autres employés du cinéma d'art et d'essai devaient sûrement passer leur temps à se ficher des gens qui vont au multiplexe, où on ne sert même pas de vin et où certains films sont en IMAX 3D. Margot rit des vannes qu'il lançait au détriment de cette version imaginaire d'elle-même en cinéphile prétentieuse, même si rien de tout ce qu'il disait ne semblait tout à fait juste, puisqu'en fait c'était elle qui avait suggéré qu'ils aillent au multiplexe. Même si, à présent, elle se rendait compte que cela aussi avait pu blesser Robert. Elle pensait qu'il était évident qu'elle n'avait simplement pas envie d'un rencard sur son lieu de travail, mais il l'avait peut-être pris de façon plus personnelle : il avait peut-être cru qu'elle ne voulait pas être vue avec lui. Elle commençait à avoir l'impression de le comprendre – à quel point il était sensible, comme il était facile de le blesser – et cela le lui rendait plus proche et lui donnait du pouvoir aussi, parce que, maintenant qu'elle savait comment le blesser, elle savait aussi comment l'apaiser. Elle lui posa des tas de questions sur les films qu'il aimait, et se tourna elle-même en dérision en évoquant toutes ces fois au cinéma d'art et d'essai où elle était tombée d'ennui ou s'était sentie complètement larguée. Elle lui raconta que ses collègues plus âgés l'intimidaient énormément, et qu'elle avait parfois peur de ne pas être assez intelligente pour être capable de se forger sa propre opinion sur n'importe quel sujet, qu'elle ne faisait jamais que suivre le mouvement, en réalité. Cela produisit sur lui un effet palpable, immédiat, et elle eut l'impression d'être en train de caresser une grosse bête nerveuse, comme un cheval ou un ours : elle l'apaisait, l'amadouait habilement pour qu'il lui mange dans la main.

En arrivant à sa troisième bière, elle se demandait comment ce serait de coucher avec Robert. Sûrement comme ce baiser raté, maladroit et excessif, mais en s'imaginant à quel point il serait excité, empressé et avide de l'impressionner, elle sentit un élan de désir lui pincer le ventre, une sensation aussi nette et cuisante qu'un élastique claquant contre sa peau.

Quand les verres qu'ils avaient devant eux furent vides, elle lança hardiment : « Bon, on y va alors ? » et pendant un court instant il eut l'air blessé, comme s'il croyait qu'elle était en train de couper court à leur rencard, mais elle lui prit la main et le fit lever.

*Un mec à chats (*Cat Person*)*

L'expression sur son visage, quand il réalisa ce qu'elle voulait dire, et l'obéissance avec laquelle il la suivit hors du bar provoquèrent à nouveau ce claquement d'élastique, de même que, bizarrement, sa paume humide et moite dans la sienne.

Dehors, elle se présenta de nouveau à lui pour qu'il l'embrasse, mais à sa surprise il se contenta de lui faire un petit bisou sur les lèvres.

« T'es bourrée, dit-il d'un ton accusateur.

— Non, c'est pas vrai », répondit-elle, même si elle l'était. Elle se serra contre lui et se sentit toute petite, et il laissa échapper un grand soupir frissonnant, comme si elle était trop lumineuse, que c'était trop douloureux de la regarder, et ça aussi c'était sexy, d'avoir ainsi l'impression d'incarner une sorte de tentation irrésistible.

« Je te ramène à la maison, espèce de petite joueuse », dit-il en l'escortant jusqu'à sa voiture. Mais une fois dedans elle lui sauta à nouveau dessus, et au bout d'un petit moment, en se reculant légèrement quand il poussait sa langue trop loin au fond de sa gorge, elle réussit à l'amener à l'embrasser plus doucement, comme elle aimait, et peu après elle se retrouva à califourchon sur lui, et sentit la petite barre de son érection qui poussait contre la toile de son pantalon. Chaque fois que Margot la faisait rouler sous son poids, Robert laissait échapper des gémissements frémissants et haut perchés qu'elle ne pouvait s'empêcher de trouver un peu mélodramatiques. Puis soudain il la repoussa et tourna la clé de contact.

« Rouler des pelles dans une bagnole comme une ado, lâcha-t-il, sur un ton faussement dégoûté, avant d'ajouter : J'aurais cru que t'étais trop vieille pour ça, maintenant que t'as *vingt ans*. »

Elle lui tira la langue.

« Bon, tu veux qu'on aille où ?

— Chez toi ?

— Euh, ça va pas vraiment le faire. Ma coloc, tu sais ?

— Ah oui, c'est vrai. T'habites à la cité U, répondit-il, comme si elle était censée s'excuser.

— T'habites où ? demanda-t-elle.

— Je vis dans une maison.

— Est-ce que… je peux venir ?

— Tu peux. »

La maison se trouvait dans un joli quartier boisé non loin du campus, et il y avait une guirlande lumineuse blanche toute pimpante accrochée au-dessus de la porte d'entrée. Avant de sortir de la voiture, il lui dit d'un air sombre, comme un avertissement :

« Je te préviens, j'ai des chats.

— Je sais, répondit-elle. On s'est échangé des textos à propos d'eux, tu te rappelles ? »

À la porte, il se bagarra avec ses clés pendant un moment qui sembla ridiculement long, tout en pestant à voix basse. Elle lui frotta le dos pour essayer de rester dans l'ambiance, mais cela semblait lui faire encore plus perdre ses moyens, alors elle arrêta.

« Voilà. C'est chez moi », dit-il d'un ton morne en ouvrant la porte.

La pièce dans laquelle ils se trouvaient était à peine éclairée et encombrée d'objets qui retrouvèrent peu à peu des contours familiers à mesure que ses yeux

Un mec à chats (Cat Person)

s'accoutumaient. Il possédait deux grandes bibliothèques pleines, une étagère de vinyles, une collection de jeux de société, et beaucoup de tableaux – ou tout au moins, des posters encadrés, au lieu d'être punaisés ou scotchés au mur.

« J'aime bien », dit-elle, sincère, et en prononçant ses mots elle identifia le sentiment qu'elle ressentait : du soulagement. Elle réalisa qu'avant ce jour, elle n'était jamais allée chez quelqu'un pour coucher avec. Parce qu'elle n'était sortie qu'avec des mecs de son âge, il fallait toujours faire ça plus ou moins en douce, pour esquiver les colocs. Il y avait quelque chose de nouveau, et d'un peu effrayant, à se retrouver si pleinement sur le territoire de quelqu'un d'autre, et le fait que la maison de Robert révèle des centres d'intérêt similaires aux siens, même au sens le plus général du terme – l'art, les jeux, les livres, la musique – lui sembla une sorte de validation rassurante de son choix.

Tandis qu'elle se disait ça, elle constata que Robert l'observait attentivement, étudiant l'impression produite par la pièce. Et, comme si la peur n'était pas encore tout à fait prête à relâcher son emprise, une idée folle la traversa un bref instant : peut-être que ce n'était pas une vraie pièce mais un piège destiné à la leurrer en lui faisant croire à tort que Robert était quelqu'un de normal, quelqu'un comme elle, alors qu'en fait toutes les autres pièces de la maison étaient vides, ou pleines de choses horribles : des cadavres, des victimes de kidnapping ou des chaînes. C'est alors qu'il l'embrassa, expédia le sac de Margot et leurs manteaux sur le canapé et la poussa vers la chambre en lui pelotant les fesses et en lui tripotant la poitrine, avec le même empressement maladroit que lors de ce premier baiser.

La chambre n'était pas vide, mais elle l'était davantage que le salon : Robert n'avait pas de cadre de lit, juste un sommier à ressorts et un matelas posés par terre. Il y avait une bouteille de whisky sur sa commode, et il en prit une lampée avant de la lui tendre et de s'accroupir pour ouvrir son ordinateur, geste qui la laissa perplexe jusqu'à ce qu'elle comprenne qu'il était en train de mettre de la musique.

Margot s'assit sur le lit tandis que Robert déboutonnait son pantalon et le baissait sur ses chevilles avant de réaliser qu'il avait encore ses chaussures aux pieds, et de se pencher pour défaire ses lacets. En le regardant dans cette position, si maladroitement plié en deux avec son gros ventre mou couvert de poils, Margot pensa : Oh, non. Mais rien que l'idée des efforts qu'il aurait fallu faire pour interrompre ce qu'elle avait elle-même mis en mouvement lui sembla insurmontable. Cela nécessiterait un degré de tact et de délicatesse dont elle ne se sentait pas du tout capable. Le problème, ce n'était pas qu'elle avait peur qu'il tente de la forcer à faire quelque chose contre son gré. C'était plutôt qu'insister pour qu'ils s'arrêtent maintenant, après tout ce qu'elle avait fait pour qu'ils aillent plus loin, lui aurait donné l'air d'être une gamine gâtée, impulsive, comme si elle avait commandé quelque chose au restaurant pour finalement changer d'avis une fois le plat servi.

Elle essaya de s'abrutir et de transformer sa résistance en soumission en buvant un peu de whisky, mais quand il lui tomba dessus avec ces énormes baisers

Un mec à chats (Cat Person)

maladroits, promenant sa main sur ses deux seins avant de descendre vers son entre-jambe avec des gestes mécaniques, comme s'il faisait une sorte de signe de croix pervers, elle commença à avoir du mal à respirer et à se dire qu'elle n'allait peut-être pas y arriver, finalement.

Elle se tortilla pour se libérer du poids du corps de Robert et se mit à califourchon sur lui, ce qui l'aida un peu, tout comme de fermer les yeux et de se remémorer le moment où il l'avait embrassée sur le front au 7-Eleven. Encouragée par ses progrès, elle fit passer son tee-shirt par-dessus sa tête. Robert tendit les mains et attrapa un de ses seins dans son soutien-gorge, de sorte qu'il se retrouva à moitié sorti du bonnet, et il fit rouler son téton entre le pouce et l'index. C'était désagréable, alors elle se pencha vers lui en se pressant contre sa main. Il comprit le message et essaya de dégrafer son soutien-gorge, mais il ne parvenait pas à ouvrir le fermoir, manifestement frustré de la même façon que lorsqu'il s'était débattu avec ses clés un peu plus tôt. Il finit par lâcher sur un ton autoritaire : « Enlève ce truc », et elle s'exécuta.

La manière dont il la regarda à ce moment-là était comme une version exagérée de l'expression qu'elle avait observée sur le visage de tous les mecs qui l'avaient déjà vue nue – il n'y en avait pas tant que ça d'ailleurs : six en tout, avec Robert ça faisait sept. Il avait l'air ébahi, abruti de plaisir, comme un bébé ivre de lait, et elle se dit que c'était peut-être ce qu'elle préférait dans le sexe, voir un mec se révéler ainsi. Robert lui montra son désir plus ouvertement encore que tous les autres, alors même qu'il était plus âgé, et qu'il avait dû voir plus de seins, plus de corps qu'eux – mais peut-être que ça faisait partie du truc, pour lui, le fait d'être plus âgé et qu'elle soit jeune.

Tandis qu'ils s'embrassaient, elle se laissa entraîner dans un fantasme à ce point narcissique qu'elle eut carrément du mal à se l'avouer à elle-même. Elle imagina ce qu'il devait penser en la regardant : regarde cette fille magnifique ; elle est tellement parfaite, son corps est parfait, tout en elle est parfait, elle a à peine vingt ans, sa peau est si lisse, j'ai tellement envie d'elle, je n'ai jamais eu autant envie de quelqu'un, j'ai tellement envie d'elle que je pourrais en crever.

Plus elle imaginait son désir à lui, plus elle s'excitait elle-même, et bientôt ils se frottaient violemment l'un contre l'autre, trouvaient leur rythme, et elle tendit la main pour saisir son pénis, et sentit la petite goutte humide qui perlait au bout. Il laissa à nouveau échapper cette espèce de râle, ce gémissement haut perché, féminin, et elle aurait aimé trouver le moyen de lui dire de ne pas faire ça, mais elle ne voyait pas comment. Puis la main de Robert se retrouva dans sa culotte et quand il sentit qu'elle était mouillée il se détendit visiblement. Il mit un doigt en elle, très doucement, et elle se mordit la lèvre et fit un peu de cinéma pour lui, mais alors il enfonça son doigt trop brutalement et elle tressaillit, et il retira sa main d'un coup. « Désolé ! »

Il demanda alors, d'un ton pressant : « Attends. T'as déjà fait ça ? »

Cette soirée semblait en effet si bizarre et inédite que sa première impulsion fut de répondre non, mais ensuite elle réalisa ce qu'il voulait dire, et éclata de rire.

Un mec à chats (Cat Person)

Elle n'avait pas eu l'intention de rigoler. Elle avait déjà bien compris que si Robert pouvait se laisser taquiner en douceur dans un contexte de flirt, ce n'était pas le genre à apprécier qu'on lui rie au nez, mais alors pas du tout. Pourtant elle fut incapable de s'en empêcher. La perte de sa virginité avait été une affaire interminable, précédée par des mois de discussions intenses avec celui qui était son petit ami depuis deux ans, plus une visite chez le gynéco et une conversation horriblement embarrassante mais qui se révélerait extrêmement constructive avec sa mère, laquelle au final lui avait non seulement réservé une chambre dans un bed and breakfast, mais lui avait envoyé une carte après l'événement. L'idée qu'au lieu de tout ce processus chargé de sens et d'émotion, elle ait pu aller voir un film prétentieux sur l'Holocauste, boire trois bières et ensuite se rendre dans une maison inconnue pour perdre sa virginité avec quelqu'un qu'elle avait rencontré au cinéma était si drôle, que soudain elle ne pouvait plus s'arrêter de s'esclaffer, même si son rire avait des accents un peu hystériques.

« Désolé, dit froidement Robert. Je n'étais pas sûr. »
Elle s'arrêta de glousser d'un coup.

« Non, c'était… gentil de ta part de poser la question, dit-elle. Mais oui, j'ai déjà fait l'amour. Désolée d'avoir rigolé.

— Tu n'as pas à t'excuser, répondit-il, mais elle voyait bien que si, à sa tête et parce qu'elle le sentait ramollir sous son corps.

— Je suis désolée, répéta-t-elle, par automatisme, puis dans un élan d'inspiration elle ajouta : En fait je crois que je suis juste un peu nerveuse, tu vois. » Il la fixa en plissant les yeux comme s'il se méfiait, mais cet argument sembla l'apaiser.

« Faut pas être nerveuse, dit-il. On va y aller doucement. »

Tu parles, ouais, pensa-t-elle, et voilà qu'il était déjà remonté sur elle, à l'embrasser et à peser sur elle de tout son poids, et elle sut que sa dernière chance de tirer du plaisir de ce moment s'était envolée, mais qu'elle allait continuer et aller jusqu'au bout. Quand Robert fut nu, en train de dérouler un préservatif sur une bite qui n'était qu'à demi visible sous la saillie grasse et poilue que formait son ventre, elle crut que la vague de dégoût qui l'envahissait serait peut-être capable de la sortir de son inertie, de ce sentiment d'être coincée. Mais alors il enfonça de nouveau son doigt en elle, sans la moindre douceur cette fois, et elle s'imagina comme si elle se voyait du dessus, nue, bras et jambes en croix avec le doigt de cet homme vieux et gros dans son corps, et sa répulsion vira au dégoût d'elle-même puis à une forme d'humiliation, une sorte de cousine perverse de l'excitation.

Pendant l'étreinte, il la manœuvra pour enchaîner les positions avec une efficacité brutale, la retournant, la poussant dans tous les sens, et elle eut de nouveau l'impression d'être une poupée, comme devant le 7-Eleven. Mais pas une poupée précieuse, cette fois : un mannequin de caoutchouc, flexible et élastique, un accessoire du film que Robert se faisait dans sa tête. Quand elle se retrouva sur lui, il lui donna une claque sur la cuisse en disant : « Ouais, ouais, t'aimes ça », avec une intonation qui ne permettait pas de savoir si c'était censé être une question, un commentaire ou

Un mec à chats *(*Cat Person*)*

un ordre, et, quand il la retourna, il grogna dans son oreille : « J'ai toujours voulu baiser une fille avec de beaux nichons », et elle dut enfoncer son visage dans l'oreiller pour s'empêcher d'éclater à nouveau de rire. À la fin, alors qu'il était sur elle en missionnaire, il n'arrêtait pas de perdre son érection, et chaque fois il disait d'un ton agressif : « Tu me fais bander tellement fort », comme s'il suffisait de mentir pour que ça devienne vrai. Enfin, après un dernier assaut frénétique digne d'un lapin, il frémit, jouit, et s'effondra sur elle comme un arbre s'abat. Tandis qu'elle gisait écrasée sous son corps, elle se dit gaiement : C'est la pire décision que j'ai jamais prise de ma vie ! Et elle s'ébahit d'elle-même un petit moment, du mystère incarné par cette personne qui venait juste de faire ce truc bizarre et inexplicable.

Après un court moment, Robert se leva et se précipita aux toilettes en marchant en canard, agrippé au préservatif pour l'empêcher de tomber. Margot resta étendue sur le lit à fixer le plafond, et remarqua pour la première fois qu'il y avait des autocollants dessus, ces petites étoiles et lunes censées briller dans le noir. Robert revint des toilettes et demeura debout, sa silhouette se découpant dans l'encadrement de la porte.

« Et maintenant t'as envie de faire quoi ? » lui demanda-t-il.

« On ferait sûrement mieux de se suicider », s'imagina-t-elle répondre, et elle rêva que quelque part, dans ce vaste univers, il y avait un garçon qui trouverait cet instant aussi atroce mais néanmoins hilarant qu'elle, et qu'un jour, dans un avenir lointain, elle lui raconterait cette histoire. « Et là il a dit : "Tu me fais bander tellement fort" » raconterait-elle, et le garçon se tordrait de rire et lui attraperait la jambe en disant : « Oh, mon Dieu, arrête, s'il te plaît, non, j'en peux plus », et tous les deux tomberaient dans les bras l'un de l'autre et ils riraient, et riraient, et riraient encore – mais bien sûr, un tel avenir n'existait pas, parce qu'il n'y avait pas de garçon comme ça, et qu'il n'y en aurait jamais.

Elle se contenta donc de hausser les épaules, et Robert dit : « On n'a qu'à regarder un film. » Il se dirigea vers son ordinateur et téléchargea un truc – elle ne fit pas attention à ce que c'était. Pour une raison obscure il avait choisi un film sous-titré ; elle n'arrêtait pas de fermer les yeux, si bien qu'elle n'avait pas la moindre idée de ce qui se passait. Pendant tout le film, il ne cessa de lui caresser les cheveux et de déposer des petits baisers le long de son épaule, comme s'il avait oublié que, dix minutes auparavant, il l'avait secouée dans tous les sens comme s'ils étaient dans un film porno en lui grognant à l'oreille : « J'ai toujours voulu baiser une fille avec de beaux nichons. »

Puis sans crier gare, il se mit à parler de ses sentiments pour elle. Il lui raconta à quel point ça avait été dur pour lui quand elle était partie pour les vacances, sans qu'il sache si ne l'attendait pas chez elle un ex-petit copain du lycée, avec qui elle pourrait renouer. Pendant ces deux semaines, tout un drame secret s'était joué dans sa tête : en quittant le campus elle était avec lui, Robert, mais de retour à la maison elle avait succombé aux charmes de ce type du lycée. Dans la tête de Robert, celui-ci était du genre sportif beau gosse et un peu bourrin. Il n'était pas digne d'elle

Un mec à chats (Cat Person)

mais conservait néanmoins un certain attrait de par sa position au sommet de la hiérarchie, là-bas à Saline. « J'avais tellement peur que tu puisses, genre, prendre une mauvaise décision et que les choses ne soient plus pareilles entre nous quand tu rentrerais, dit-il. Mais j'aurais dû avoir confiance en toi. » « Mon petit ami du lycée est gay, s'imagina lui raconter Margot. On s'en doutait déjà plus ou moins au lycée, mais après avoir passé une année de fac à se taper plein de gens, il a définitivement compris. En fait, il n'est même plus sûr à cent pour cent de se considérer encore comme un homme. On a passé beaucoup de temps pendant les vacances à parler de ce que ça impliquerait pour lui de s'assumer en tant que personne non binaire, donc on n'était vraiment pas partis pour coucher ensemble. Et tu aurais pu me poser la question si ça t'inquiétait. Il y a des tas de choses que tu aurais pu me demander. »

Mais elle ne dit rien de tout ça. Elle resta simplement étendue, silencieuse, nimbée d'une aura de haine sombre, jusqu'à ce que Robert finisse par retomber dans le silence.

« T'es encore réveillée ? » demanda-t-il. Elle répondit oui. Et il ajouta : « Est-ce que tout va bien ?

— T'as quel âge, exactement ? interrogea-t-elle.

— J'ai trente-quatre ans, répondit-il. Ça pose problème ? »

Elle le sentait à côté d'elle, dans le noir, qui vibrait de peur.

« Non, répondit-elle. Ça va.

— Bien. C'était un truc que je voulais aborder avec toi, mais j'avais peur de la façon dont t'allais le prendre. Je suis tellement content que tu comprennes. »

Il roula vers elle, l'embrassa sur le front, et elle eut l'impression d'être une limace sur laquelle il avait versé du sel, et de se désintégrer sous ce baiser.

Elle regarda l'heure : il était presque trois heures du matin.

« Je crois que je devrais rentrer, reprit-elle.

— Vraiment ? Mais je pensais que tu resterais pour la nuit. Je fais des super œufs brouillés !

— Merci, répondit-elle en enfilant son legging. Mais je ne peux pas. Ma coloc s'inquiéterait. Donc voilà.

— Hop hop, faut rentrer à la résidence, fit-il, sur un ton dégoulinant de sarcasme.

— Eh ouais, fit-elle. Vu que c'est là que j'habite. »

Le trajet fut interminable. La neige s'était changée en pluie. Ils ne parlèrent pas. Finalement, Robert alluma la radio et mit une émission de nuit de la chaîne publique. Margot se rappela comment, quand ils avaient pris l'autoroute la première fois pour aller au cinéma, elle s'était imaginé que Robert pourrait l'assassiner, et elle se dit : Peut-être qu'il va me tuer maintenant.

Il ne la tua pas. Il la reconduisit à sa résidence.

« J'ai passé une super soirée, dit-il, en détachant sa ceinture.

— Merci, répondit-elle en serrant son sac dans ses mains. Moi aussi.

— Je suis tellement content qu'on ait enfin réussi à s'organiser un rendez-vous », ajouta-t-il.

« Un rendez-vous, dit-elle à son petit copain imaginaire. Il appelle ça un rendez-vous. » Et tous les deux rirent encore et encore.

*Un mec à chats (*Cat Person*)*

« De rien, répondit-elle en tendant la main vers la poignée de la porte. Merci pour le film et tout.
— Attends, fit-il en l'attrapant par le bras. Viens là. » Et il l'attira de nouveau à l'intérieur, l'enveloppa dans ses bras et enfonça sa langue dans sa gorge une dernière fois. « Oh, putain, mais quand est-ce que ça va finir ? » demanda-t-elle à son petit copain imaginaire, mais celui-ci ne répondit pas.

« Bonne nuit », dit-elle, avant de se jeter sur la porte et de s'échapper. Quand elle arriva dans sa chambre, il lui avait déjà envoyé un texto : pas de mots, juste des cœurs et des visages avec des yeux en forme de cœur et, allez savoir pourquoi, un dauphin.

Elle dormit pendant douze heures ; à son réveil elle alla manger des gaufres à la cafète et regarda des séries policières à la chaîne sur Netflix. Elle essaya d'envisager l'heureuse éventualité qu'il disparaisse sans qu'elle ait besoin de faire quoi que ce soit, que la seule force de sa pensée suffise à le faire partir comme par magie. Quand son message suivant arriva pourtant, juste après le dîner, c'était une blague inoffensive sur les Red Vines, mais elle l'effaça immédiatement, submergée par un sentiment de dégoût qui lui donnait la chair de poule et semblait totalement disproportionné par rapport à tout ce qu'il avait pu faire en réalité. Elle se dit qu'elle lui devait au moins une forme de message de rupture. Que faire la morte avec lui serait déplacé, puéril et cruel. Et que si elle essayait de faire la morte, qui sait combien de temps il lui faudrait pour comprendre le message ; peut-être que les textos continueraient à arriver encore et encore, peut-être que ça ne s'arrêterait jamais.

Elle commença à rédiger le message : *Merci pour ces moments sympas mais je ne cherche pas de relation dans l'immédiat*. Mais elle n'arrêtait pas de tergiverser et de s'excuser, essayant de parer à toutes les failles dans lesquelles elle imaginait qu'il pourrait tenter de s'engouffrer (« Pas de souci, je ne cherche pas de relation non plus, un truc sans prise de tête ça me va ! ») et le message devint donc de plus en plus long, et de plus en plus impossible à envoyer. Pendant ce temps-là, les textos de Robert continuaient à affluer : tous parfaitement insignifiants, et chacun plus chargé d'un espoir sincère que le précédent. Elle l'imaginait allongé sur le matelas qui lui servait de lit, à composer chaque message avec soin. Elle se souvint qu'il avait beaucoup parlé de ses chats et qu'elle n'en avait vu aucun dans la maison, et elle finit par se demander s'il ne les avait pas inventés.

De temps à autre, pendant les jours qui suivirent, elle se retrouvait d'une humeur morose, perdue dans ses pensées, et elle sentait que quelque chose lui manquait. Alors elle réalisait que c'était Robert qui lui manquait, pas le vrai Robert, mais le Robert qu'elle avait imaginé dans ses premiers textos, pendant les vacances.

Salut, on dirait que t'es vraiment très occupée, hein ? finit par lui écrire Robert, trois jours après qu'ils avaient couché ensemble, et elle savait que c'était l'occasion rêvée pour envoyer son texto de rupture à moitié rédigé, mais au lieu de ça elle répondit *Haha, ouais désolée* et puis *Je te texte bientôt*, et ensuite elle

Un mec à chats *(Cat Person)*

se dit : Mais pourquoi j'ai fait ça ? et elle n'en avait vraiment aucune idée.

« Dis-lui simplement que t'es pas intéressée ! s'écria exaspérée Tamara, la coloc de Margot, après que celle-ci eut passé une heure sur son lit, à hésiter sur ce qu'il fallait dire.

— Faut que je lui dise un peu plus que ça, on a *couché* ensemble, répondit Margot.

— Ah bon, il *faut* ? fit Tamara. Non mais, vraiment ?

— C'est un type bien, enfin plus ou moins », répondit Margot, et elle se demanda à quel point c'était vrai. Soudain, Tamara lui bondit dessus sans prévenir et lui arracha des mains l'appareil, qu'elle brandit hors de portée de Margot tandis que ses doigts virevoltaient sur l'écran. Tamara balança le téléphone sur le lit et Margot se précipita pour l'attraper, et il était là, le message écrit par Tamara : *Salut tu m'interesses pas arrete de m'envoyer des sms*.

« Oh, putain, fit Margot, qui avait soudain du mal à respirer.

— Quoi ? demanda crânement Tamara. C'est quoi le problème ? C'est la vérité. »

Mais elles savaient toutes les deux que si, c'était un problème, et Margot avait une boule d'angoisse dans le ventre, tellement grosse qu'elle avait l'impression qu'elle allait vomir. Elle imagina Robert prendre son téléphone, lire ce message, se changer en verre et s'effondrer en mille morceaux.

« Calme-toi. Allons boire un coup », dit Tamara. Elles se rendirent à leur bar et partagèrent un pichet. Pendant tout ce temps, le téléphone de Margot resta posé entre elles deux sur la table, et bien qu'elles s'efforcent de l'ignorer, quand il sonna pour annoncer un nouveau message, elles hurlèrent et s'agrippèrent au bras l'une de l'autre.

« Je peux pas, lis-le, toi », dit Margot. Elle poussa le téléphone en direction de Tamara. « C'est toi qui as fait ça. C'est ta faute. » Mais tout ce que le message disait, c'était : *OK. Margot, je suis désolé d'apprendre ça. J'espère que j'ai pas fait un truc qui t'a contrariée. T'es une fille adorable et j'ai vraiment apprécié les moments qu'on a passés ensemble. Fais-moi signe si tu changes d'avis.*

Margot s'effondra sur la table, la tête entre ses mains. Elle eut le sentiment qu'une sangsue toute gonflée et alourdie de son propre sang venait enfin de se détacher, laissant sur sa peau une meurtrissure douloureuse. Mais pourquoi faudrait-il qu'elle ressente une chose pareille ? Peut-être se montrait-elle injuste avec Robert, qui n'avait rien fait de mal, en réalité, à part la trouver à son goût, être nul au lit et peut-être avoir menti en prétendant avoir des chats, même s'ils étaient probablement tout simplement dans une autre pièce. Un mois plus tard, elle le vit dans un bar : son bar à elle, celui qui était dans le ghetto des étudiants, celui où elle avait suggéré d'aller lors de leur rencard. Il était seul à une table dans le fond, et il ne lisait pas, ne regardait pas non plus son téléphone. Il était juste assis là, en silence, voûté sur sa bière.

Elle agrippa l'ami qui était avec elle, un type prénommé Albert. « Oh, mon Dieu, c'est lui, chuchota-t-elle. Le type du cinéma ! » Albert connaissait alors une version de l'histoire, même si ce n'était pas tout à fait la vraie – c'était le cas de presque tous ses

Un mec à chats (Cat Person)

amis. Il s'interposa devant elle pour la soustraire à la vue de Robert, et ils se hâtèrent de regagner ensemble la table de leurs amis. Margot annonça que Robert était là, explosion de stupéfaction générale, puis ils l'entourèrent et l'exfiltrèrent du bar comme si elle était le président et eux les services secrets. Tout le monde en faisait tellement des tonnes qu'elle se demanda si elle était en train d'agir comme une connasse, mais, en même temps, elle se sentait vraiment mal, et elle avait vraiment peur. Recroquevillée sur son lit avec Tamara ce soir-là, la lueur du téléphone illuminant leurs visages comme un feu de camp, Margot lut les messages au fur et à mesure de leur arrivée :

Salut Margot, je t'ai vue au bar ce soir. Je sais que tu m'as demandé de pas t'écrire, mais je voulais juste te dire que t'étais vraiment jolie. J'espère que tu vas bien !

Je sais que je devrais pas dire ca mais tu me manques vraiment.

Hé j'ai peut-être pas à te demander ca mais je voudrais juste savior ce que jai fait de mal.

*savoir

J'avais l'impression que ca collait vraiment bien entre nous t as pas ressenti ca ou bien...

Peut-être que j'étais trop vieux pour toi ou alors t'as qqun d'autre

Le type qui était avec toi ce soir c ton copain ???

Ou c juste un type avec qui tu baises Désolé

Quand t'as rigolé qanud jai demandé si t'étais vierge c parce que tas baisé avec des tas de mecs

Avoue que t'en meurs d'envie

T'es en train de baiser avec lui maintenant c'est ça ??
c'est ça ??
c'est ça ??
c'est ça ??
c'est ça ??
c'est ça ??
reponds-moi
Pute.

UN MEC BIEN

À trente-cinq ans, la seule façon pour Ted de réussir à bander et garder son érection pendant tout un rapport sexuel était d'imaginer que sa bite était un couteau, et que la femme qu'il baisait était en train de se poignarder avec.

Ce n'est pas comme s'il était un genre de serial killer. Le sang n'avait aucune charge érotique à ses yeux, ni dans ses fantasmes ni dans la vraie vie. De plus, le point crucial dans ce scénario, c'était que la femme *choisissait* de se poignarder elle-même : l'idée, c'était qu'elle le désirait si ardemment que son désir physique obsessionnel pour sa bite l'avait rendue complètement dingue, au point de vouloir s'empaler dessus, même si ça la mettait au supplice. C'était elle qui endossait le rôle actif : il se contentait de rester allongé tandis qu'elle s'agitait sur lui, s'efforçant d'interpréter ses gémissements et les spasmes de son visage comme les signes qu'elle était broyée dans un étau insoutenable entre plaisir et douleur.

Il savait que ce fantasme n'était pas un truc formidable. Oui, la scène qu'il imaginait se prétendait consensuelle, mais impossible d'ignorer la dimension agressive sous-jacente. Tout comme il n'était guère rassurant de constater que sa dépendance vis-à-vis de ce fantasme ne faisait qu'augmenter à mesure que la qualité de ses relations déclinait. Pendant toute la vingtaine, les ruptures de Ted avaient été relativement indolores. Aucune de ses aventures n'avait duré plus de quelques mois, et les femmes avec qui il était sorti avaient semblé le croire quand il leur disait qu'il ne cherchait rien de sérieux – ou tout au moins croire que puisqu'il l'avait annoncé, elles ne pouvaient rien lui reprocher quand cela finissait par se vérifier. Une fois dans la trentaine, cependant, cette stratégie cessa de fonctionner. Bien souvent il entretenait ce qu'il croyait être une ultime conversation de rupture avec une femme, tout ça pour qu'elle lui envoie un texto peu de temps après pour lui dire qu'il lui manquait, qu'elle ne comprenait toujours pas ce qui s'était passé entre eux, et qu'elle souhaitait en parler.

C'est ainsi qu'un soir de novembre, deux semaines avant son trente-sixième anniversaire, Ted se retrouva à table en face d'une femme en larmes nommée Angela. Angela était dans l'immobilier, jolie et élégante, avec d'étincelantes boucles d'oreilles à pendeloques et un balayage coûteux. Comme toutes les femmes avec qui il était sorti ces dernières années, Angela était, en toute objectivité, beaucoup trop bien pour lui. Elle faisait cinq centimètres de plus que lui. Elle était propriétaire de sa maison. Elle faisait de fantastiques *fettucine* aux palourdes. Et elle savait prodiguer un massage du dos aux huiles essentielles capable de changer sa vie, avait-elle juré, ce qui était vrai. Il avait rompu avec elle plus de deux mois auparavant, mais par la suite les textos

Un mec bien

et les appels étaient devenus tellement incessants qu'il avait accepté un nouveau rendez-vous en face à face, dans l'espoir de gagner un peu de tranquillité.

Angela avait ouvert la soirée en bavardant gaiement au sujet de ses projets de vacances, de ses histoires de boulot, et de ses aventures avec « les filles », surjouant un bonheur si manifestement calculé pour lui montrer ce qu'il loupait qu'il ne savait plus où se mettre tellement il était embarrassé pour elle, et, à la vingtième minute, elle fondit en larmes.

« Je ne *comprends pas*, c'est tout », dit-elle dans un sanglot.

S'ensuivit une conversation absurde et sans espoir, dans laquelle elle persistait à dire qu'il avait pour elle des sentiments qu'il dissimulait, tandis que lui persistait, aussi gentiment que possible, à dire que ce n'était pas le cas. Entre deux sanglots, elle déploya les preuves qu'elle avait de son affection : la fois où il lui avait apporté le petit déjeuner au lit, la fois où il lui avait dit : « Je crois que ma sœur te plairait beaucoup », la gentillesse avec laquelle il s'était occupé de son chien, Marshmallow, quand celui-ci était malade. Le problème, semblait-il, c'est que s'il avait dit dès le départ à Angela qu'il ne cherchait rien de sérieux, dans le même temps il s'était aussi montré gentil, semant la confusion. Alors qu'apparemment ce qu'il aurait dû faire, c'était lui dire d'aller se préparer son foutu petit déjeuner toute seule, de l'informer qu'il était très peu probable qu'elle rencontre un jour sa sœur, et de se comporter comme un connard avec Marshmallow quand celui-ci était en train de vomir, ce qui aurait permis à Marshmallow comme à Angela de savoir à quoi s'en tenir.

« Je suis désolé », répéta-t-il, encore et encore et encore. Même si ça ne changeait rien. Devant son refus d'admettre qu'il était secrètement amoureux d'elle, Angela allait se mettre en colère. Elle allait l'accuser d'être un homme-enfant narcissique complètement handicapé des sentiments. Elle allait dire : « Tu m'as vraiment fait du mal » et : « La vérité, c'est que je te plains. » Elle allait proclamer : « J'étais en train de tomber *amoureuse* de toi », et il allait rester là, penaud, comme si cette déclaration prouvait sa culpabilité, alors même qu'il était évident qu'Angela n'était pas amoureuse de lui – elle pensait qu'il était un homme-enfant handicapé des sentiments, et il ne lui plaisait même pas tant que ça. Bien sûr, difficile de se sentir complètement droit dans ses bottes dans toute cette histoire, dans la mesure où la raison pour laquelle il savait ce qui allait se passer, c'est que ce n'était pas la première conversation de ce genre qu'il avait avec une femme. Ni même la troisième. Ou la cinquième. Ou la dixième.

Angela continuait à sangloter, incarnation parfaite d'une souffrance abjecte : les yeux rougis, la poitrine haletante, le visage maculé de mascara. En la regardant, Ted réalisa qu'il ne pouvait plus continuer comme ça. Il était incapable de s'excuser une fois de plus, de poursuivre ce rituel d'autoflagellation. Il allait lui dire la vérité.

Quand Angela s'arrêta de nouveau pour reprendre son souffle, Ted dit : « Tu sais que rien de tout cela n'est de ma faute. »

Il y eut un silence.

« *Pardon ?* fit Angela.

— J'ai toujours été honnête avec toi, reprit Ted. Toujours. Je t'ai dit ce que j'attendais de cette relation dès le tout début. Tu aurais pu me faire confiance, mais au lieu de ça tu as décidé que tu savais mieux que moi ce que je ressentais. Quand j'ai dit que je cherchais un truc sans prise de tête, tu as menti et prétendu que tu voulais la même chose, et puis tu t'es immédiatement mise à faire tout ce que tu pouvais pour que ça devienne autre chose. Comme tu n'as pas réussi à transformer ce qu'on avait en relation sérieuse – ce que toi tu voulais, et moi pas – ça t'a fait du mal. Je m'en rends compte. Mais ce n'est pas moi qui t'ai fait du mal. C'est toi la responsable, pas moi. Je suis juste… juste… l'instrument dont tu te sers pour te faire du mal à toi-même ! »

Angela laissa échapper une petite quinte de toux, comme si elle avait reçu un coup de poing. « Va te faire foutre, Ted », fit-elle. Elle recula sa chaise, se préparant à sortir en trombe du restaurant, et en partant, elle ramassa un verre d'eau avec des glaçons et le lui balança : pas juste l'eau, tout le verre, en entier. Celui-ci – un gros verre à cocktail, en fait – se fendit contre le front de Ted et atterrit sur ses genoux.

Ted baissa les yeux sur le verre brisé. Bon. Il aurait peut-être dû s'y attendre. De qui se moquait-il, franchement ? Toutes ces femmes en larmes ne pouvaient pas se tromper sur lui, peu importe à quel point leurs accusations lui semblaient injustes. Il leva la main et se toucha le front. Ses doigts devinrent rouges. Il saignait. Génial. D'autre part, il avait très, très froid à l'entrejambe. En fait, tandis que l'eau glacée imprégnait son pantalon, sa bite se mit à lui faire encore plus mal que sa tête. Il devrait peut-être y avoir une limite légale à la température de l'eau glacée au restaurant, de la même manière qu'il y en avait une pour les cafés brûlants au McDonald. Il aurait sûrement des engelures à la bite, elle allait se ratatiner et tomber, et puis toutes les femmes avec qui il était sorti un jour se rassembleraient pour une fête en l'honneur d'Angela, l'héroïne intrépide qui avait mis un terme à son règne de terreur sur les femmes célibataires de New York.

Ouah, il saignait plus qu'il ne l'avait cru au départ. En fait, il y avait tellement de sang qui jaillissait de son front que l'eau qui mouillait son entrejambe était en train de virer au rose. Des gens accouraient, mais le son lui parvenait comme brouillé, et il était incapable de distinguer ce qu'ils disaient. Probablement quelque chose du genre : « Tu l'as bien mérité, enfoiré. » Il se souvenait de ce qu'il avait dit juste avant qu'Angela ne lui balance le verre – *je suis juste l'instrument dont tu te sers pour te faire du mal à toi-même* – et se demanda si cela avait un lien quelconque avec le fantasme de la bite-poignard, mais il saignait, il se les gelait et avait probablement une commotion, et il n'était pas vraiment en mesure de tirer ça au clair à ce moment-là.

Il n'avait pas toujours été comme ça.

Quand il était enfant, Ted était le genre de garçon petit et toujours le nez dans les bouquins que les maîtresses qualifiaient de « gentil ». Et il était gentil, en tout cas en ce qui concernait les femmes. Il passa son enfance et les premières années de son adolescence à flotter d'un béguin à l'autre pour une succession de filles plus âgées et inaccessibles : une cousine, une baby-sitter, la meilleure amie de sa grande sœur. Ces emballements étaient toujours déclenchés par une petite attention à son égard – un compliment anodin, un rire sincère à l'une de ses blagues, le fait de se rappeler son nom – et ne comportaient pas une once d'agressivité, qu'elle soit assumée ou sublimée. C'était tout le contraire : rétrospectivement, ils étaient remarquablement chastes. Dans une rêverie récurrente qu'il entretenait sur sa cousine, par exemple, il se voyait dans le rôle de son mari, en train de s'affairer dans la cuisine pour préparer le petit déjeuner. Vêtu d'un tablier, il fredonnait tout seul en pressant du jus d'orange frais dans une carafe, fouettait la pâte à pancakes, faisait frire les œufs et plaçait une unique marguerite dans un petit vase blanc. Il portait le plateau à l'étage dans la chambre et s'asseyait au bord du lit, où sa cousine sommeillait sous un édredon cousu main. « Debout là-dedans ! » disait-il. Sa cousine battait des paupières et les ouvrait. Elle lui adressait un sourire endormi et, quand elle s'asseyait, l'édredon glissait, dévoilant ses seins nus.

Et c'était tout ! Le fantasme se résumait à ça. Et pourtant, il l'entretint si longtemps et y consacra une attention si fervente (fallait-il des pépites de chocolat dans les pancakes ? de quelle couleur devait être l'édredon ? où fallait-il poser le plateau de façon à ce qu'il ne tombe pas du lit ?), que la maison de sa tante et de son oncle en resta imprégnée d'une aura sexuelle qui demeurait encore palpable pour lui, même à l'âge adulte, alors que ça faisait longtemps que sa cousine était devenue lesbienne et avait émigré aux Pays-Bas, et qu'il ne l'avait pas revue depuis des années.

Jamais, même dans ses rêveries les plus débridées, le jeune Ted ne s'était autorisé à croire que ses coups de cœur pouvaient être réciproques. Il n'était pas stupide. Il était sûrement un tas d'autres choses, mais ça non, jamais. Tout ce qu'il avait jamais souhaité, c'était que son amour soit toléré, peut-être même apprécié : il brûlait d'être autorisé à s'attarder avec dévotion auprès des filles pour qui il en pinçait, et de se frotter doucement à elles une fois de temps en temps, à la manière dont une abeille peut frôler une fleur.

Mais il s'avéra que, dès que Ted faisait une fixation sur une nouvelle élue, il se mettait à se pâmer devant elle, à la contempler et à lui sourire comme une andouille en inventant des raisons de lui toucher les cheveux, la main. Et là, inévitablement, la fille avait un mouvement de recul : car, pour une raison impénétrable, les sentiments de Ted provoquaient chez celles qui en étaient l'objet une réaction de dégoût intense et viscéral.

Elles n'étaient pas méchantes avec lui, ces filles. Ted était attiré par le genre de demoiselles rêveuses qui répugnaient à se montrer ouvertement cruelles. Au lieu de ça, comprenant peut-être que leurs petites attentions du début avaient ouvert une porte par laquelle Ted s'était engouffré sans y avoir été invité, les filles entreprenaient de mettre le verrou. Instaurant une sorte de protocole d'urgence pour filles universellement compris, elles refusaient de croiser son regard, ne lui parlaient que quand c'était nécessaire, et restaient aussi loin de lui que possible. Elles se barricadaient dans des forteresses de politesse glaciale, où elles restaient retranchées aussi longtemps que nécessaire pour qu'il s'en aille.

Bon sang, c'était horrible. Des décennies plus tard, le souvenir de ces tocades donnait envie à Ted de mourir de honte. Parce que le pire, c'est que même une fois qu'il était devenu évident que les filles qu'il adorait trouvaient ses attentions insupportables, il désirait encore désespérément être auprès d'elles, les rendre heureuses. Aux prises avec ce casse-tête, il s'efforçait d'exercer une forme de self-control qui se traduisait par d'impitoyables séances d'autoflagellation (se tenir nu devant le miroir, se forcer à regarder ses jambes maigrichonnes, sa poitrine concave, son petit pénis : *Elle te déteste, Ted, regarde les choses en face, toutes les filles te détestent, tu es moche, tu es dégoûtant, tu es répugnant*) avant de perdre pied et de se retrouver éveillé à trois heures du matin, en train de pleurer de frustration et de taper « États où c'est légal d'épouser sa cousine » dans la barre de recherche Internet, jouant une interminable partie de flipper avec ses espoirs.

L'été précédant son entrée au lycée, après un épisode particulièrement humiliant avec une monitrice de colo, Ted se lança dans une longue marche solitaire et réfléchit à son avenir. Constat : il était petit et moche et avait les cheveux gras et ne plairait jamais à aucune fille. Constat : rien que de se savoir aimées par quelqu'un d'aussi répugnant que Ted fichait la trouille aux filles. Conclusion : s'il ne voulait pas passer toute sa vie à rendre les femmes malheureuses, il devait trouver un moyen de garder ses tocades pour lui.

Et c'est donc ce qu'il fit.

Pendant sa première année de lycée, Ted se confectionna un nouveau personnage : joyeusement asexué, ne constituant plus aucune menace, purgé de la moindre trace de besoins. Ce Ted-là était un comique de soixante ans dans le corps d'un garçon de quatorze : hilarant, plein d'autodérision, et beaucoup trop névrosé pour avoir un jour des relations sexuelles pour de vrai. Quand on insistait, ce Ted prétendait avoir le béguin pour Cynthia Krazewski, une pom-pom girl tellement inaccessible qu'il aurait aussi bien pu prétendre être amoureux de Dieu en personne.

Ainsi camouflé, Ted était libre de se lier d'amitié avec les filles qui lui plaisaient vraiment, et de consacrer toute son énergie à être gentil avec elles sans jamais laisser entendre qu'il voulait quoi que ce soit de plus. La vérité, c'est qu'il ne voulait rien de plus, en tout cas pas réellement. Il ne croyait pas que l'amour puisse lui causer autre chose que de la douleur. C'était bien plus facile, et bien plus agréable, d'être ami avec les filles : de bavarder avec elles, d'écouter leurs histoires, de leur servir de chauffeur, de leur raconter des blagues qui les faisaient glousser, et puis de rentrer chez lui et de se masturber frénétiquement, bannissant ses désirs au royaume de son imagination, là où ils ne pouvaient causer aucun mal.

En deuxième année de lycée, tous les élans romantiques de Ted s'étaient rassemblés sur une unique cible : Anna Travis, qui non seulement le tolérait, mais le considérait comme un ami. Telle était la magie de son nouveau personnage : tant que Ted leur dissimulait ses sentiments, les filles – en tout cas certaines d'entre elles – l'aimaient plutôt bien.

Bien que considérablement plus populaire que lui, en ce qui concernait l'amour, Anna était un cas aussi désespéré que Ted. Pendant trois semaines en première année, elle était sortie avec Marco, un joueur de foot qui l'avait larguée quand il avait été promu de l'équipe de première année à l'équipe de seconde année du lycée, et elle ne s'en était jamais remise. Des années plus tard, Anna conservait un désir insatiable de parler de Marco avec quiconque était prêt à l'écouter, et puisque tous les autres en avaient marre du sujet (et qu'ils étaient peut-être un peu troublés par son regard de dingue dès qu'on l'abordait), son unique partenaire pour ces conversations était Ted.

Évidemment, Ted n'avait pas *vraiment* envie d'aider Anna à passer des heures à analyser ce que ça signifiait que Marco lui ait dit : « Tu me manques mon petit », en lui filant un coup de poing dans l'épaule, quand ils s'étaient croisés dans le couloir la semaine précédente… mais en même temps, si, quand même. Parce qu'il n'était jamais plus près d'avouer à Anna ce qu'il ressentait que quand il lui disait à quel point Marco était stupide de l'avoir larguée, et combien elle était infiniment supérieure à sa nouvelle petite copine de la semaine. D'autre part, être témoin des soupirs d'Anna pour Marco fournissait du combustible aux fantasmes de Ted, dans lesquels c'était après lui qu'elle soupirait.

Fantasme : on est tard le soir, le téléphone de Ted sonne. Anna.

« Anna, dit-il. Qu'est-ce qui se passe ? Est-ce que tout va bien ?

— Je suis dehors, dit-elle. Tu peux descendre ? »

Ted met son peignoir et ouvre la porte. Anna est sur son perron, l'air pitoyable : les cheveux emmêlés, le chemisier de travers. « Anna ? » dit Ted.

Anna se jette contre Ted et se met à sangloter. Il l'enveloppe de ses bras, lui tapote le dos tandis que sa poitrine tremble contre la sienne.

« Ça va aller, Anna, dit-il. Quoi qu'il se passe, ça va aller, je te le promets. Chut, chut.

— Non ! s'écrie-t-elle. Tu ne comprends pas, je... » et ensuite elle tente de l'embrasser. La chaleur de ses lèvres effleure les siennes, mais alors il se dégage. Elle est sous le choc, le cœur brisé. « Je t'en prie, fait-elle. Je t'en prie, juste... » Il reste raide, la laisse glisser sa langue dans sa bouche, et après un instant d'hésitation, lui rend son baiser, tendrement, mais ensuite, encore une fois, il se dégage.

« Je suis désolé Anna, dit-il. Je ne comprends pas. Je croyais qu'on était seulement amis.

— Je sais, dit-elle, je veux dire, j'ai essayé d'en rester là. Mais je ne peux plus me cacher. Ça a toujours été toi, depuis le début. Je sais que tu ne ressens pas la même chose pour moi. Je sais que tu aimes Cynthia. Mais je voulais seulement... si seulement tu voulais bien me donner une chance. Je t'en prie. Je t'en prie. »

Et alors elle l'embrasse à nouveau, et elle le pousse vers la chambre, et il essaie de résister, en disant des trucs comme : « Je veux juste éviter de détruire notre amitié », mais elle est si insistante, elle n'arrête pas de le supplier, elle déboutonne son pantalon, et elle se glisse sur lui, et elle pose la main de Ted sur son sein. Quand ils sont tous les deux nus, Anna le fixe avec un regard à la fois plein de dévotion et d'anxiété, et demande : « Dis-moi à quoi tu penses », et il lâche un profond soupir et répond : « À rien », et il laisse son regard se perdre dans le lointain et elle dit : « Tu penses à Cynthia, n'est-ce pas ? » et il répond : « Non », mais ils savent tous les deux que si. Anna reprend : « Je te promets, Ted, si seulement tu veux bien me laisser une chance, je te ferai oublier Cynthia », et alors elle laisse glisser sa tête entre ses jambes.

De temps à autre, Ted se demandait s'il y avait une chance qu'Anna puisse l'apprécier davantage qu'en ami. Il ne lui plaisait pas autant qu'elle lui plaisait, c'était évident, et jamais elle ne se pointerait à sa porte en sanglotant de passion frustrée, mais... peeeeeeeeut-être ? Elle s'asseyait parfois près de lui sur le canapé, et elle était toujours en train d'essayer de le convaincre d'inviter des filles à sortir, ce qui en soi n'était sans doute pas bon signe, mais, dans ces moments-là, elle disait des choses comme : « Tu es beaucoup plus mignon que tu ne penses, Ted », et : « N'importe quelle fille aurait de la chance de sortir avec un mec comme toi. » Donc même si elle ne l'aimait pas *comme ça*, il y avait peut-être une sorte de potentiel latent qu'il pourrait activer si seulement il lui disait ce qu'il ressentait. Mais il percevait aussi un truc de l'ordre du principe d'incertitude d'Heisenberg, selon lequel toute tentative sérieuse pour déterminer l'état de leur relation altérerait invariablement celle-ci... et parce que le changement était effrayant, et qu'il était sûr à quatre-vingt-dix-neuf pour cent qu'Anna ne l'aimait pas de cette façon et que ce ne serait jamais le cas, il laissa les choses comme elles étaient : ce bon vieux Ted, sympathique et foncièrement malhonnête.

Anna était dans la classe du dessus, en partance pour l'université de Tulane, et la semaine précédant son départ pour La Nouvelle-Orléans, elle parvint à convaincre ses parents de lui organiser une énorme fête d'adieu. La soirée était une mise en scène destinée à un public composé d'une seule personne, Marco : un décor sophistiqué, conçu pour mettre en valeur Anna au sommet de son éclat – et pour ce qui était de l'éclat, elle était éblouissante, pas de doute. Elle portait une robe en dentelle courte avec un décolleté plongeant, des talons hauts, les yeux très maquillés, et avait ramassé ses cheveux cuivrés en chignon sur le sommet de son crâne. Elle s'était entourée d'une clique de jolies filles, qui toutes pleuraient, riaient, poussaient des cris, posaient pour les photos et manifestaient leur émotion avec une telle flamme que le reste du monde sembla s'assombrir.

Ted rôda en marge de la fête, furieux contre lui-même. Anna et lui avaient surtout traîné ensemble en tête à tête, quand elle n'avait pas le moral à cause de Marco et ne se sentait pas l'énergie de sortir. À ces occasions, ils restaient assis sur le canapé, mangeaient des pizzas et discutaient. Anna portait généralement un jogging. Ted l'avait rarement vue comme ça, rayonnante de toute la pleine puissance de son charisme. Il avait douloureusement conscience du rôle naturel qui lui revenait dans cette fête – le courtisan servile – et n'avait pas envie de l'endosser. Peut-être s'était-il bercé d'illusions en croyant avoir gardé ses sentiments secrets tout ce temps-là, alors qu'en fait il se promenait la braguette ouverte et la bite à l'air, exposé sans le savoir. Peut-être que tous les gens présents étaient en train de se dire : « Oh, voilà Ted, il est amoureux d'Anna, qu'est-ce que c'est gênant, hein, qu'est-ce que c'est mignon. » Peut-être qu'Anna savait, elle aussi.

Bien sûr, Anna savait.

La fierté de Ted se hérissa à l'intérieur de son corps, lacérant les tissus mous. Pour la première fois, il en voulait à Anna, lui en voulait d'avoir laissé une répartition aléatoire de ressources physiques – taille, symétrie faciale, capacité à jouer au football – déterminer le cours de leurs vies à tous deux. Il était plus intelligent que Marco, et plus gentil que Marco, et il avait davantage de points communs avec Anna que Marco, et il savait comment faire rire Anna bien plus fort que Marco ne le ferait jamais... mais rien de tout cela ne comptait, parce que ce qu'il *était* ne comptait pas, ni pour elle ni pour qui que ce soit d'autre.

La soirée s'éternisa, et alors que la fête touchait à sa fin, les invités qui restaient décidèrent d'aller faire un tour sur la plage. Ted aurait pu rentrer chez lui, mais il préféra rester à se morfondre. Quelqu'un alluma un feu de camp, et Ted demeura littéralement dans l'ombre en regardant la lueur des flammes danser sur le visage d'Anna. Il avait le sentiment que quelque chose avait été brisé au plus profond de lui. Il n'avait rien demandé : il avait essayé de se contenter d'aussi peu qu'on pouvait désirer. Et pourtant voilà où il en était, se sentant une fois de plus humilié, insignifiant.

Anna était en train de griller un chamallow, et le faisait tourner d'un air contemplatif au-dessus des braises. Elle portait un sweat de garçon par-dessus sa robe courte, et une croûte de sable recouvrait ses jambes nues. Le vent changea, envoyant un panache de fumée tourbillonner au-dessus d'elle. Elle toussa, se mit debout, puis fit le tour du feu et se laissa tomber à côté de Ted.

« On commence à avoir du mal à respirer là-bas, dit-elle.

— Tu t'es bien amusée à ta fête ? demanda Ted.

— Ça a été », répondit Anna. Elle soupira, probablement parce que ça faisait longtemps que Marco était parti. Il n'était resté qu'une heure. En regardant Anna et le sentiment d'abandon qu'exprimait son visage, reflet identique au sien, Ted se sentit coupable de lui en avoir tant voulu à peine quelques minutes auparavant. Il aimait Anna d'un amour non réciproque ; Anna aimait Marco d'un amour non réciproque ; Marco aimait probablement d'un amour non réciproque une inconnue quelconque qu'aucun d'entre eux n'avait jamais rencontrée. Le monde était sans pitié. Personne n'avait le moindre pouvoir sur qui que ce soit d'autre.

« Tu es superbe, dit-il, Marco est un crétin fini.

— Merci », répondit Anna. Elle sembla peut-être sur le point d'ajouter quelque chose, mais se ravisa et posa la tête sur son épaule, et il passa un bras autour d'elle. Elle ferma les yeux et se cala contre lui, et quand il fut quasi certain qu'elle s'était endormie, il s'autorisa à l'embrasser sur le front. Sa peau avait un goût de sel et de fumée. *Peut-être que j'avais tort*, pensa Ted. *Peut-être que je pourrais me contenter de ça.*

Un mec bien

Malheureusement, non.

Ted avait espéré que lorsque Anna partirait pour la fac, ses sentiments pour elle le tourmenteraient peut-être moins, mais il n'en fut rien. De fait, maintenant que la présence physique d'Anna dans sa vie était drastiquement réduite, Ted distinguait bien mieux la place hallucinante qu'elle occupait dans sa tête. Le matin, en attendant que son réveil se déclenche, il imaginait la tenir dans ses bras et frotter son nez dans son cou. La première chose qu'il faisait en se levant était de vérifier ses e-mails pour voir si elle lui avait envoyé un message pendant la nuit. Toute la journée, il passait ce qu'il vivait au crible pour en extraire les morceaux choisis amusants qu'il pourrait transformer en histoires à lui écrire. Quand il s'ennuyait ou qu'il était angoissé, son cerveau cherchait des distractions en retournant la question de savoir s'il parviendrait un jour à faire en sorte qu'Anna l'aime, comme un chien s'acharne sur un os pour en extirper les dernières gouttes de moelle. Et la nuit, pendant des heures, sa chambre se transformait en plateau de tournage pour un film porno imaginaire qui les mettait tous deux en scène, avec de temps à autre une star de cinéma ou une camarade de classe invitée à jouer les figurantes. Vu le peu de contacts que Ted avait à présent avec la véritable Anna, c'était comme s'il était en couple avec une amie imaginaire.

Ted aurait préféré ne pas vivre comme ça, mais il ne savait pas trop quoi y faire. Il supposait que la réponse était de s'enticher de quelqu'un d'autre, de quelqu'un qui pourrait lui rendre son affection. En l'occurrence, cette perspective n'était pas aussi extravagante qu'elle aurait pu l'être un an plus tôt – s'il était toujours petit et un peu intello, on lui avait enlevé son appareil dentaire, il s'était fait faire une coupe de cheveux correcte, et il y avait une fille dont il était le tuteur en biologie, une première année nommée Rachel, dont même quelqu'un d'aussi aveugle que Ted ne pouvait ignorer qu'elle craquait pour lui.

Ted n'était pas le moins du monde attiré par Rachel, qui était fluette, frisée et revêche, mais il était âgé de dix-sept ans et n'avait jamais ne serait-ce que tenu la main d'une fille, alors pour qui se prenait-il en prétendant garder un haut niveau d'exigence ? Peut-être que s'il se passait un truc entre Rachel et lui, il développerait des sentiments pour elle. On voyait des trucs plus bizarres. D'autre part, il devait bien admettre que sortir avec Rachel ne pouvait pas *nuire* à ses chances avec Anna – après tout, combien de fois avait-il entendu parler de filles qui ne se rendaient pas compte que l'amour de leur vie était juste sous leur nez, jusqu'au moment où celui-ci craquait pour quelqu'un d'autre ?

Et donc, un après-midi après son tutorat, Ted demanda en bafouillant à Rachel ce qu'elle faisait ce week-end-là et si elle avait envie qu'ils se voient. À l'instant même où les mots s'échappèrent de ses lèvres, il les regretta, mais c'était trop tard. Rachel prit immédiatement les choses en main, obtint son numéro de téléphone et lui donna le sien. Elle lui dit à quelle heure, précisément, elle attendrait son appel et, quand il téléphona docilement, elle lui fit savoir quel film elle voulait voir ce week-end-là, à quelle heure il passait, où ils devraient aller dîner avant, et elle lui indiqua l'adresse de sa maison pour qu'il puisse passer la prendre.

Quand ils sortirent du cinéma, elle faisait des projets pour de futures sorties, jacassant sur le nouveau resto thaï de la 7ᵉ Rue qu'elle voulait absolument essayer, sur la comédie romantique dont ils avaient vu la bande-annonce et qu'ils ne devaient pas oublier d'aller voir, et est-ce que Ted avait des projets pour Halloween, parce qu'elle et ses copines étaient en train de prévoir des costumes de groupe, et qu'il pouvait participer s'il voulait.

Ted était extrêmement mal à l'aise. Il ne savait pas vraiment avec qui Rachel passait son rencard, mais ça ne semblait pas être lui. Il n'avait contribué en rien à cette sortie : pour autant qu'il sache, elle aurait pu aller au ciné accompagnée d'une poupée gonflable et passer un tout aussi bon moment. En la reconduisant chez elle, il résolut de clarifier poliment qu'il n'y aurait pas de second rendez-vous. Rachel allait le détester de l'avoir larguée, évidemment, ce qui signifiait qu'il devrait peut-être abandonner le programme de tutorat, mais il se dit que ça vaudrait la peine pour éviter le malaise qui s'ensuivrait, autrement. Ils n'avaient pas d'autres activités en commun, donc en s'y prenant bien, il n'aurait peut-être jamais à la revoir.

Quand ils arrivèrent chez Rachel, il mit la voiture au point mort mais laissa le moteur tourner.

Rachel déboucla sa ceinture :

« Bonne nuit, dit-elle, mais elle ne bougea pas.

— Bonne nuit », répondit-il, s'avançant pour une accolade en guise d'adieu. Quelles étaient exactement ses responsabilités dans cette situation ? Était-il même vraiment *nécessaire* de rompre avec elle de façon explicite, dans la mesure où ils n'étaient sortis qu'une fois ensemble ? Pouvait-il se contenter d'arrêter le tutorat, et espérer qu'elle comprendrait le message ? Il était en train de tapoter Rachel dans le dos d'une manière qui, l'espérait-il, envoyait le message : *Ne me déteste pas s'il te plaît, je suis désolé pour ce que je m'apprête à te faire*, quand elle lui prit les joues entre ses paumes, lui tint fermement le visage, et l'embrassa sur la bouche.

Le premier baiser de Ted ! Le choc chassa brièvement toutes les autres pensées de sa tête. Il se figea, bouche bée, et Rachel y plongea sa langue et se mit à la tortiller. À l'instant où son cerveau se reconnecta à son corps, et où il se souvint qu'il était censé lui rendre son baiser, elle se détacha et se mit à lui couvrir les lèvres de petits bisous légers. « Comme ça », lâcha-t-elle, le souffle lourd, et il réalisa qu'elle prenait l'initiative de lui *apprendre* comment faire pour l'embrasser, parce que manifestement il n'en savait rien. Un marteau de honte s'abattit et l'aplatit comme une crêpe. Cette naze, cette madame Je-sais-tout de Rachel, qui daignait lui montrer comment embrasser !

Bon, puisqu'il était trop tard pour éviter l'humiliation, il ferait aussi bien de saisir l'occasion pour apprendre. Au bout de quelques minutes, il conclut qu'embrasser n'était pas si difficile, en fait, même si c'était clairement un peu surfait. Dans l'ensemble, la sensation n'était pas déplaisante, mais il n'y avait rien de particulièrement érotique là-dedans. Les lunettes de Rachel n'arrêtaient pas de cogner contre l'arête de son nez, et ça faisait drôle de la voir d'aussi près. Elle avait l'air de quelqu'un de différent, plus pâle, plus…

vague, en quelque sorte, comme un tableau. Il essaya de fermer les yeux mais ça le mettait mal à l'aise, comme si quelqu'un allait surgir par-derrière et lui planter un couteau dans le dos.

C'était donc ça, embrasser. Il devait reconnaître que Rachel avait l'air d'aimer ça. Elle n'arrêtait pas de rouler dans tous les sens et de pousser des soupirs. Est-ce qu'il y prendrait plus de plaisir si c'était Anna qu'il embrassait ? Franchement, c'était difficile d'imaginer que cette activité puisse l'exciter un jour. Deux gros bouts de chair flasque en train de gigoter, comme des limaces en train de s'accoupler dans la caverne de votre bouche. *Dégueu*, Ted. Qu'est-ce qui clochait chez lui ? L'haleine de Rachel avait l'odeur du beurre de pop-corn : légèrement métallique, avec une note de cette graisse brûlée qui reste collée au fond de la machine. Ou était-ce son haleine à lui ? Il ne voyait aucun moyen de le savoir.

Rachel était carrément sur lui à présent, sa main bougeant de façon exploratoire, comme si peut-être elle essayait de savoir s'il avait la gaule. Inutile de préciser que ce n'était pas le cas ; en fait il avait plutôt l'impression que sa bite avait filé se planquer à l'intérieur de son corps. Est-ce que le fait qu'il n'ait pas la gaule allait blesser Rachel ? Devrait-il essayer de fantasmer sur Anna, pour réussir à avoir la gaule et éviter à Rachel de se sentir mal parce qu'elle ne lui avait pas filé la gaule ? Non, ça ne pouvait pas être la bonne façon de faire. Mais qu'est-ce que Rachel voulait ? Elle était carrément à califourchon sur lui à présent, frottant ses hanches contre le genou de Ted en gémissant. Est-ce qu'elle voulait faire l'amour ? Sûrement pas. Ils étaient garés juste devant chez ses parents, elle n'était qu'en première année et, en plus, c'était *Ted*. C'était une chose d'admettre que Rachel ait pu développer un petit faible pour lui pendant le tutorat de biologie, c'en était une autre de penser qu'il la rendait tellement chaude bouillante qu'elle était prête à se le taper sur le siège avant de sa voiture.

Et pourtant, contre toute logique, elle avait vraiment l'air à fond dedans. C'était presque de l'ordre du vertige existentiel que deux personnes aussi proches physiquement puissent vivre le même moment de façon si différente. Ou alors… elle simulait son enthousiasme ? Ou si elle ne simulait pas totalement, en tout cas elle l'exagérait. Beaucoup. Mais pourquoi ferait-elle une chose pareille ? Faire croire qu'il l'excitait avec ses tâtonnements maladroits, alors que ce n'était pas le cas ?

Oh.

À l'instant même où la réponse lui apparut, il comprit qu'elle était évidente. Rachel savait qu'il était nerveux, et elle essayait de le cajoler pour qu'il y arrive. Son incompétence et sa gêne étaient probablement visibles depuis l'espace. Elle faisait semblant de prendre du plaisir pour qu'il se détende et arrête d'être aussi nul pour l'embrasser. Elle simulait l'excitation sexuelle par *pitié*.

Si auparavant il avait eu l'impression que sa bite s'était planquée à l'intérieur de son corps, c'était maintenant comme si un bloc de plomb de deux tonnes précipité des cieux avait atterri sur son entrejambe, le paralysant à vie.

Suicide-toi, Ted, dit une voix dans sa tête. Sérieusement.

Il aurait pu le faire, d'ailleurs – bondir tout simplement de la voiture et se jeter sous le premier véhicule arrivant en sens inverse –, quand alors Rachel lui prit la main et la plaqua sur son sein. Il ressentit à nouveau ce choc, la pensée vide. Les seins de Rachel étaient petits, mais son tee-shirt était très décolleté, et il touchait tout plein de peau très douce. Avec hésitation, il pressa, puis frotta l'endroit où il était à peu près sûr que son téton devait se trouver. Putain de merde, *il y était*, et après une seconde de frottement, cela s'épanouit sous son pouce.

Ouah.

Fermant les yeux comme s'il sautait d'un plongeoir, il enfonça la main sous son tee-shirt et son soutien-gorge, et ensuite il n'eut plus à se soucier du problème d'absence de gaule, parce que le téton nu qu'il pinçait était le truc le plus cochon et le plus sexy du monde, et que curieusement le fait qu'il soit relié à une personne qu'il connaissait à peine, dont l'haleine sentait le pop-corn et dont l'évidente parodie d'excitation leur faisait injure à tous les deux, ne faisait que le rendre encore plus cochon et encore plus sexy.

Il le pinça à nouveau, un peu plus fort. Elle glapit, mais reprit très vite ses esprits. « Oh, mon *Dieu*, Ted », gémit-elle d'une voix fausse.

Ils sortirent ensemble les quatre mois qui suivirent.

Avec le recul, Ted se disait que Rachel était la première femme dont on pouvait vraiment dire qu'il l'avait mal traitée. Oui oui, il avait malencontreusement fichu les jetons à certaines filles sur qui il craquait, mais il n'était alors qu'un gamin, et il avait lutté vaillamment pour maîtriser ses pulsions. Il y avait probablement des choses à redire sur son comportement avec Anna quand ils étaient à l'école ensemble – il aurait dû être honnête avec elle au sujet de ses sentiments, au lieu de rester à rôder dans la « *friend zone* » –, mais s'il s'était peut-être montré lâche avec Anna, il avait aussi fait de son mieux pour être gentil. Rachel, en revanche... si l'enfer existait, et qu'il finissait par y atterrir, il était à peu près certain que le diable brandirait une photo de Rachel en secouant la tête et dirait : « Hé, mon pote, qu'est-ce que t'as fichu avec celle-là ? »

Mais il n'en savait rien ! Vraiment, sincèrement, il n'en savait rien.

Pendant les quatre mois qu'ils passèrent ensemble, il ne développa jamais davantage d'affection pour Rachel qu'il n'en avait lors de leur premier rendez-vous. Tout en elle lui tapait sur les nerfs : ses cheveux à la noix, sa voix nasale, l'habitude qu'elle avait de lui donner des ordres. À la simple idée que les gens puissent dire : « Tiens, voilà Rachel, la petite copine de Ted ! », il ne savait plus où se mettre. Il voyait en elle tout ce qu'il voulait tellement réprimer chez lui : ses avances obséquieuses aux gens qui la traitaient comme de la merde, sa condescendance faussement noble envers les rares personnes qui se trouvaient en dessous d'elle sur l'échelle de la popularité, les piques sarcastiques auxquelles elle avait recours pour prendre ses distances avec tous les autres losers du même rang social qu'elle. Comme lui, elle était sujette aux mésaventures corporelles embarrassantes – les taches de règles, la mauvaise haleine, s'asseoir dans des positions dévoilant sa culotte par inadvertance –, mais, contrairement à lui, ce genre d'épisode ne semblait pas provoquer de honte démesurée chez elle. C'était *lui* qui avait honte : quand il l'apercevait dans le couloir devant lui, marchant nonchalamment avec une tache couleur rouille sur sa jupe en jean, ou quand Jennifer Roberts agitait sa main en éventail dès que Rachel, qui s'était collée bien trop près d'elle, se détournait enfin. Dans ces moments-là, ce n'était pas juste que Ted n'aimait pas Rachel : il la *détestait*, plus qu'il n'avait jamais détesté qui que ce soit dans sa vie.

Alors, pourquoi est-ce qu'il ne rompait pas avec elle ?

Chez lui, seul, Ted savait qu'il n'aimait pas Rachel et qu'il n'avait pas envie de sortir avec elle, et donc rompre paraissait simple, c'était ce qu'il fallait faire. Mais ensuite ils se voyaient, et dès qu'elle l'apercevait, s'il hésitait, reculait ou manifestait même par la plus infime mimique que quelque chose n'allait pas, alors le visage de Rachel s'assombrissait. Dès qu'une pointe de colère apparaissait chez elle, il était submergé par la culpabilité et par une terreur froide. Il se laissait emporter par le courant, convaincu qu'il n'était qu'un enfoiré de salopard de merde, la chaîne ininterrompue de ses péchés remontant à sa décision initiale d'accepter ne serait-ce qu'un rencard avec elle alors qu'il était amoureux d'Anna. Transpercé par la culpabilité, il concluait alors que plutôt qu'affronter Rachel en face, et en rajouter encore aux torts incommensurables qu'il lui avait déjà causés, ce serait *tellement mieux* d'attendre un moment plus opportun, par exemple un moment où elle se chargerait elle-même de rompre. Après tout, ce n'est pas comme si Ted lui-même était une prise de choix ; forcément, s'il attendait que ça se passe, tôt ou tard elle allait se sortir de ce délire selon lequel il était vaguement fréquentable, et le larguer de son propre chef. Rassuré par cette idée, il acquiesçait à toutes ses suggestions avec un sentiment de profond soulagement – et puis dix minutes passaient, un quart d'heure ou une heure, et il refaisait surface et se disait : Attendez une seconde, j'allais rompre avec elle, qu'est-ce qu'on fiche à déjeuner ensemble dans ce Bistro Romain ?

Avec Rachel qui jacassait, ce nuage noir de colère naissante apparemment évaporé, l'idée qu'à peine quelques secondes plus tôt mettre fin à cette relation ait paru impossible semblait absurde – mais cela aurait paru tout aussi absurde de rompre soudain avec elle sans prévenir, alors qu'il était resté là à faire comme si tout allait bien, et dire des trucs comme : « Bien sûr, je vais venir avec toi voir ta cousine dimanche. » Parce que s'il essayait de rompre avec Rachel maintenant, alors qu'elle en était à la moitié de son gressin, la première chose qu'elle dirait probablement serait : « Si tu savais que t'allais rompre avec moi, pourquoi est-ce que tu viens juste d'accepter de m'accompagner chez ma cousine dimanche ? » et il n'aurait pas de réponse.

Et alors, même si elle disait ça, Ted ? Même. Si. Elle. Disait. Ça. Il n'aurait pas pu se contenter de hausser les épaules et de dire : « Et puis merde, tant pis pour ta cousine, j'ai changé d'avis » ? Non. Il n'aurait pas pu faire ça, parce que c'était le genre de chose que seul un connard ferait, et que lui, Ted, n'était pas un connard. C'était… un mec gentil.

Oui, bon, c'est vrai, tout le monde était d'accord pour dire qu'il n'y avait rien de pire qu'un mec gentil, mais là c'était différent. Se sentir incapable d'interrompre Rachel au milieu d'un repas et de la larguer sans prévenir... ce n'était pas le syndrome du mec gentil, c'était juste un comportement humain. Il n'avait jamais autant d'empathie pour Rachel que dans ces moments-là, quand il imaginait ce que ça pouvait faire de déjeuner innocemment avec quelqu'un qui s'était comporté aux yeux du monde entier comme s'il vous aimait bien, qui ne vous avait jamais donné la moindre raison de croire que quelque chose n'allait pas, quand soudain, sans prévenir, *vlan*, il s'avérait que vous vous étiez complètement trompée sur lui, et que tout ce qu'il avait pu vous dire était un mensonge.

Toute sa vie, Ted s'était accroché à l'idée qu'il était incompris – que les filles qui l'avaient repoussé avaient tort de le traiter comme s'il y avait quelque chose d'intrinsèquement flippant chez lui. Il n'était peut-être pas le plus beau mec du coin, mais il n'était pas *méchant*. Et pourtant parfois la nuit il avait du mal à trouver le sommeil, et il imaginait Rachel en train de raconter son histoire à un tribunal composé de toutes les filles qui l'avaient un jour rembarré, les régalant de ses impostures, comme il avait fait semblant de bien l'aimer alors qu'en fait non, et puis ce masque de « gentillesse » qu'il affichait alors qu'en fait c'était une pauvre merde égoïste et un menteur... et il voyait toutes ces filles, avec Anna au centre, choquées et en même temps pas vraiment, qui opinaient et tombaient d'accord pour dire que oui, bien sûr, elles savaient depuis le début qu'il y avait un truc qui clochait chez lui.

Et c'est ainsi qu'Anna endossa un nouveau rôle dans sa tête : présidente d'un jury qui se tenait prêt à le condamner. Plus sa relation avec Rachel durait, plus il avait besoin qu'elle retourne devant son tribunal imaginaire avec quelque chose à raconter qui le disculpe. Il avait besoin que sa toute première copine non seulement dise, mais soit convaincue que si les choses n'avaient peut-être pas fonctionné entre eux, il n'était ni louche, ni flippant, ni méchant : il était, fondamentalement, un mec bien. Pour amadouer cette version imaginaire d'Anna, il resta avec Rachel, et mentit. Il termina son déjeuner au Bistro Romain, alla rendre visite à la cousine, et il essaya de préparer le terrain pour son évasion. Il fit de son mieux pour garder ses distances avec Rachel, pas suffisamment pour la fâcher, juste assez pour empêcher la relation de devenir plus sérieuse qu'elle ne l'était déjà. Il ne l'appelait pas très souvent, et se montrait très occupé, mais s'en excusait toujours. Il faisait exactement ce qu'on attendait de lui, rien de plus. Il avait un peu l'impression de faire le mort, restant flasque et malléable dans l'espoir qu'elle finirait par se lasser et s'éloigner. Bon d'accord, conclurait le tribunal à la fin. Ce n'est pas quelqu'un de *formidable*. Ce n'est pas un saint. Mais ce n'est pas un Marco, qui manipule les filles juste pour le plaisir. Ça aurait pu être pire. Il mérite une nouvelle chance. Nous jugeons l'accusé... à peu près correct.

Mais attendez, intervient une voix, juste avant que le marteau ne s'abatte.
Oui ?
Juste une chose, tout de même. J'ai une question.
Allez-y.
Et le sexe ?
Euh... quoi, le sexe ? Ted et Rachel n'ont pas couché ensemble. Il tenait à être très clair sur ce point auprès

du tribunal. Ted n'a *pas* pris la virginité de Rachel. (Et Rachel n'a pas pris celle de Ted.)

Est-ce qu'ils ont fait des trucs ?

Ben oui, évidemment. Ils sont sortis ensemble pendant quatre mois.

Et alors quand ils faisaient des trucs, est-ce que Ted « a fait exactement ce qu'on attendait de lui, mais rien de plus » ? Est-ce qu'il a « fait le mort » avec Rachel, pour ainsi dire ? Est-ce qu'il était pareil avec elle que le reste du temps, poli, légèrement distant et en retrait ?

Euh. Eh bien. Non.

Il était comment ?

…

Tu étais comment, Ted ?

J'étais…

Tu étais… ?

J'étais… un peu…

Oui ?

… méchant.

Méchant ?

Méchant.

Avant de gagner en âge et en expérience sexuelle, avant de maîtriser toute une gamme de mots clés fétichistes sur Pornhub et de prendre un abonnement annuel à Kink.com, « méchant » était le mot qu'il utilisait dans sa tête pour désigner les trucs qu'il faisait à (avec ?) Rachel, ces tortillements pulsionnels et vicieux. Le mot existait avant elle. Il l'utilisait enfant pour décrire certains types de BD, de dessins animés, de films et de livres où des gens étaient « méchants » avec les filles. Wonder Woman se faisait enchaîner sur une voie de chemin de fer. Sur la couverture d'un des *Alice détective* de sa sœur, l'héroïne était bâillonnée et attachée à une chaise.

Le jeune Ted aimait les histoires où les gens étaient « méchants » avec les filles, mais ça ne signifiait pas qu'il ait envie de leur *faire* des choses méchantes. Quand il s'imaginait dans ces histoires, ce qu'il ne faisait que rarement – se satisfaisant généralement du rôle de spectateur –, lui, Ted, n'était jamais celui qui attachait les filles. Non, il était celui qui les *sauvait*. Il détachait les liens et leur frictionnait les poignets pour que la circulation revienne, en douceur, défaisait les bâillons, leur caressait les cheveux tandis qu'elles pleuraient contre sa poitrine. Être le méchant, celui qui attache, qui inflige la douleur ? Non, non, non, non, non. La méchanceté n'avait aucune place dans la vie amoureuse de Ted, ni dans sa vie fantasmée non plus. Jusqu'à l'arrivée de Rachel.

Ted évitait autant que possible de faire des trucs sexuels avec Rachel. Il était rare qu'il la touche de manière affectueuse, et il gardait la bouche fermée quand ils s'embrassaient. Même s'il voyait bien que ça l'ennuyait, il avait le sentiment de se comporter ainsi comme quelqu'un de bien : puisqu'il ne l'aimait pas, il n'avait aucun droit de lui mettre la pression pour qu'elle fasse des trucs sexuels. Après tout, s'il cherchait à faire des trucs pour finir par rompre avec elle ensuite, elle pourrait légitimement se repointer au tribunal et l'accuser de s'être servi d'elle pour le sexe. Suivant cette logique, la seule manière pour lui de s'absoudre de toute culpabilité était donc d'obliger Rachel à l'asticoter, le harceler et le pousser pour qu'il accepte d'être seul avec elle, à le lui proposer deux, trois ou même cinq fois, pour qu'à la fin, personne ne puisse prétendre que c'était sa faute.

Une fois qu'ils étaient dans la chambre de Rachel, porte fermée, elle se mettait à l'embrasser de cette manière qui sonnait toujours aussi faux : les petits bisous, les soupirs mélodramatiques. *Beurk, Rachel*, pensait-il, tandis que l'agacement qu'il avait combattu toute la journée se frayait un chemin vers la surface. *Pourquoi est-ce que t'es aussi autoritaire, aussi insistante et aussi à côté de la plaque ? Pourquoi tu m'aimes bien ? Pourquoi tu ne vois pas que tu ne me plais pas vraiment ?* Mais elle persistait à se jeter à son cou... et finalement, cédant à la tentation, il évacuait son irritation en la pinçant ou en la mordant, ou même, plus tard, en la giflant légèrement.

Elle prétendait aimer ça quand il était « méchant » avec elle, et il supposait que ça devait être vrai, en admettant que sa façon de mouiller, de rougir et de se tortiller signifie quoi que ce soit. Pourtant, il sentait quand même, au fond de ses tripes, qu'un vernis d'hypocrisie recouvrait tous ses gestes, et qu'en faisant mine de prendre du plaisir à ce qu'il lui faisait, elle lui disait ce qu'elle pensait qu'il avait envie d'entendre. Être « méchant » avec Rachel signifiait donc en partie gratter ce vernis, creuser en dessous, la forcer à dévoiler une véritable réaction ; il voulait saisir cette part véritable de Rachel, mais elle persistait à lui échapper, comme une anguille qui plonge sous l'eau, et lui courir après le rendait dingue de concupiscence. *Je te déteste, je te déteste*, pensait-il en lui clouant ses poignets osseux au-dessus de la tête, en mordant la chair de son épaule et en se branlant contre sa jambe jusqu'à ce qu'il jouisse.

« C'était *incroyable* », soupirait-elle ensuite en se lovant contre lui, mais il ne la croyait pas, ne pouvait pas la croire.

Parfois, il se demandait si, plus que ces trucs qu'ils faisaient ensemble, ce n'étaient pas les moments qui suivaient qu'elle aimait, parce qu'au cours de ces brefs instants il était différent avec elle. Il avait tellement besoin d'elle pour soulager la culpabilité que lui inspirait ce qu'il venait de faire qu'il était vulnérable, ouvert, à vif. Il l'embrassait et lui apportait de l'eau, et ensuite il se couchait près d'elle et enfouissait son visage dans ses cheveux. Dans ces moments-là, il était capable de regarder son visage et de la voir non comme laide ou jolie, bonne ou mauvaise, aimée ou détestée, mais juste comme une personne couchée près de lui, débarrassée de tous les jugements qu'il était constamment en train de porter sur elle, de son analyse critique obsessionnelle de ses moindres gestes. Et s'il parvenait à apprécier Rachel ? S'il l'appréciait, alors sortir avec elle ne ferait pas de lui une mauvaise personne. Il n'aurait rien à expier. Ils pourraient être heureux. Il serait libre. Cette idée le faisait se sentir fantastiquement léger, comme si on avait enfin essoré une sorte d'éponge lourde de poison qu'il portait en lui.

Ça ne durait jamais. Tandis que la béatitude postcoïtale commençait à se dissiper, Anna se manifestait toujours à côté de lui, comme un fantôme. « Pense à moi, pense à moi », susurrait-elle dans son oreille, et c'est ce qu'il faisait. Son cerveau se remettait à carburer, penser, mouliner, juger. Il avait merdé en faisant des trucs avec Rachel, en laissant Rachel le voir comme ça, mis à nu. Maintenant elle allait être encore plus persuadée qu'il l'aimait bien. Maintenant elle allait être encore plus blessée quand il la larguerait. Maintenant il avait encore plus de péchés à expier. Maintenant ce serait encore plus difficile de s'échapper.

Il s'asseyait, enfilait son caleçon.

« Qu'est-ce qui ne va pas ?
— Rien. Faut juste que j'y aille.
— Pourquoi tu ne restes pas juste un petit moment au lit avec moi ?
— J'ai des devoirs.
— On est *vendredi*.
— Je te l'ai dit tout à l'heure, j'ai plein de trucs à faire.
— Pourquoi faut toujours que tu deviennes comme ça ?
— Comme quoi ?
— Comme *ça*. Tout grincheux. Après.
— Je suis pas grincheux.
— Si, tu l'es. M. Grincheux. Gna gna gna.
— J'ai un partiel de maths, un projet à rendre en histoire que j'ai pas commencé, j'ai dit à une copine que je l'aiderais à réviser pour l'exam d'entrée à l'université, et je dois rendre la version finale de ma dissertation pour la fac au conseiller d'orientation lundi. Désolé si j'ai l'air stressé, mais ça m'aide pas franchement quand tu me saoules et que tu me traites de M. Grincheux alors que j'ai déjà perdu genre une heure ici.
— Viens t'allonger juste une minute. Laisse-moi te masser le dos.
— Rachel, j'ai pas envie que tu me masses le dos.

Je veux aller bosser. C'est pour ça que je t'ai dit qu'on ferait mieux de ne pas faire ça.

— Oh, allez quoi, grincheux. Ma mère ne rentre pas avant une heure. Viens, laisse-moi juste...

— Ho, arrête !

— Quoi, ça te *plaîîîît* pas ? Parce qu'on dirait que ça te *plaîîît*. Ooooh, oui, ça te plaît.

— Arrête, je te dis !

— Oblige-moi, chéri.

— Et merde, Rachel...

— Oh, *Ted !* »

Et au-dessus d'eux, tel un chœur céleste, les filles du tribunal reprenaient leurs bavardages : « Regardez-les, ces deux gros thons, à faire leurs trucs zarbi de moches, oh, mon Dieu, il est tellement dégueu, t'as vu ça, est-ce qu'il a... ? Je crois qu'il vient de... oui, il l'a fait, il l'a fait, oh, non, je crois que je vais vomir, oh, *beurk*, c'est le truc le plus crade que j'aie jamais vu, je ne sais pas qui est le plus crade, elle ou lui, comment elle a pu, comment elle peut le supporter, je ne le laisserais jamais, jamais, jamais me faire un truc pareil... »

Si son Anna imaginaire demeurait la compagne constante de Ted, et lui livrait obligeamment et en détail tout ce qu'elle pensait de l'évolution de sa relation et de l'état de son âme, la véritable Anna continuait sa vie à Tulane sans se douter de rien, recevant un e-mail chaleureux de son bon copain Ted tous les quinze jours – dont aucun, il faut le noter, ne mentionnait l'existence d'une véritable Rachel.

Ted travaillait sa façon de se présenter à Anna avec autant de soin qu'une exposition dans un musée, et il se débattait vainement avec la question de savoir comment y intégrer Rachel. Le problème, c'est que s'il était concevable qu'une « première année » abstraite puisse être une rivale sexy pour Anna, redorant le statut social de Ted aux yeux de cette dernière, Rachel *elle-même* ne pouvait rien représenter d'autre qu'un handicap. Si Anna lui posait des questions supplémentaires qu'il ne pouvait éluder, il avait peur que la découverte qu'il avait entretenu une relation amoureuse avec Rachel Derwin-Finkel ne suffise à l'imprégner pour toujours de la puanteur du loser.

Rachel, d'autre part, savait *tout* d'Anna. Et c'était peu de le dire. Parfois, Ted soupçonnait Rachel d'être une sorte de médium de bas étage dont les pouvoirs psychiques se limitaient à une poignée de domaines ultralimités et inutiles. Le plus infime soupçon de gêne dans son expression donnait immédiatement lieu à un : « Ted ? Ted ? Qu'est-ce qui ne va pas ? À quoi tu penses ? Ted ? » Vu qu'il était généralement en train de penser à quel point Rachel était agaçante et/ou de rêvasser au sujet d'Anna, il n'avait alors pas d'autre choix que de mentir : il mentait davantage à Rachel, au quotidien, qu'il n'avait jamais menti à qui que ce soit dans sa vie. Et pourtant, une fois de temps en temps, elle avait une manière de le cuisiner qui déclenchait un spasme, et il ne pouvait s'empêcher de révéler un fragment de la vérité.

Par exemple, il avait mentionné une fois (une fois) Anna à Rachel, mais il aurait aussi bien pu arborer un tatouage disant POSE-MOI DES QUESTIONS SUR MES SENTIMENTS POUR ANNA TRAVIS.

« En fait Gilda Radner était vraiment géniale et sous-estimée, dit-il ce soir-là au vidéoclub Blockbuster, alors qu'ils passaient en revue un rayonnage proposant *Le meilleur de Saturday Night Live*. Ma copine Anna est super fan d'elle.

— Ta copine, Anna ? » répéta Rachel.

Ted se figea. « Ouais. » Il avait l'impression d'être en train de traverser un lac en hiver, et que la glace s'était mise à se fissurer tout autour de lui. *Pas de gestes brusques*, se dit-il. Il est encore temps de rejoindre la terre ferme.

« Je ne crois pas connaître Anna, fit Rachel, sur un ton désinvolte soigneusement étudié.

— Probablement pas, dit-il. Elle a fini le lycée l'année dernière.

— Comment tu la connais ?

— Je sais plus. Je crois qu'on a eu un cours ensemble une fois. »

Il y eut un silence. Côte à côte, ils contemplaient les films sous la lumière vive des néons. Rachel prit le boîtier d'*Affreux, sales et méchants*, et en étudia le dos. Est-ce que c'était fini ? Était-il tiré d'affaire ?

« Tu parles d'Anna Zhang ? » demanda Rachel.

La glace céda, le plongeant dans l'eau.

« Non.

— Anna Hogan ?

— Non. » Et merde, il connaissait Anna Hogan ! Pourquoi n'avait-il pas répondu Anna Hogan, il y a deux secondes ? Son cerveau hurlait dans sa tête : « T'ES TELLEMENT CON PUTAIN, TED ! »

« Bon, c'est quelle Anna alors ? »

Ted sentit que sa gorge commençait à se serrer.

« Anna Travis, parvint-il à répondre.

— Anna Travis ! » Rachel faisait toujours ostensiblement mine de lire le boîtier, mais elle leva les sourcils de façon théâtrale pour manifester son scepticisme à l'idée que Ted évolue dans les mêmes cercles sociaux de haute volée qu'Anna Travis.

« Je ne savais pas que tu connaissais Anna Travis.
— Ouaip.
— Hum.
(Pause.)
— Comment ça se fait que tu n'aies jamais parlé d'elle ?
— Je sais pas. Ça ne s'est pas présenté, c'est tout. »
Il lui vint à l'esprit que si Rachel pétait un plomb et lui posait un ultimatum au sujet d'Anna, il serait obligé de rompre avec elle, parce que bien sûr s'il devait choisir entre Rachel et Anna, il choisirait Anna, et puisque rien ne s'était jamais passé entre Anna et lui, ce serait Rachel qui se montrerait déraisonnable, et la rupture ne serait même plus de sa faute, en fin de compte.
Mais Rachel était plus maligne que ça. Elle remit *Affreux, sales et méchants* sur l'étagère, et ils flânèrent en silence dans le vidéoclub.
« Elle est jolie, reprit Rachel au bout d'une minute.
— Qui ? »
Un rictus déforma brièvement le visage de Rachel.
« *Qui ?* Gilda Radner. Non, Anna Travis, andouille. Elle est canon.
— Je crois, oui, dit-il.
— Tu crois ?
— On est seulement amis, Rachel, dit Ted, faussement patient.
— Ben ça... évidemment, fit Rachel. Anna *Travis*. »
Rachel, pensa Ted, *t'es vraiment une putain de salope et je te souhaite de brûler en enfer.*

« T'es allé à sa fête de départ ? Cet été ? demanda Rachel.

— Ouais. Pourquoi ?

— Pour rien. » Rachel prit un autre film sur l'étagère et lut le descriptif au dos d'un air pensif. Sans lever les yeux, elle reprit : « C'est juste que j'ai entendu une rumeur comme quoi à cette fête elle s'est tapé Marco Hernandez dans la chambre de ses parents pendant que sa mère préparait le gâteau en bas. »

Image : Ted est sanglé sur un brancard avec Rachel dressée au-dessus de lui, en train de passer en revue une sélection de couteaux, pour choisir lequel elle va planter dans ses parties intimes.

« C'est ridicule, lâcha dédaigneusement Ted. Qui t'a raconté ça ? Shelly ? »

Shelly était la meilleure copine, capricieuse et insupportable, de Rachel. Ted se dit qu'il pouvait peut-être lancer une dispute au sujet de Shelly pour faire diversion. Ou peut-être qu'il pourrait juste renverser le présentoir de vidéos le plus proche, et fuir l'État.

Rachel ne mordit pas à l'hameçon. « C'était pas Shelly, en fait. Mais tout le monde sait qu'Anna Travis est obsédée par Marco. Genre vraiment obsédée comme une dingue. » Pour la première fois, Rachel lui fit face, le regard inexpressif derrière ses lunettes. « *Moi*, j'ai entendu dire qu'elle lui a écrit des tas de messages de la fac, et qu'elle l'appelait tout le temps à sa résidence, et que c'est tellement parti en sucette qu'il a dû faire *bloquer* son numéro et son adresse e-mail. »

Ted se sentit nauséeux. Depuis combien de temps est-ce qu'elle se baladait avec cette info, et comment avait-elle su comment s'en servir ?

« Oh, bon sang, Rachel, dit Ted. Franchement c'est super gênant quand tu fais ça, balancer des ragots sur des gens que tu ne connais même pas. Tu traites les gens que tu trouves cool comme si c'étaient des célébrités ou un truc du genre. Anna est juste une personne normale et tu ne la connais même pas, alors peut-être que toi et Shelly vous feriez mieux d'arrêter de faire une fixette sur sa vie amoureuse comme deux pauvres nazes.

— Eh ben, répondit Rachel, en faisant la moue. En fait je la connais. Donc bon.

— C'est pas vrai.

— Si, répondit-elle, d'un ton froid et triomphant. On était ensemble à la maternelle et nos mères sont copines. C'est sa mère qui a raconté à la mienne le truc sur Marco qui a bloqué son numéro. Elle a dit que ça a fichu Anna tellement en vrac qu'elle allait peut-être devoir prendre un semestre sabbatique. Faut croire que *ta copine* Anna ne t'a rien dit, c'est tout. »

L'estomac de Ted se contracta autour du couteau que Rachel venait de planter dans ses entrailles.

Rachel referma ses doigts glacés sur la main flasque de Ted. « Je crois que je ne suis pas trop d'humeur pour un film, en fait, dit-elle. Mes parents ne rentrent pas avant minuit et mon frère est à une soirée pyjama. Allons-y. »

Un soir, quelques jours plus tard, Ted était assis devant son ordinateur, et essayait de rédiger un e-mail adressé à Anna. Il avait écrit et effacé vingt variantes autour de la question « T'es sûre que tout va bien ? », mais rien ne sonnait juste. Il lui avait déjà envoyé deux e-mails restés sans réponse, et il savait qu'il ferait mieux de se calmer. Le problème, c'est qu'il n'avait pas juste envie de savoir si l'histoire de Rachel était vraie : il en avait besoin – ça le démangeait tellement qu'il avait l'impression d'avoir des insectes qui lui rampaient sous la peau.

L'angoisse le poussant à des sommets de bravoure inattendus, Ted finit par s'emparer du téléphone. Il connaissait par cœur le numéro d'Anna à la fac, même s'il ne l'avait appelée qu'une seule et unique fois auparavant : pour son anniversaire, à l'occasion duquel il avait chanté toute la chanson « Joyeux anniversaire » sur son répondeur. Elle ne l'avait jamais rappelé, mais il avait quand même fini par recevoir un e-mail (objet : *Merci* BEAUCOUP *!!*) qu'elle avait signé de toute une série de *x* et de *o* qui sur le coup avaient paru significatifs.

Anna décrocha à la première sonnerie.

« Salut, Anna, c'est Ted à l'appareil, dit Ted, comme s'il parlait directement à son répondeur.

— Ted ! fit-elle. Quoi de neuf ?

— Euh... j'étais juste en train de penser à toi. Est-ce que ça va ?

— A priori, oui, répondit-elle. Pourquoi ? »

Parce que ma petite copine, dont l'existence est un secret que je ne veux pas te révéler, m'a raconté un secret que tu ne veux pas me révéler, parce qu'elle est jalouse que je craque pour toi, ce qui est également un secret que je ne veux pas te révéler, même si j'ai été incapable de ne pas le lui révéler à elle ?

« Euh, je ne sais pas vraiment. C'est bizarre mais je viens juste d'avoir... l'impression que quelque chose n'allait pas. »

Un mec bien

Se servir d'informations récoltées en douce pour feindre une mystérieuse connexion psychique était un tout nouveau champ de supercherie pour Ted, et il ne prit pleinement la mesure de sa puissance que lorsque Anna se mit à pleurer.

« Ça ne va pas, dit-elle. Ça ne va pas *du tout*. » Entre deux sanglots, elle se mit à raconter d'une voix entrecoupée une histoire confuse qui impliquait non seulement Marco, mais aussi un type d'une fraternité qui ne l'avait pas bien traitée, une violente dispute avec la nouvelle femme de son père, une guerre ouverte avec sa camarade de chambre, et le fait – qu'elle ne mentionna que comme une information presque accessoire – qu'elle était en train de planter la plupart de ses cours et allait se retrouver en probation l'année suivante.

« Je suis désolé, dit Ted, abasourdi. Je suis tellement désolé. Ça a l'air vraiment dur.

— Je n'arrive pas à croire que tu m'aies appelée, dit Anna. Personne d'autre de chez nous ne l'a fait depuis une éternité. C'est comme s'ils m'avaient oubliée. Tu penses être tellement proche des gens, mais en fin de compte ils *oublient* et puis c'est tout.

— Moi, je ne t'ai pas oubliée, dit Ted.

— Je *sais*, répondit Anna. Je sais que tu ne m'as pas oubliée. Tu as toujours été là pour moi, toujours, mais je n'ai jamais su m'en rendre compte, je ne t'ai jamais apprécié à ta juste valeur. J'étais tellement égoïste. Je déteste celle que j'étais au lycée, sérieux, je voudrais pouvoir tout changer en moi, mais c'est juste… c'est trop tard pour faire quoi que ce soit, c'est ça le problème. Tout est trop pourri, et je ne sais même plus qui je suis, tu vois ? Genre, qui est cette personne qui a fait tous ces choix avec lesquels je dois vivre ? Quand je repense à cette personne-là, je la déteste, je la déteste tellement pour tout ce qu'elle m'a fait, c'est genre ma malédiction, ma pire ennemie, mais le problème c'est que cette personne-là c'est *moi*. »

Tandis qu'Anna déversait ce qu'elle avait sur le cœur au téléphone, celui de Ted s'embrasa comme une tempête solaire. Tout ce qu'il désirait c'était montrer à Anna comment il la voyait : à quel point elle était belle et parfaite à ses yeux. Il fallait qu'elle sache qu'il allait conserver au fond de lui ce souvenir – cette connaissance – qu'il avait d'elle, de sorte que peu importait ce qui pourrait se passer entre eux, peu importait à quel point elle se montrait dure envers elle-même, lui serait capable de faire ça pour elle : il serait capable de l'aimer, avec constance et abnégation, un amour d'un dévouement et d'une pureté totale, pour le restant de ses jours.

Une heure plus tard, Anna renifla.

« Merci de m'avoir écoutée, Ted, dit-elle. Ça compte vraiment beaucoup pour moi. »

Je serais prêt à mourir pour toi, pensa Ted.

« No problemo », dit-il.

Suite à cela, Ted et Anna se mirent à se parler au téléphone quasiment tous les soirs. Jamais de sa vie Ted n'avait vécu quoi que ce soit d'équivalent à l'excitation procurée par ces conversations nocturnes, et il se mit à construire tout un jeu de rituels sophistiqués autour, tout comme les tribus primitives ont besoin d'accomplir des rituels au moment d'allumer le feu, pour maintenir leur pouvoir sous contrôle.

Un mec bien

Le fait de garder ces conversations secrètes faisait partie du rituel – vis-à-vis de Rachel, bien sûr, mais aussi de ses parents et du reste du monde. Il transportait jusqu'à son lit le téléphone du bureau qui était près de son ordinateur. Il faisait tourner le ventilateur devant sa porte pour créer un écran de bruit blanc. Il prenait une douche, se brossait les dents et se glissait sous les draps. Avant même qu'Anna ne décroche le téléphone, sa peau s'était mise à chauffer, presque fiévreuse.

« Salut.

— Salut. »

Ils avaient la voix rauque, étouffée : ils se parlaient en chuchotant, comme s'ils étaient couchés l'un près de l'autre, à murmurer sur l'oreiller. Il fermait les yeux et se représentait la scène.

« Comment s'est passée ta journée ? demandait-il.

— Oh. Tu sais bien.

— Quand même, raconte-moi. J'ai envie de l'entendre. »

Tandis qu'Anna commençait le récit de sa journée (« Bon, donc, je me suis levée à quatre heures du mat' parce que cette connasse de Charise avait invité ses connards de potes... »), Ted laissait doucement descendre sa main sur sa poitrine en se caressant les côtes, et il imaginait que c'était celle d'Anna, que sa peau frémissait sous les doigts d'Anna.

Pendant qu'elle parlait, il ne disait pas grand-chose, surtout des « mmh mmh » et des « oh non » compatissants. Une fois, alors qu'elle semblait particulièrement bouleversée, il dit : « Je suis désolé » avant d'articuler silencieusement : « ... ma douce ». Pendant ce temps-là, sa main progressait en cercles lents et sensuels le long de son torse, de la ceinture de son caleçon, puis sous l'élastique, caressant avec hésitation la lisière de ses poils pubiens.

« Dis-m'en plus sur Kathleen », demandait-il, quand Anna semblait à court d'histoires. Kathleen était la belle-mère d'Anna. Il commençait à jouer avec sa queue : à la tapoter du bout des doigts, à faire des petits mouvements vifs le long du membre.

« Tu crois que ton père va lui tenir tête, où prendre son parti ?

— Oh, merde, tu te *fiches* de moi ? glapissait littéralement Anna.

— Chut, chut, la calmait Ted. Charise a son entraînement dans quatre heures.

— J'emmerde Charise », chuchotait Anna. Ted riait. Anna riait aussi. Il sentait presque son souffle sur son visage. Il pressait sa queue, arquant le dos de plaisir, et serrait les dents pour rester muet.

« Est-ce que t'as sommeil ? finissait-il par demander.

— Oui, disait Anna.

— Tu veux qu'on s'endorme ensemble ?

— Oui, mais... tu dois te lever tellement tôt...

— C'est pas grave, répondait-il. Je dormirai en perm'.

— T'es chou, Ted. J'aime bien m'endormir avec toi.

— J'aime bien m'endormir avec toi aussi. Bonne nuit Anna.

— Bonne nuit, Ted.

— Fais de beaux rêves, Anna.

— Fais de beaux rêves, Ted. »

Au cours du silence qui suivait, il imaginait Anna en

train de le regarder avec un dégoût mêlé de fascination. Il imaginait qu'elle le touchait. Il imaginait qu'à l'autre bout du fil, dans la nuit moite de La Nouvelle-Orléans, Anna, rongée de désir, se caressait et pensait à lui. Il l'écoutait inspirer, expirer, tandis que sa main s'activait sans relâche sous les draps. Il avait honte de lui, bien sûr, mais la chaleur de cette honte s'accumulait entre ses jambes, amplifiant son plaisir. Il jouissait en torrent, sans émettre d'autre son que celui qu'une respiration endormie pouvait justifier. Ce n'est que quand il s'était complètement calmé, que son pouls et sa respiration avaient totalement ralenti, qu'il osait murmurer : « Anna, tu dors ? »

Il imaginait Anna couchée tout éveillée, les yeux grands ouverts, fixant le plafond, le cœur plein de désir, mais il n'y avait que le silence.

« Je t'aime, Anna », chuchotait-il, et il raccrochait.

Puis ce furent les vacances d'hiver, et Anna allait rentrer chez elle en visite. Est-ce que Ted allait la voir ? Bien sûr qu'il allait la voir. Ils étaient quasiment meilleurs amis ! Ils se parlaient tous les soirs. Elle avait dit : « Tu as toujours été là pour moi, toujours. » Il allait la voir, évidemment. La seule question, c'était quand.

Et où.

Et comment.

Au lycée, faire des projets avec Anna était une entreprise aussi délicate qu'une opération chirurgicale, et parfois aussi cruelle. S'il lui proposait directement de se voir, elle souriait toujours et disait : « Bien sûr ! Super ! Appelle-moi demain, on s'organisera ça. »

Seule une infime tension autour de sa bouche, et la pesanteur dans son souffle suggéraient qu'il s'était imposé. Mais inévitablement, un conflit apparaissait à la dernière minute, ou bien, quand il essayait de préciser les choses, elle ne décrochait tout simplement pas le téléphone. S'il lui reprochait son étourderie, ou faisait simplement référence à leurs rendez-vous annulés au lieu de faire comme s'ils n'avaient jamais existé à la base, elle prenait encore plus de distance, ce qui le rendait honteux et lui laissait l'impression de lui avoir mis la pression comme un type en manque.

D'un autre côté, elle le tenait bien volontiers au courant des projets qu'elle faisait avec d'autres, le gratifiant d'un flot continu d'informations sur des sorties sur le point de s'organiser, des détails de rendez-vous ou de fêtes qui étaient toujours *à deux doigts* de se faire. Tant qu'il écoutait, sans se plaindre, des descriptions à n'en plus finir d'activités censées avoir lieu sans lui, il y avait trente pour cent de chances, au moins, qu'Anna change d'avis au dernier moment, se prétende incapable de supporter le stress insoutenable de ses projets de sorties, quels qu'ils soient, et décide de traîner plutôt avec lui. Elle arrivait chez Ted et s'effondrait avec un soulagement exagéré : « Je suis tellement *contente* qu'on se voie, j'étais mais *tellement* pas d'humeur pour une énième teuf chez Maria. » Comme s'ils étaient tous deux à la merci des circonstances, à parts égales, comme si aucun des deux n'avait conscience du rapport de force qui gouvernait leur « amitié ».

Mais forcément, quelque chose avait changé entre eux ! Forcément, désormais, elle ne le traiterait pas de la même manière qu'à l'époque, pas après avoir prononcé ces mots à voix haute : *Tu as toujours été là pour moi, toujours, mais je n'ai jamais su m'en rendre compte, je ne t'ai jamais apprécié à ta juste valeur.* Comment ne pas entendre un aveu dans ces mots ? Et qu'était-ce qu'un aveu, si ce n'était une promesse, ou au moins une volonté de changer ? Il adorait la manière dont sa voix s'était étranglée et était montée légèrement dans les aigus avant ce deuxième « toujours ». *Tu as toujours été là pour moi, toujours.* Quand ils se marieraient, elle pourrait mettre ça dans ses vœux : *Tu as toujours été là pour moi, toujours. Tu as toujours été là pour moi, toujours. Tu as toujours été là pour moi, toujours.*

C'étaient les plus belles paroles qu'il ait jamais entendues.

***

La veille au soir de son vol pour le New Jersey, Ted essaya d'encourager Anna, aussi délicatement que possible, à dire ce qu'il voulait entendre.

« J'ai hâte de te voir, fit-il.

— Moi aussi ! Carrément.

— T'as parlé à d'autres gens du coin ces derniers temps ? Genre des amis, ou quoi ? Je me souviens que tu disais que tes amis d'ici n'étaient pas doués pour garder le contact. »

Sa légère hésitation avant de répondre était-elle le fruit de son imagination ? Elle ne s'était toujours pas confiée à lui au sujet de Marco. L'autre jour, la copine insupportable de Rachel, Shelly, lui avait annoncé sans crier gare qu'elle avait entendu dire que Marco Hernandez avait carrément obtenu une *ordonnance de protection* contre Anna, lui imposant de rester en permanence à plus de cent cinquante mètres de lui. C'était évidemment une rumeur idiote du genre de celles dont Shelly était une spécialiste, mais il aurait quand même aimé qu'Anna fasse quelque chose pour le rassurer – idéalement, fondre en larmes et dire : *Tu as toujours été là pour moi, toujours*, et le supplier de la pardonner pour toutes ces années où elle l'avait négligé – mais une simple allusion à son intention de faire des efforts actifs pour qu'ils se voient lui aurait même suffi.

Au lieu de cela, la conversation prit un tour abrupt et déconcertant.

« Au fait, dit Anna. Je discutais avec Missy Johansson, tu la connais ? Et elle m'a dit que tu sortais avec quelqu'un ! Rachel Derwin-Finkel ? Et j'étais là, mais non, c'est pas possible. Mais elle a insisté pour dire que c'était vrai !

— Hahahahahahahaha ! » répondit Ted.

Puis, le silence d'Anna soulignant que glousser comme un taré n'était pas une réponse suffisante, il ajouta :

« Euh. Ouais. On s'est vus.

— Se voir comme dans *sortir ensemble* ?

— Enfin bon, je sais pas. On n'a pas vraiment défini le truc. (En fait si). C'est compliqué. (En fait non). Tu sais comme je suis. (En fait non). Mais… ouais. »

Ted, qui était tranquillement en érection au début de cette conversation, avait maintenant l'impression qu'il allait vomir. Il y avait quelque chose de profondément pervers, presque une violation, à entendre Anna lui parler de Rachel : c'était comme si ses parents l'avaient surpris en train de faire l'amour.

« On pourrait peut-être se voir tous les trois quand je serai là ! Ça me ferait plaisir de revoir Rachel. Ça fait carrément trop longtemps.

— Euh, oui oui. Si tu veux.

— Tu savais que nos mères étaient copines ? On se voyait pour jouer, genre, tout le temps. On ne se connaît plus si bien, vu qu'on a suivi des chemins différents, côté social, à l'école, mais Rachel est vraiment une fille chouette. Le principal truc dont je me souviens sur Rachel, c'est qu'elle était à fond dans les chevaux quand on était petites. Mon Petit Poney et tout ça. Tu te souviens ? »

Malin, Anna. Très malin. Ce qui s'était passé *en réalité*, c'est qu'une rumeur s'était répandue dans l'école comme quoi Rachel Derwin-Finkel se masturbait avec des jouets Mon Petit Poney. C'était une de ces rumeurs auxquelles personne ne croyait vraiment, pas pour de vrai, mais que tous faisaient néanmoins circuler avec enthousiasme. Ted lui-même avait eu des débats passionnés avec les autres garçons de sa table au déjeuner pour savoir si c'était même possible (Est-ce qu'elle se l'enfonçait carrément dans le… ou quoi ?) et ensuite, quand la controverse avait menacé de retomber, il l'avait volontairement ranimée, parce que le scandale Rachel avait détourné l'attention de celui qui agitait sa classe élémentaire juste avant, c'est-à-dire la question de savoir si, oui ou non lui, Ted, avait été surpris par le prof de musique en train de faire caca dans le placard des instruments pendant le récital de printemps, CE QUI BIEN SÛR NE S'ÉTAIT JAMAIS PRODUIT.

Que savait Anna de ce qu'on ressentait quand une rumeur de ce genre se répandait à votre sujet, cette honte accablante et impuissante ? Il aurait voulu croire qu'Anna était jalouse, mais il ne le pensait pas : elle marquait simplement son territoire, comme un chien pisse sur un bout de gazon. Existait-il même dans son esprit, comme une personne qui vivait, respirait, réfléchissait ? Il passait tellement de temps à essayer de comprendre ce qu'elle pensait, mais quel genre de conscience imaginait-elle derrière le masque de son visage à lui ?

Pour la première fois, Ted imagina baiser Anna de la manière dont il baisait (presque) Rachel : cruellement, sans se soucier de son confort, en reconnaissant pleinement que, s'il l'aimait énormément, il la haïssait aussi. Dans son fantasme, Anna était sous lui, il avait la main sur sa gorge et, oh merde, Rachel était là : c'était un plan à trois. Rachel était nue, à quatre pattes, et Ted attrapait Anna par les cheveux et la forçait...

L'obligeait...

Toutes les deux elles...

« T'as entendu ce que j'ai dit, Ted ? demanda Anna.

— Non... désolé... écoute, je, heu, faut que j'y aille ! »

Quatre jours après l'arrivée d'Anna dans le New Jersey, Ted était dans la chambre de Rachel, en train de s'habiller après une nouvelle séance de copulation-mais-pas-tout-à-fait, quand elle lui demanda ce qu'il voulait faire pour le jour de l'an.

« Je sais pas, dit Ted en enfilant une chaussette. Je crois que je vais peut-être simplement rester chez moi.

Un mec bien

— Tu peux pas faire ça, dit Rachel. Ellen fait un truc et je lui ai dit qu'on irait.
— Quoi ? Mais pourquoi tu fais ça ?
— Quoi ?
— Tu fais des projets sans me demander avant. Tu ne crois pas que t'aurais dû me demander avant, voir si peut-être y avait pas autre chose que j'avais envie de faire, plutôt que de me faire traîner dans une fête avec un tas de première année que je ne connais même pas ? J'ai une vie en dehors de toi, tu sais.
— Euh... Tu viens juste de dire que tu n'avais pas de projets pour le jour de l'an et que t'allais rester chez toi.
— J'ai dit que j'allais *peut-être* rester chez moi.
— OK. Qu'est-ce que tu vas *peut-être* faire d'autre ?
— Je sais pas. Il y a cette fête chez Cynthia Krazewski à laquelle je pensais peut-être passer.
— Chez Cynthia Krazewski.
— Ouais. Quoi ?
— Cynthia Krazewski t'as invité, toi, à une fête.
— Et alors ?
— Ted. T'es en train de me dire que Cynthia Krazewski t'a invité à sa fête du jour de l'an, et tu *penses peut-être passer* ?
— Qu'est-ce qui se passe, tu fais une attaque ?
— J'essaie juste de vérifier que j'ai bien compris. Cynthia Krazewski t'a téléphoné et a fait genre "Salut, Ted, c'est moi, Cynthia, j'aimerais bien que tu viennes à ma fête" ?
— Non. Évidemment.
— Alors qui t'a invité ?
— Quoi ? De quoi tu parles ? Anna m'a invité.

Qu'est-ce que ça peut faire ? Je n'ai même pas dit que j'étais sûr d'y aller, j'ai dit que j'y *pensais*.

— Oh, *maintenant*, je vois. Maintenant, je comprends. Maintenant, tout est très clair.

— Tu ne vois rien du tout ! J'étais au téléphone avec Anna et elle a mentionné la fête chez Cynthia et on a parlé d'y aller. On n'a même pas fait de projets concrets. »

Ce n'était pas ce qui s'était passé. Ce qui s'était passé, c'est qu'au téléphone avec lui la veille au soir, Anna s'était plainte en long et en large de l'obligation pénible qui la forçait à aller à la fête de Cynthia Krazewski, alors que c'était vraiment bien la dernière chose qu'elle avait envie de faire, et par conséquent Ted en avait déduit qu'il était tout à fait probable, si par hasard il se trouvait seul chez lui le jour de l'an, qu'il reçoive un appel de dernière minute d'Anna, et que tous les deux finissent par passer le réveillon ensemble, qu'ils occuperaient essentiellement à regarder « Saturday Night Live » au sous-sol chez Ted, sauf qu'à minuit, ils zapperaient sur les chaînes classiques pour suivre le compte à rebours, et il « tomberait » sur une bouteille de champagne au frais dans son frigo, et quand ils auraient trinqué tous les deux, il se tournerait vers elle avec un sourire en coin, amusé, et dirait : « Je sais que c'est idiot, mais tant qu'on y est ! » et elle glousserait et répondrait : « Après tout ! » et alors il l'embrasserait de manière presque amicale, sur les lèvres mais bouche fermée, et puis il s'interromprait en reculant et il attendrait, et elle attendrait, et alors *c'est elle* qui se lancerait pour l'embrasser, et alors ils se rouleraient des pelles pour de vrai, ils s'étreindraient sur le canapé puis par terre, et quand il lui enlèverait son tee-shirt, il le soulèverait, mais après il l'entortillerait autour de ses bras, en quelque sorte, pour les bloquer au-dessus de sa tête, ce qui était un truc qu'il avait récemment découvert avec Rachel, et Anna ferait cette espèce de moue sexy et surprise avec la bouche, genre « oh », et elle se mettrait à haleter sous son corps, et alors ils baiseraient et il la ferait jouir tellement fort qu'après ils seraient ensemble pour le restant de leurs jours. C'était un plan *en béton armé*.

Oh, attendez un peu. Non, en fait non. C'était un fantasme sexuel, et il n'était qu'un idiot.

Alors, juste au moment où il était en train de prendre conscience de ça, Rachel – sa petite amie, son miroir – se mit à danser. Vêtue seulement de sa culotte, secouant ses petits seins, elle se lança dans une petite danse affreuse, une danse qui se moquait de Ted. Une danse qui, en un instant, fusionnait tout ce qu'il abhorrait chez elle avec tout ce qu'il abhorrait chez lui.

« *Salut, c'est moi Ted !* ricana Rachel en se dandinant. Regardez-moi ! Je suis le faire-valoir ringard d'Anna Travis. Je la suis partout en espérant que si je fais tout le temps tout ce qu'elle me dit, peut-être qu'elle finira par bien m'aimer. *Regardez-moi, regardez-moi, regardez-moiiiiiiiiiiiiii !* »

Existait-il un point au-delà duquel votre ego était tellement en miettes qu'il en crevait, et que vous n'aviez plus besoin de traîner votre carcasse partout comme un fardeau ? Il devait y avoir un terme allemand pour ce sentiment, quand les contorsions alambiquées de votre propre pensée remontaient à la surface et devenaient brutalement et désagréablement visibles. Comme lorsqu'on passe devant un miroir dans un centre commercial bondé et qu'on se dit : « C'est qui ce type qui se tient affreusement mal, et pourquoi est-ce qu'il se recroqueville comme s'il s'attendait à ce que quelqu'un lui colle son poing dans la figure, *moi* je lui collerais bien mon poing dans la figure... oh, attendez, c'est moi.

« Est-ce qu'elle m'a invitée ? cracha littéralement Rachel. Est-ce que je suis invitée avec toi à la fête des gens cool ? »

Ted ne lui répondit pas.

« Donc elle ne t'a *pas* invité ? Est-ce qu'elle a juste dit qu'elle y allait, et tu comptais rôder comme un zarbi autour d'elle genre, oh Anna, tu m'as tellement manqué depuis que t'es à la *fac*, je voudrais tellement qu'on puisse juste s'enfuir ensemble et regarder "Saturday Night Live" pendant genre vingt heures et que je te fais du pop-corn et que je te souffle bruyamment dans l'oreille ?

— Ouais, fit Ted. C'est à peu près ce qui s'est passé.

— J'ai une idée, dit Rachel. On va aller ensemble à la fête de Cynthia Krazewski. Mais oui ! Pourquoi pas ? Je vais appeler Anna. Je t'ai dit que nos mères étaient copines, pas vrai ? Je vais lui demander si on peut venir chez Cynthia. Je suis sûre qu'elle dira oui. Ce serait marrant de la voir. Ça te plairait, hein, Ted ?

— Non, répondit-il. Pas du tout. »

Mais c'est précisément ce qu'ils firent.

À New York en l'an 2018, Ted gisait sur le dos sur un brancard d'hôpital, qu'on avait poussé dans le couloir d'un service d'urgences bondé. Incapable de tourner la tête à gauche ou à droite, il se trouvait face au néon aveuglant au-dessus de lui, et se demandait s'il était en train de mourir. *C'est ridicule*, se dit-il, *je ne suis pas du tout en train de mourir. Une femme m'a balancé un verre d'eau. C'est une blessure mineure. C'est absurde de penser que quelqu'un pourrait mourir à cause de ça.* Immédiatement, il imagina Rachel en train de dire d'un ton méprisant : « Il y a *des tas* de gens qui meurent de blessures à la tête, Ted. »

Ted pensa : *Je ne suis probablement pas en train de mourir, mais j'ai peur et je me sens seul et je n'aime pas ça.*

« S'il vous plaît ! cria-t-il, la gorge sèche et fendillée. Est-ce que quelqu'un peut me dire ce qui se passe, s'il vous plaît ? »

Personne ne répondit à son appel, mais des créatures fantomatiques et floues finirent par flotter dans sa direction. Elles lui posèrent des questions dans une langue qui n'avait aucun sens, et il leur répondit dans un charabia tout aussi inintelligible, et fut récompensé par un picotement dans le bras, suivi par un déferlement de béatitude.

Tandis que les drogues commençaient à faire effet, les souvenirs de Ted se mirent à s'entremêler avec une hallucination étrange et aussi, de façon perverse, charmante. Dans cette hallucination, le verre qu'Angela lui avait balancé à la tête n'avait pas rebondi sur son crâne, il avait volé en éclats. Un fragment s'était logé dans son front, et il distinguait ce morceau de verre au milieu de son champ de vision, où il se dressait comme une tour, l'empalait, le clouait au sol, réfléchissant une ronde d'arcs-en-ciel chatoyant dans la lumière. À travers le verre, il voyait son propre reflet, dans toute sa misérable splendeur.

Voilà où il était.

Voilà où il *est*.

Trenton, New Jersey, le dernier jour de 1998.

Ted et Rachel se tiennent sur le perron de Cynthia Krazewski. Rachel s'est préparée comme pour une bataille. Elle est vêtue d'une robe noire moulante et chaussée de talons hauts brillants, les cheveux laqués et attachés en chignon banane serré. Ted appuie sur la sonnette, et après ce qui semble être un moment délibérément long, Cynthia Krazewski ouvre la porte.

« Salut. Moi, c'est Ted. »

Rachel joue des coudes pour s'interposer.

« Anna nous a invités, annonce-t-elle.

— Qui ? fait Cynthia.

— Anna Travis », répond Rachel.

Cynthia hausse les épaules comme si elle n'avait jamais entendu parler d'Anna Travis. Peut-être que c'est vrai. « On s'en tape, lâche-t-elle. Y a de la bière dans le frigo. »

Dans la fête, Ted repère immédiatement Anna. Elle est dans un coin, en train de discuter avec Ryan Creighton. Elle porte une tunique assez terne, sur des leggings, et elle s'est teint les cheveux dans un ton roux pas très flatteur. Par contraste avec Rachel, Anna a l'air un peu… fade ? Ted réfléchit : est-il possible que Rachel soit plus canon qu'Anna ? ou qu'elles soient toutes les deux aussi canon l'une que l'autre ? Son monde tremble sur ses fondations, mais alors Ted voit Anna poser la main sur le biceps de Ryan Creighton et rire de façon aguicheuse et, une fois de plus, elle s'empare de son cœur en une seule prise de catch.

Rachel voit Ted qui regarde Anna qui regarde Ryan Creighton. Elle se raidit, et serre la main de Ted jusqu'à ce que ça lui fasse mal.

Réalisant qu'elle est observée, Anna prend Ryan Creighton par le bras et l'entraîne vers Rachel et Ted. Il y a un échange d'embrassades superficielles et de « Oh mon Dieu ça fait tellement longtemps ». Anna et Rachel gloussent au sujet d'une quelconque petite manie embarrassante de Ted – « T'as déjà remarqué comment il… » – tandis que Ryan Creighton a l'air de s'ennuyer ferme.

Ted se dit : *Tout le monde à cette fête pourrait mourir ce soir, moi compris, et je m'en foutrais.* Il se saoule à fond.

À un moment des festivités, la sonnette retentit, et une légère agitation s'ensuit. Anna disparaît, hors de vue. Ted essaie de se lancer à sa recherche, mais Rachel lui tient le poignet dans une étreinte ferme et brutale. Une rumeur leur parvient, selon laquelle Marco Hernandez est passé brièvement à la fête, mais est parti en découvrant qu'Anna était là. Les gens reparlent de l'ordonnance de protection, est-ce que c'est vrai ou non, et comment ça marche d'ailleurs.

Minuit arrive.

Ted embrasse Rachel avec la langue et lui agrippe les fesses. Ce faisant, il découvre qu'il est possible de tirer du plaisir de quelque chose et de n'en avoir pourtant absolument rien à faire. Il trouve que cette sensation – ressentir du plaisir, et simultanément se sentir détaché de ce plaisir – est elle-même assez plaisante. Il se demande s'il est devenu miraculeusement bouddhiste ou s'il a fait une crise psychotique.

Quand Ted retire enfin sa langue de la gorge de Rachel, il voit qu'Anna est en train de les regarder. Anna a l'air bouleversée. Rachel voit Anna qui les regarde, et embrasse à nouveau Ted, triomphante. Ted se sent une nouvelle fois comme un bout de gazon sur lequel on pisse.

Anna disparaît mais, quand Rachel part aux toilettes, elle revient.

« Ted, je peux te parler ? demande-t-elle.

— Bien sûr. Qu'est-ce qui se passe ?

— En *privé*. »

Elle l'entraîne dehors, sur le porche. Il fait un temps glacial, avec un peu de grésil, mais il est bien emmitouflé dans une chaleur alcoolisée et ça ne le dérange pas tellement. Anna allume une cigarette. Elle souffle un nuage de fumée grise et se gratte les cuisses. Ted ne savait pas qu'elle fumait.

« T'es pas croyable, finit-elle par dire. T'es pas croyable d'avoir fait ça.

— Fait quoi ?

— Rouler des pelles à ta copine comme ça. La peloter et tout. Juste sous mon nez.

— Hein ? dit Ted. Quoi ? »

Anna s'affale en avant. « Je sais pas…, dit-elle. J'imagine que j'ai juste cru… » Puis elle reprend : « C'est que, ça fait des semaines qu'on parle de comment ça allait être dur pour moi, et à quel point j'étais inquiète de savoir comment ça allait se passer, de voir tout le monde. Tu savais que j'avais même pas envie de venir ici, mais alors t'as décidé de venir ici avec ta nouvelle copine, et donc j'étais obligée. Et puis Marco s'est pointé, et c'était genre super traumatisant, et quand je suis venue te voir pour essayer d'avoir un peu de soutien, tu étais dans un coin en train de rouler des pelles à Rachel Derwin-Finkel. C'est juste que… j'ai l'impression que notre relation n'est plus la même, comme si je t'avais perdu, d'une certaine manière, tu me manques, Ted. »

Elle a des larmes dans les yeux. Ted ne lui a jamais vu l'air aussi abattu, et Anna a souvent l'air très, très triste.

« Pourquoi tu ne dis rien ? demande Anna, en reniflant.

— C'est que…, répond Ted. Je ne sais pas trop quoi dire. » Maladroitement, il passe ses bras autour d'elle.

« Je suis là pour toi, Anna. Tu le sais.

— Je sais », répond-elle. Elle pose la tête sur son épaule et, pendant une seconde, c'est comme cette autre nuit, la nuit du feu de camp, le joug brièvement soulevé, la libération du cercle : Marco qui fait du mal à Anna, Anna qui fait du mal à Ted, Ted qui fait du mal à Rachel, cette ronde de jalousies et de blessures à n'en plus finir.

Anna reprend, en pleurs : « Je suis tellement fatiguée de courir après tous ces mecs pourris. J'ai envie d'être avec quelqu'un en qui j'ai confiance. J'ai envie d'être avec quelqu'un de *bien*. »

Et alors Anna, la lumineuse Anna, la magnifique Anna… Anna avec ses fossettes, sa peau lisse et les taches de rousseur sur son nez, et ses si jolis cheveux… Anna, dont le parfum l'enchante… Anna, à cause de qui il est perdu pour toutes les autres femmes... Anna, celle pour laquelle il est prêt à mourir... Anna, la fille la plus parfaite du monde...

Anna l'embrasse.

Pour toi je serai un mec bien, Anna, pense Ted, en la serrant contre lui. *Pour toi je serai un mec bien pendant le restant de mes jours.*

Laisse-moi juste une minute vite fait pour rompre avec Rachel d'abord.

Anna attend sur le porche tandis que Ted retourne à l'intérieur pour dire à Rachel qu'il s'en va. « C'est Anna, dit-il. Elle... Nous... »

Il ne termine pas sa phrase. Il n'en a pas besoin. Le regard que lui adresse Rachel pénètre très, très, très profondément dans le tas de ruines qui lui sert d'âme.

Bien sûr, il y a des hurlements.

Il y a des pleurs.

Il y a de la bière balancée. (Seulement le liquide, pas le verre.)

Mais ensuite, à la fin de tout cela, Ted quitte la fête avec Anna. Il quitte avec Anna Travis une fête à laquelle il est arrivé avec Rachel Derwin-Finkel, et, si le paradis existe, c'est dans cet état émotionnel qu'il lui sera permis de vivre pour l'éternité : le plus grand moment, le plus triomphant de toute son existence.

Vingt ans plus tard, vu de son brancard d'hôpital, il est bien obligé d'admettre qu'à partir de là, les choses n'ont globalement fait que se casser la figure.

Ted perd sa virginité avec Anna Travis le

Un mec bien

13 mars 1999, dans le lit supérieur de sa chambre de résidence, après trois mois et demi de relation à distance. À la surprise des deux parties impliquées, Ted a des difficultés à conserver son érection. La raison à cela, même s'il ne l'avouerait jamais de la vie, c'est l'expression sur le visage d'Anna. Elle a une telle attitude de devoir. Elle a l'air d'être en train de prendre un médicament, ou de manger des légumes. Elle a l'air d'être en train de penser : *Et puis merde, ma vie est tellement pourrie qu'après tout, autant coucher avec Ted.*

Non, ce n'est pas juste. Anna couche avec lui parce qu'elle l'aime. Depuis qu'ils ont commencé à sortir ensemble, elle lui a dit qu'elle l'aimait des dizaines et des dizaines de fois. Elle couche avec lui *parce qu'elle l'aime*, et parce qu'il l'aime, et que le sexe est une composante normale de cet échange équitable. Elle l'aime parce que c'est un mec « bien ». Mais par « bien », elle veut dire « pas dangereux ». Et par « pas dangereux », elle veut dire : « Tu m'aimes tellement que jamais jamais tu ne me feras de mal, n'est-ce pas ? »

Anna aime Ted, mais elle ne le désire pas d'une manière qui la fasse souffrir : elle ne le désire pas désespérément, en dépit d'elle-même. Et il s'avère que c'est ainsi que Ted a toujours voulu être désiré : comme lui a toujours désiré les femmes. Comme Anna désirait Marco, et que lui désirait Anna, et que Rachel (ou en tout cas c'est ce qu'il semble, avec le recul) le désirait lui.

Sans ce genre de désir douloureux, Ted a du mal à bander. Au début, il essaie de régler le problème de son érection évanescente en hurlant dans sa tête : TED T'ES EN TRAIN DE COUCHER AVEC ANNA TRAVIS ! Mais ça ne fonctionne pas. Finalement, ce qui fait lever sa bite, c'est de penser à Rachel. Comme elle serait jalouse et tellement furax si elle savait qu'il couchait avec Anna Travis. *Et maintenant regarde-moi, Rachel*, pense-t-il triomphalement en jouissant.

Espèce de salope, espèce de sale connasse.

Ted sort avec Anna, à distance, pendant l'année et demie qui suit. Toute la première année, il fait de vaillants efforts pour que ça marche, mais pendant les six derniers mois, il la trompe : d'abord avec une fille dans sa chambre de cité U, à même le sol, puis plus tard avec la fille qui finira par devenir la prochaine sur la liste de ses petites copines, et, entre ces deux femmes, il la trompe aussi avec Rachel Derwin-Finkel, alors qu'ils sont tous les deux rentrés pour Thanksgiving. Tout le temps où Ted couche avec Rachel, son Anna imaginaire volette autour de lui, lui agitant ses ailes d'ange au visage : *Je suis tellement belle et parfaite*, soupire-t-elle. *Comment est-ce possible que tu préfères faire ces trucs de vicieux trop zarbi avec Rachel Derwin-Finkel ? T'es vraiment ce genre de mec alors ?*

Le truc, c'est que ça le soulage tellement, de coucher avec Rachel Derwin-Finkel. Avec elle, pas besoin de faire semblant. Elle sait exactement qui il est.

En prenant de l'âge, il se met à peaufiner la technique qu'il a utilisée pour la première fois, même si c'était par inadvertance, sur Anna : son arme de séduction secrète. Voilà ce qu'il faut faire : promenez votre cœur sous leur nez, comme un appât. Faites semblant d'être une prise facile, tout en restant toujours légèrement hors de portée. Oh, regardez, c'est moi, je suis là, je suis juste ce bon vieux ringard de Ted. Tu es tellement plus belle que moi tu es tellement plus cool que moi tu es la meilleure tu es la plus intelligente tu es la plus forte. Avec toi, pour toi, je serai le meilleur petit ami que la Terre ait connu.

Ted le pathétique, le petit Ted, le ringard, Ted le tombeur, qui utilise mille crochets minuscules pour harponner l'ego d'une femme, comme un chardon accroché au revers de son pantalon. Tout ce qu'il a à faire c'est sourire, et lâcher quelques commentaires pleins d'autodérision, et les femmes commencent à se dire qu'il est tellement « gentil », « intelligent » et drôle. Elles trouvent des arguments pour se contenter de lui, se convainquent d'essayer juste un rendez-vous. Elles se sentent fières parce qu'elles lui ont donné une chance.

Plus il vieillit, plus il a la cote. De plus en plus de femmes en ont assez de courir sans cesse après des Marco. Elles n'ont qu'une envie, tomber dans les bras de leur Ted.

Ted entend d'autres hommes se féliciter de cette inversion nouvelle des rapports de force, de voir que désormais, à la trentaine, c'est tellement plus facile pour eux d'obtenir des rencards. Peut-être y a-t-il des hommes capables d'accepter le marché de bon cœur, capables de regarder leur Anna au fond des yeux sans que la vérité qu'ils y voient ne les dérange... mais pas Ted. Ce que Ted a vu dans les yeux d'Anna, il le voit aussi dans ceux de Sarena, de Melissa, de Danielle, de Beth, d'Ayelet, de Margaret, de Flora, de Jennifer, de Jacquelyn, de Maria, de Tana, de Liana et d'Angela : cette lassitude, ce renoncement volontaire. Il voit la façon dont elles s'autocongratulent d'avoir su se contenter d'un « mec bien » : ce qui veut dire en fait qu'elles sont secrètement persuadées d'être trop bien pour lui. Il voit qu'elles se croient en sécurité.

Baiser ces femmes lui procure du plaisir, une sorte de plaisir, mais il est intimement mêlé à du dégoût, à la fois envers elles et envers lui-même. Il obtient sa revanche dans ses fantasmes, qui deviennent de plus en plus sophistiqués, jusqu'à finir par impliquer des couteaux aiguisés et un profond désespoir. C'est comme ce jeu auquel jouent les gamins : *Pourquoi tu te mets des baffes tout seul ? Arrête de te mettre des baffes tout seul !* Sauf que dans le cas présent, c'est : *Arrête de t'empaler sur ma bite !*

Les femmes avec qui il sort finissent toutes par se retourner contre lui, bien sûr. Plus elles ont le sentiment de s'être compromises en étant avec lui, plus elles mettent d'ardeur à le poursuivre quand il commence à battre en retraite. Il devient un pur instrument d'autoflagellation : Qu'est-ce qui ne va pas chez moi, pour que même *ce pauvre loser de merde* refuse de me donner ce que je veux ? Elles identifient toutes sortes de problèmes chez lui, qu'elles seules peuvent l'aider à régler : il n'est pas « en phase avec ses émotions », ou il a « peur de s'engager », mais elles ne remettent jamais en cause le postulat de base : au fond de lui, derrière tout ça, il a envie d'être avec elles. Bien sûr que tu as des sentiments pour moi, aurait aussi bien

pu dire Angela juste avant de lui balancer le verre. Admets-le, bordel !
Je suis *moi*.
Et toi, tu es *Ted*.

En 2018, Ted est ami sur Facebook avec Anna et avec Rachel, même s'il n'a vu aucune des deux depuis des années. Rachel est mariée, à un pédiatre, et elle a quatre enfants ; Anna vit à Seattle en mère célibataire. Ça semble aller pour elle, à présent, mais elle a traversé de longues périodes difficiles. Ted la soupçonne de suivre un programme de désintox quelconque. Elle poste des citations inspirantes qui lui semblent indignes d'elle : *Je ne peux pas changer le sens du vent, mais je peux ajuster mes voiles pour toujours garder le cap* ou *C'est dans les moments les plus sombres qu'il faut essayer de voir la lumière.*

Il pense à Anna, à présent, tandis qu'il gît sur le brancard. En fait, il la voit. Elle vient à sa rencontre à travers les arcs-en-ciel, accompagnée d'un chœur, d'un bruissement d'ailes.

Quelle heure est-il ? Quel jour est-on ? Quelle année ? Voici Anna, mais elle n'est pas seule. Elle est avec toutes les femmes du tribunal. Elles sont là, à son chevet, à parler de lui à voix basse, à l'observer de près, à le juger comme elles l'ont toujours fait. Elles se disputent, sont en désaccord sur quelque chose, et il sent qu'il y a un malentendu au cœur de tout ça, une confusion fondamentale. Il clarifierait bien les choses, si seulement il n'avait pas un éclat de verre géant incrusté dans le front, si seulement le sang cessait d'affluer dans sa bouche.

« Je ne voulais blesser personne, essaie-t-il de leur dire. Je voulais juste être vu, et aimé pour ce que je suis. Le problème, c'est que tout ça était un malentendu. J'ai fait semblant d'être quelqu'un de bien, et après je ne pouvais plus m'arrêter.

« Non, *attendez*. Ce n'est vraiment pas ce que j'ai voulu dire.

« Écoutez, écoutez. Je peux vous expliquer. Il y a un mauvais Ted caché sous le gentil Ted, oui, mais ensuite, en dessous de *ça*, il y a un Ted qui est gentil pour de vrai. Mais personne ne le voit jamais : de toute sa vie, personne ne l'a jamais vu. En dessous de tout ça, je ne suis qu'un gamin qui voulait par-dessus tout qu'on l'aime, et qui ne savait pas comment faire pour que ça arrive, même si je n'arrêtais pas d'essayer encore et encore.

« Hé, stop. Posez-moi. J'essaie de vous dire quelque chose. Vous pouvez arrêter de parler et m'écouter, s'il vous plaît ? Cette lumière là-haut me fait mal aux yeux. Et puis aussi, peut-être allumer la clim ? Ce serait un peu plus facile de m'expliquer s'il ne faisait pas si foutrement chaud. Est-ce que ce sont des flammes qui me lèchent les pieds ?

« J'essaie de dire quelque chose d'important. Où est-ce que vous m'emmenez ?

« Écoutez-moi, vous voulez bien...

« Je suis un mec bien, je le jure devant Dieu, putain. »

LE GARÇON DANS LA PISCINE

« Allez, on le regarde encore une fois », dit Taylor. Elle est assise tellement près de la télévision que Kath distingue le halo de lumière froide aux tons pastel qui se reflète sur ses pommettes, tandis que le générique défile.

« Je croyais qu'on allait jouer à "Léger comme une plume, raide comme une planche", râle Lizzie, mais Taylor est déjà en train de ramper vers le magnétoscope. Kath soupçonne Lizzie d'aimer autant le film que Taylor, mais d'avoir honte de le montrer. Par contre, Taylor n'a honte de rien : « C'était quoi votre passage préféré, les filles ?

— Ben, heu, tout ? » fait Lizzie.

Kath ramasse une poignée de graines en raclant le fond du bol vidé de ses pop-corns, et en suce le sel pour gagner du temps. « J'ai bien aimé… », commence-t-elle. Il y a eu un moment pendant le film où Taylor a serré fort ses genoux, en se balançant doucement, tandis qu'une rougeur envahissait le creux de son cou. Kath était fascinée. « J'ai bien aimé le moment où la femme enfonce la tête du garçon sous l'eau, et après il remonte pour reprendre son souffle… »

Il se fait un silence vertigineux tandis que Lizzie la fixe, le regard vide, mais alors Taylor glousse et Kath sait qu'elle a deviné juste.

« Oh, purée, oui. T'as vu comment il la regarde ? Imagine que quelqu'un te regarde comme ça. Genre Eric Harrington. Ou bien… (Taylor jette un bref regard à Lizzie), ou bien M. Curtis. Lizzie, imagine M. Curtis en train de te regarder comme ça.

— Ferme-la », rétorque Lizzie, en balançant un oreiller à Taylor. Celle-ci l'esquive du bras en riant, puis s'avachit contre Kath, posant sans crier gare la tête sur ses genoux. « Ben quoi c'est la meilleure partie, dit-elle en faisant un geste vers la télé, où un adolescent est en train de nager la brasse papillon à rebours sur l'écran. On n'a qu'à regarder à partir de là. »

C'est Kath qui est la plus proche de la télé, mais, si elle change de position, Taylor devra bouger aussi, alors elle attend de voir si Lizzie va lancer le film et c'est ce que fait cette dernière.

À l'écran, un garçon nage vêtu de son seul caleçon, sous les yeux d'une femme dont les lèvres sont de la même teinte de rouge que ses ongles longs et pointus. Taylor soupire de contentement et s'installe tout contre Kath. La femme sort de l'ombre et trempe un orteil du côté le plus profond de la piscine, comme un appât. Kath ne sait pas trop quoi faire de ses mains. Le garçon nage jusqu'à la femme et dit quelque chose qu'elle ne distingue pas bien, vu qu'elles ont baissé le son à cause de la mère de Taylor. La femme se met à jouer avec le garçon, à le provoquer, le laissant s'approcher avant de le repousser. Kath décide de poser une main par terre et l'autre sur sa jambe. Le garçon attrape le pied de la femme, le serre tendrement, et puis plante un baiser sur chacun de ses orteils aux ongles vernis. Lizzie grogne. « C'est ridicule, lâche-t-elle. Qui peut avoir envie d'embrasser des pieds dégoûtants ? » La femme pose son pied sur l'épaule nue du garçon et le pousse sous l'eau. Très, très doucement, Kath commence à caresser les cheveux de Taylor. Le garçon refait surface, le souffle coupé, et la femme le coule à nouveau. Il rue et se débat, s'agrippe à ses mollets. Le garçon ressemble un peu à River Phoenix, et un peu à Leonardo DiCaprio : des yeux doux, cernés. Kath promène ses doigts sur les cheveux de Taylor, le long de ses tempes, et ils se hérissent quand elle les touche. La femme libère le garçon et il remonte, des gouttes d'eau accrochées à ses cils, aux mèches effilées de ses cheveux bruns. Ouvrant les yeux, il adresse à la femme ce regard que Taylor adore, Kath le sait. C'est le regard qui dit : « Tu peux me faire tout ce que tu veux. » Taylor se tend et frissonne de plaisir, et la sensation remonte la colonne vertébrale de Kath en crépitant comme un cierge magique. La femme rit et embrasse le garçon, et puis se laisse glisser sur ses épaules. Le garçon enfouit sa tête entre les cuisses de la femme.

Ce soir-là, pendant qu'elles jouent à « Léger comme une plume, raide comme une planche », Kath et Lizzie soulèvent Taylor jusqu'au-dessus de leurs têtes, et elle flotte, en apesanteur, pendant une demi-seconde miraculeuse avant de dégringoler par terre. Elles jouent au jeu du destin et découvrent les noms de leurs futurs maris, et quand Lizzie s'endort, Kath et Taylor essaient de la faire pisser dans sa culotte en lui plongeant la main dans un bol d'eau chaude, mais ça ne marche pas.

Le film demeure un incontournable de leurs soirées pyjama pendant les semaines qui suivent, jusqu'au jour où la mère de Taylor tombe sur la cassette et la confisque, elles passent alors à *Candyman*. Taylor reste obsédée par le film pendant environ un mois, et puis tout à coup elle se met à traîner avec Greta Jorgensen, que ni Kath ni Lizzie ne peuvent sentir, et donc elles sont fâchées pendant quelques semaines, et le temps qu'elles redeviennent amies, les soirées pyjama semblent remonter à une éternité.

Et pourtant, en seconde, quand Taylor essaie d'expliquer à Kath pourquoi elle sort avec Jason McAuliffe, elle dit : « J'aime bien la façon dont il me regarde », et Kath se souvient du garçon dans la piscine. Le garçon dans la piscine, se dit Kath, est un garçon prêt à vous embrasser les pieds et à vous en être reconnaissant, un garçon qui souffre, un garçon prêt à souffrir *pour vous*. Cette idée lui sert d'explication, pour comprendre pourquoi Taylor passe l'essentiel de ses années de lycée à sortir avec une succession de camés et d'alcooliques dépressifs ; pourquoi il est devenu courant que de parfaits inconnus l'interrogent dans les soirées sur ce que sa meilleure copine jolie, populaire et brillante peut bien lui trouver – « lui » étant un type, peu importe lequel, parmi une dizaine de garçons tristes et nuls.

Kath fait son coming out sans histoires pendant sa dernière année de lycée, et elle est bientôt tellement consumée par son amour pour sa première petite amie dans la vraie vie qu'elle oublie facilement tout le temps qu'elle a passé à se morfondre au sujet de Taylor. Ou disons qu'elle n'oublie pas tout à fait, mais elle en a un souvenir légèrement faussé, celui d'une simple amitié d'ado particulièrement intense et, d'une certaine manière, c'était exactement ça. Ce qui lui reste de ce béguin, c'est cette habitude d'observer Taylor de très très près, de s'efforcer de l'interpréter, de capter tous ses signaux.

Un soir, alors qu'elles sont toutes les deux très saoules, Taylor sombre dans une humeur morbide et sentimentale à cause d'une énième rupture, et Kath dit : « T'es vraiment une catastrophe, j'arrive pas à croire que j'ai été amoureuse de toi pendant si longtemps. »

Le choc tire Taylor de sa crise de larmes.

« Tu étais *amoureuse* de moi ? dit-elle.

— Laisse tomber. Oublie ce que j'ai dit », répond sèchement Kath et, une fois dessaoulées, aucune des deux n'y refait allusion.

Les trois amies se dispersent à travers le pays au moment d'entrer à l'université. Taylor rencontre un nouveau garçon, Gabriel, pendant le week-end d'intégration, et au cours des quatre années qui suivent, Kath et elle s'éloignent peu à peu. Sa relation avec Gabriel, que Kath suit principalement par l'intermédiaire de Lizzie, semble dévorante, une succession de disputes et de réconciliations larmoyantes : ils passent leur temps à s'égratigner et à se déchirer pour mieux panser ensuite leurs blessures. Pour la première fois de sa vie, les passions de Taylor menacent de la faire dérailler.

En dernière année, Gabriel et elle rompent, et il s'enfuit en Californie. Elle le suit et met l'université entre parenthèses quand il accepte de se réconcilier. Lizzie lui rend visite et rapporte qu'elle ne va pas très bien : elle a perdu dix kilos, ce qui est peut-être la norme à L.A., mais elle s'enfile aussi des vodka-tonics plus ou moins non-stop, et elle a des cernes sous les yeux, ainsi qu'une couronne de bleus autour du bras.

« Tu crois qu'on devrait, genre, organiser une intervention ? demande-t-elle à Kath, laquelle refuse de s'en mêler.

— Si c'est ça qu'elle veut », dit-elle.

On a tous nos lubies, pas vrai ?

Une décennie plus tard, Kath et Lizzie vivent à Brooklyn. Lizzie travaille dans une association à but non lucratif pour l'éducation. Kath est avocate, spécialisée en droit des contrats. Kath sort avec des hommes et des femmes, tandis que Lizzie est malheureuse en amour, avec une tendance à l'ironie et à l'autodénigrement. Taylor vit toujours en Californie. Sa relation avec Gabriel a fini par se terminer mais, avant la fin, il y a eu des infidélités, des tentatives de suicide, l'intervention de la police. Lizzie connaît davantage de détails que Kath. Une fois de temps en temps, toutes les trois se parlent sur Skype et, pendant ces appels, Kath et Taylor assurent l'essentiel de la conversation, par envolées brèves et intenses, comme si rien n'avait changé – toutefois les rendez-vous sont toujours initiés et organisés par Lizzie, et quand cette dernière est trop occupée pour les rendre possibles, il se passe des mois pendant lesquels Kath et Taylor ne se parlent pas du tout.

Débarrassée de Gabriel, Taylor semble aller beaucoup mieux. Elle a changé de boulot, trouvé un nouveau psy, et terminé son diplôme. Et, selon Lizzie, elle sort depuis peu avec quelqu'un, un producteur ou un truc de ce genre, un type nommé Ryan, qui semble vraiment bien pour elle. « C'est fantastique ! crie Lizzie sur Skype un soir, quand Taylor annonce que Ryan et elle sont fiancés. C'est la meilleure nouvelle que j'aie jamais entendue ! »

À ses côtés sur le canapé, Kath traverse un moment de dissociation confus, comme si son âme venait soudain de débarquer de très loin et de réintégrer son corps. *Ryan ?* pense-t-elle. *Mais c'est qui putain ce* Ryan ?... avant de revenir à elle et de présenter à son tour ses félicitations, faisant de son mieux pour faire écho au ton extatique de Lizzie.

« Bien sûr, je veux que vous veniez toutes les deux au mariage », dit Taylor.

Kath opine du chef et Lizzie répond : « On ne manquerait ça pour rien au monde. »

Mais, tandis que la conversation s'oriente sur les salles de réception, les chaussures et les robes, Kath perçoit un léger malaise, comme si Taylor voulait leur dire quelque chose et qu'elle avait du mal à se décider. La raison à cela s'éclaircit le lendemain matin, alors que Kath et Lizzie sont en train de bruncher et qu'un texto arrive sur le téléphone de Kath.

Une telle grimace déforme son visage que Lizzie se fige, une fourchetée d'œufs Bénédicte à mi-chemin de sa bouche. « Quoi ? demande Lizzie, et comme Kath ne répond pas immédiatement, elle répète : Qu'est-ce qui ne va pas ? »

Kath retourne son téléphone pour montrer le message à Lizzie.

Lizzie fronce les sourcils.

« Oh.

— Elle est sérieuse ? demande Kath. Je n'ai même jamais *rencontré* ce type. Elle n'a pas d'amies à L.A. ?

— Ouah, qu'est-ce qui te prend ? C'est vraiment moche de dire un truc pareil.

— C'est toi, celle qui était là pour elle depuis tout ce temps, reprend Kath. Si elle voulait demander à l'une de nous d'être demoiselle d'honneur, c'est à toi qu'elle aurait dû demander.

— Eh bien, elle ne l'a pas fait. Donc bon.

— Donc bon, j'ai pas envie de le faire.

— T'es obligée », dit Lizzie, mais elle a tort. Ce soir-là, Kath boit trois bières coup sur coup et appelle Taylor sur son téléphone.

« Écoute…, commence-t-elle, avant de se lancer dans un long monologue décousu, sentimental et autocentré. J'ai toujours eu un rapport très compliqué au mariage… C'est juste pas vraiment mon truc… Je suis un peu fauchée en ce moment… Juin c'est le moment où j'ai le plus de boulot… Je sais qu'elle ne le montrera pas, mais j'ai peur que Lizzie soit vraiment blessée… »

Taylor écoute bravement, se contentant de placer un « ouais » ou un « bien sûr » de temps en temps et, au bout de vingt minutes, elles sont tombées d'accord pour que Lizzie soit la demoiselle d'honneur, et Kath

« demoiselle d'honneur à titre honorifique », responsabilités exactes « à confirmer ».

« L'industrie du mariage est fondamentalement capitaliste et antiféministe, et je suis contre, explique Kath à Lizzie la fois suivante où elles se retrouvent pour boire un verre.

— Autre explication : tu es une garce sans cœur.

— Je lirai un poème ou un truc comme ça », dit Kath. Mais elle ne s'en tire pas si facilement. Quelques jours plus tard, Lizzie l'informe qu'elle est chargée d'organiser l'enterrement de vie de jeune fille.

« Genre des diadèmes et des pailles en forme de pénis ?

— Non, répond Lizzie. *Pas* de diadèmes ou de pailles en forme de pénis. Fais-moi plaisir : arrête deux secondes de t'occuper seulement de tes fesses, et essaie de trouver un truc qui lui plaira. »

Alors Kath essaie. Elle essaie tellement qu'elle se surprend elle-même. Elle envoie des e-mails aux autres femmes invitées au mariage pour savoir s'il y en a qui sont végétariennes, croyantes ou enceintes, et puis crée un tableau Excel pour coordonner les préférences de chacune et leurs disponibilités. Elle restreint les possibilités à trois options qui tiennent la route, et lance un sondage. Dès qu'elle a les résultats, elle appelle Lizzie et annonce qu'elles passeront le week-end d'enterrement de vie de jeune fille dans un chalet de la Sierra Nevada. « Beau boulot ! » s'exclame Lizzie, quand elle voit le site Web du chalet : vaste cheminée, jacuzzi de luxe, vues splendides. Kath est fière de ce qu'elle a accompli. Taylor et elle ont quelques vraies bonnes conversations, juste toutes les deux. Elle en apprend davantage sur Ryan : d'où il vient (du Colorado), comment Taylor et lui se sont rencontrés (sur eHarmony), et ce que Taylor préfère chez lui (son côté stable, son honnêteté, le fait qu'il se soucie de l'environnement, sa relation proche-mais-pas-*trop* avec sa mère). Peut-être que cela signera le début d'un deuxième acte radieux pour leur amitié, la distance comblée, les vieilles blessures enfin cicatrisées.

Mais, soudain : catastrophe. Lizzie, les genoux pelotonnés contre sa poitrine sur le canapé de Kath, en train de boire du vin :

« Donc, voilà le truc. Taylor est gênée de te le dire, mais elle veut changer le programme pour l'enterrement de vie de jeune fille.

— Quoi ? Elle n'aime pas le chalet ?

— Non, enfin, au début si. Toujours. Mais je crois que ce qui s'est passé, c'est que Ryan a décidé d'aller à Vegas avec ses potes, et ça va être à fond casino, picole jusqu'à tomber par terre et strip-teaseuses, et Taylor trouve qu'un week-end à la montagne entre filles, ça ne peut pas rivaliser.

— Des strip-teaseuses ? Je croyais que Ryan était, genre, M. Responsable.

— C'est le cas. Ça ne lui ressemble pas. Et c'est pour ça qu'elle est aussi contrariée, je crois. »

Kath frissonne.

« Et donc on fait quoi ?

— Elle veut juste un truc un peu plus… foufou. Comme les enterrements de vie de garçon sont censés être pour les mecs. Une dernière chance de vivre un truc un peu excitant, avant de se poser.

— Si elle pense qu'épouser ce type c'est la fin de

tous les trucs excitants, peut-être qu'elle ne devrait pas se marier, dit Kath.

— Ne sois pas mélodramatique. Tu peux organiser autre chose, ou pas ?

— Je ne vois pas du tout ce qui pourrait lui plaire.

— Essaie, c'est tout, d'accord ? Elle en a besoin. Comporte-toi en amie. »

Kath essaie, passe en revue une centaine d'idées, mais aucune ne la satisfait. Quel est l'équivalent féminin du type qui emmène tous ses potes à Vegas ? Une bande de filles pompettes et glapissantes qui fourrent des dollars dans le slip kangourou d'un beau gosse au corps huilé ? Ce n'est ni foufou, ni sexy, ni transgressif, c'est risible. Un type habillé en officier de police qui frappe à la porte, et puis arrache son pantalon ? À force de trop y réfléchir, elle est gagnée par la colère : la fougueuse Taylor, qui *désire* avec plus de passion que tous les gens que Kath ait jamais rencontrés, mérite mieux que ces insultantes parodies de lubricité. Mais qu'est-ce que Taylor veut ?

Salut Liz, est-ce qu'on a un peu de souplesse sur le budget du truc de Taylor ?

Sais pas, p-ê ? Pourquoi ?

Si je rajoute quelques $ en plus pour faire une surprise à Taylor, tu pourrais aussi ?

Oui, pourquoi pas. Keske tu prépares ?

Ahhhhh, je veux pas te dire tout de suite. C'est vraiment pas gagné. Si j'y arrive, tu sauras.

Voici la première difficulté : elle ne se souvient même pas du nom du film. Taylor l'avait enregistré sur le câble par accident, en voulant faire une cassette d'un autre truc. Mais elle s'était plantée en programmant l'heure, et s'était retrouvée avec ce sordide film d'horreur érotique dont aucune d'elles n'avait jamais entendu parler. Un film dont, même à douze ans, elles savaient qu'il était mauvais, et qu'elles auraient eu honte de regarder, si Taylor n'avait pas été complètement dingue du garçon qui jouait dedans.

Le garçon. Est-ce qu'elle connaissait son nom ? Elle avait l'impression qu'elle l'avait su, à un moment. Le prénom, une seule syllabe, lui semble-t-il. Chad, Nick ou Brad. Et peut-être qu'il avait trois noms, comme beaucoup d'acteurs à l'époque... Chad Michael Nickerson. Nick Bradley Chaderson. Brad Chad Daderson.

Non. Ça lui a échappé.

OK. Donc qu'est-ce qui se passait dans le film, en fait ? Eh bien, il y avait une scène de sexe. Dans une piscine. Entre le garçon adolescent, Chad-Brad-Je-ne-sais-qui, et une femme plus âgée, qui se révélait plus tard être une sorte de vampire : elle se souvient de cette scène quasiment plan par plan. Mais, comme on pouvait s'y attendre, googler « Film scène de sexe piscine femme vampire » ne la mène nulle part. Pas plus qu'ajouter « 90's » ou « Cinemax ». Ou « cunnilingus ». Quoi d'autre ? Elle se concentre de toutes ses forces pour se souvenir. Est-ce qu'il n'y avait pas un truc au sujet... d'un fossoyeur ? d'une résurrection ? Elle a l'image du garçon et de la femme, gisant ensemble dans un cercueil, le garçon lové contre sa poitrine à elle. Il y avait quelque chose au sujet d'un couteau, n'est-ce pas ? qu'il fallait cacher. Ou est-ce que c'était un autre film, ça ? La tâche semble impossible, mais elle sait que non. Plus rien ne se perd de nos jours. Elle a juste besoin d'un détail. Quelque chose qui puisse faire l'objet d'une recherche. Juste un truc.

Il est trois heures du matin quand ça lui revient, une autre scène. La femme, et un autre homme, et le garçon. Ils étaient tous les trois vampires à ce moment-là, couchés ensemble dans un lit, à boire le sang les uns des autres. C'était *quoi* ce film, bordel, à douze ans, et elles étaient assises là à glousser, à manger du pop-corn et à regarder un film d'horreur porno. Mais l'homme, qui était peut-être le mari de la femme, ou le maître des vampires ou leur créateur – il fait quelque chose au garçon… une cicatrice, ou un tatouage ? Elle se souvient du garçon sur le dos, l'homme et la femme penchés sur lui, et ils écrivaient quelque chose sur son corps, et ça disait, ça disait… elle ne se souvient pas.

Toutefois elle se souvient *presque*, parce que Taylor l'a écrit dans son cahier la semaine suivante, en cours. Il y avait un cœur, et un couteau dégoulinant de sang, et une citation, et la citation était un truc sur l'amour. Kath s'en souvient parce que plus tard Taylor avait oublié le cahier chez elle et que Kath ne le lui avait jamais rendu : elle a lu cette citation des dizaines de fois, suivant les contours des rêveries de Taylor du bout du doigt :

L'amour est…

L'amour est…

Sa mémoire est comme un disque rayé, qui saute toujours au même endroit.

L'amour est, l'amour est.

Elle rembobine, relance…

L'amour…

L'amour…
L'amour entraîne…
L'amour engendre…
Et elle s'élance par-dessus l'abîme.
L'amour engendre des monstres.
C'est ça.
Ça suffit.

Sur IMDb :
Jared Nicholas Thompson est un acteur, auteur et producteur principalement connu pour avoir débuté dans le rôle anonyme du garçon dans la piscine dans le film Péchés de sang *(1991), un film d'horreur directement sorti en vidéo devenu un classique des programmes nocturnes du câble au début des années 1990. Il est également apparu dans les films* Sauvez-moi *(1994),* Au-delà des limites *(1995) et* Révélation fatale *(2000), ainsi que dans le téléfilm produit par Lifetime* La Promesse d'une sœur *(1993). Après avoir arrêté de jouer pendant dix ans, au cours desquels il a travaillé comme charpentier, danseur professionnel et assistant maternel, Jared est revenu dans le métier pour travailler derrière la caméra, en tant que scénariste et producteur. Son dernier projet est une Web série intitulée* DadZone *(actuellement en développement), qu'il a créée en partenariat avec son ami et collaborateur de longue date, Doug McIntyre. Jared Nicholas Thompson vit aujourd'hui à Los Angeles avec sa femme et son fils de six ans.*

Le garçon dans la piscine est désormais un homme qui frise la quarantaine, avec un fin réseau de rides autour des yeux. Il a un compte Twitter et une chaîne

YouTube, ainsi qu'un club réduit mais passionné de fans de sexe féminin, qui font vivre sa page Facebook et l'appellent, avec une certaine prétention, par son prénom. La plupart de ces femmes semblent être fans de sa performance dans le rôle du garçon dans la piscine, bien qu'elles fassent mine de s'intéresser à ses projets plus récents, manifestement pour attirer son attention : *Super hâte de voir la nouvelle série de @jnthompsn #dadzone – grande fan depuis #legarçondanslapiscine.* Jared retweete fidèlement toutes les mentions de #dadzone, tout en ignorant les références plus lascives à ses premiers films (*retrouvé mon vieux crush sur #skinemax @jnthompsn – Pt1 toujours super sexyyyy*), et Kath garde cela à l'esprit au moment de composer son premier message.

Les opportunités offertes aux acteurs ayant atteint le sommet de leur gloire en jouant des personnages anonymes dans des films d'horreur porno soft des années 1990 ne doivent pas être nombreuses : Kath lui écrit à dix-neuf heures, il lui répond peu après minuit et, deux jours plus tard, ils fixent un rendez-vous sur Skype. Son visage apparaît sur l'écran d'ordinateur, plus vif qu'un souvenir, émissaire saisissant d'un temps révolu.

Jared a la voix douce, un peu rauque, et contre toute attente un rire haut perché et flûté. Il est plus âgé, mais il n'a étrangement presque pas changé : mêmes peau pâle, cheveux sombres et grands yeux dans le vague. Kath passe les premières minutes de leur conversation à tourner autour du pot en ce qui concerne les motivations exactes de son appel, le temps de se faire une idée. Son visage expressif est peut-être son meilleur atout en tant qu'acteur, mais comme négociateur, il le trahit complètement. Quand elle laisse entendre qu'il n'est peut-être pas exactement ce qu'elle recherche, il se flétrit ; quand elle chante ses louanges, il se gonfle et se redresse comme une plante qu'on vient d'arroser.

Elle lui expose la proposition, en contournant les détails, et en insistant sur la somme qu'elle lui offre : cinq cents dollars pour faire une apparition de deux heures, cinq cents de plus en guise de bonus si tout se passe bien. Il hésite avant d'accepter, et elle se demande s'il sait ce dont il est vraiment question. Elle est certaine que si elle avait mentionné les mots *enterrement de vie de jeune fille*, il aurait refusé son offre : il meurt visiblement d'envie d'être pris au sérieux, tourmenté par ce qu'elle imagine être la fierté mal placée d'un ingénu sur le retour. Mais quelle est la définition d'un *enterrement de vie de jeune fille*, de toute façon ? Elles ne sont qu'un groupe de femmes qui ont envie de le rencontrer, c'est tout. Pour bavarder poliment. Flirter un peu. Voir si elles parviennent à le convaincre de retirer sa chemise. Peut-être l'attirer dans la piscine.

La participation de l'invité d'honneur surprise étant assurée, Kath déplace la fête d'un chalet de la Sierra Nevada à un hôtel dans le centre de L.A. Au lieu de randonnées entre filles, de feux de camp et de sacs de couchage au sous-sol, il y aura une sortie collective au spa, des massages d'aromathérapie, du karaoké, de la danse, et du vin coulant à flots. Elle organise, réserve, commande, cornaque son monde – et puis prend un vol pour l'aéroport de L.A., où Taylor passe la prendre. C'est la première fois qu'elles se voient en personne depuis… « combien de temps ? » se demandent-elles

Le garçon dans la piscine

l'une à l'autre en se prenant dans les bras. « Le temps file tellement vite. Ça fait vraiment autant d'années ? »

La bague de fiançailles en or rose de Taylor, coiffée d'un diamant monolithique en forme de prisme, éclabousse d'arcs-en-ciel le plafond de sa voiture. Elle non plus n'a pas beaucoup changé pendant les années qui viennent de s'écouler : la seule véritable différence que Kath parvient à déceler, c'est un certain épaississement au niveau des articulations de ses mains. Son pavillon à Echo Park, où elle vit avec Ryan, est décoré à la perfection avec des œuvres géométriques aux couleurs vives qui illuminent les murs blancs et lisses. Il y a un tableau effaçable pendu au réfrigérateur, et dessus une liste de tâches liées au mariage, dans l'écriture soigneuse et arrondie de Taylor. Elle est intitulée : *Tout doux liste*.

Lizzie arrive ce soir-là et, contrairement à Kath, elle pense à se munir d'un cadeau pour leur hôtesse. Même si c'est la première fois qu'elles se retrouvent à passer la soirée sous le même toit depuis le lycée, elles se couchent tôt, et le coup d'envoi de l'enterrement de vie de jeune fille est donné le lendemain matin, avec un brunch dont les photos inondent rapidement Instagram.

À mesure que la journée avance, elles passent du brunch au spa, puis au bar à sangria pour l'*happy hour*, et pendant tout ce temps-là, Kath scrute le visage de Taylor de façon compulsive en quête de n'importe quel signe capable de révéler ce que l'avenir lui réserve. Dans dix ans, vivra-t-elle dans l'opulence : des enfants en pleine santé, un jardin débordant de végétation, une maison joyeuse et en pagaille ? Aura-t-elle pris un ou deux kilos autour de la taille, gagné quelques cheveux gris rebelles impossibles à discipliner ? Ou sera-t-elle l'une de ces femmes qui ne vivent que de salade et de stress, le corps botoxé, décoloré et affamé jusqu'à soumission, prisonnières d'une guerre sans fin contre la chair ?

Enfin merde, Kath. Reprends-toi. Une voix plus raisonnable dans sa tête, qui ressemble beaucoup à celle d'une psy qu'elle voyait à l'université, demande gentiment si toute cette angoisse est vraiment liée à Taylor et à ses choix. Comme un grand nombre de ses ex l'en ont informée, Kath est passée maître dans l'art de ramener à elle des trucs qui n'ont rien à voir. Donc peut-être qu'il y a autre chose ? Mais elle refuse l'explication la plus évidente, qui serait qu'elle en pince toujours pour Taylor. Elle ne sait pas comment qualifier ce sentiment – la sensation de chute libre qu'elle éprouve chaque fois qu'elle regarde Taylor, comme si ses mains se refermaient encore et toujours sur le vide –, mais elle pense être assez maligne pour ne pas confondre ça avec de l'amour.

Puis le soir vient, et elles sont assises sur la terrasse d'un hôtel, décorée de guirlandes électriques. Tout près, une piscine à débordement se déverse sur l'horizon, créant l'illusion d'une chute d'eau qui permettrait de dégringoler tout droit dans la nuit scintillante de Los Angeles. Les femmes invitées au mariage ont maintenant passé huit heures ensemble, ce qui s'avère – bien joué, l'organisatrice de la fête ! – foutrement trop long. Tout le monde a le visage crispé et endolori d'avoir forcé sur les sourires, et parce qu'elles ont commencé trop tôt, elles ont beau se sentir de plus en plus vannées, il faut qu'elles continuent à descendre des verres pour tenir à distance la gueule de bois qui commence à poindre. Celles qui ne se connaissent pas ont épuisé toutes les banalités ; celles qui se voient tout le temps n'ont plus rien à se dire. À un moment dans l'après-midi, Taylor se met à échanger des textos avec Ryan, et Kath voit bien, à la façon dont elle attrape brusquement son téléphone avant de le balancer loin d'elle, qu'ils sont en train de se disputer.

Jared devait arriver à vingt heures, mais il a plus d'une heure de retard. Il est coincé dans les embouteillages, et envoie en guise d'excuses un flot d'indications incompréhensibles pour qui ne connaît pas L.A. à propos des sorties qu'il vient de dépasser sur l'autoroute. Les invitées ont presque toutes fini de manger, et quelques-unes ont commencé à manifester timidement leur envie de rentrer (« Oh là là, je n'arrive pas à croire à quel point je suis rincée, depuis que je me suis mise à suivre cet entraînement tôt le matin, je me couche, genre, à vingt et une heures »). Kath les fait rester en lâchant des indices sur la suite, mais toutes ses indications donnent l'impression que la surprise est un strip-teaseur. Quand Jared lui envoie un texto pour dire qu'il a enfin réussi à se garer et qu'il arrive, Kath met ses mains en visière et balaie la foule du regard, or il emprunte une entrée qu'elle n'avait pas prévue, et c'est donc Lizzie qui le voit la première.

S'interrompant au milieu d'une phrase, elle plisse les yeux. « Ce type…, dit-elle. Il me rappelle quelque chose. » Elle donne un coup de coude à Taylor, qui est occupée à envoyer des textos. « On le connaît ? Il est célèbre ? » Mais Taylor ne lève pas tout de suite les yeux, et c'est donc une tout autre jeune femme, quelqu'un dont Kath ne connaît même pas le nom, qui s'écrie, assez fort pour attirer l'attention de Jared : « Oh, mon Dieu, les filles ! C'est ce mec ! Celui de ce téléfilm ! Comment ça s'appelle… tu te souviens de quoi je parle ? Le garçon dans la piscine ! »

C'est le chaos à table : un bon tiers des femmes reconnaissent Jared, savent exactement qui il est.

« J'étais complètement obsédée par ce film ! »

« Je ne pensais pas que d'autres s'en souviendraient ! »

« Il est toujours super mignon ! »

« J'étais tellement dingue de lui ! »

Jared a un mouvement brusque de la tête, comme un cheval qui prend peur, et semble sur le point de fuir. Kath se lève, agite les bras au-dessus de sa tête, et lui fait signe. « Jared, lance-t-elle. Je suis *tellement* contente que tu aies pu venir. Par ici. » Les femmes laissent éclater un concert de murmures excités. Jared, comme un agneau qu'on mène à l'abattoir, obéit à l'appel.

« C'est toi qui as fait ça ? demande Lizzie. Il est là pour nous ?

— Il est là pour Taylor », répond Kath. C'est vraiment fantastique, l'âge adulte, finalement : grâce au pouvoir des réseaux sociaux et à un millier de dollars, elle a invoqué le fantasme de Taylor, et l'a fait surgir d'une vieille cassette vidéo pour apparaître ici, en chair et en os.

Kath prend un Jared nerveux par le bras, se tourne vers Taylor, et présente son cadeau : « Jared, voici Taylor. C'est une fan de longue date. »

Taylor n'a pas l'air *tout à fait* aussi impressionnée

Le garçon dans la piscine

qu'elle devrait l'être selon Kath, compte tenu du fait que celle-ci vient de réaliser tous ses rêves d'ado. Elle tend la main pour que Jared la serre, mais ce dernier, saisissant le regard appuyé de Kath, lui ouvre les bras. Alors qu'ils s'étreignent, Kath scrute le moindre tremblement, une faille dans l'impeccable réserve de Taylor. S'attarde-t-elle un peu, les mains posées sur son dos ? A-t-elle tourné la tête vers son cou exprès, pour respirer son odeur ? Peut-être. Peut-être pas.

Taylor fait un pas en arrière. « C'est tellement gentil d'être venu, dit-elle, hôtesse adulte, et non jeune fille au souffle coupé. Je m'excuse, vraiment... je sais exactement qui vous êtes, bien sûr, mais vous pouvez me rappeler votre nom ? »

Jared se présente en faisant une petite révérence, qui suscite une vague de gloussements à table. « Alors comme ça, dit-il, vous allez vous marier ? » D'un geste étudié, elle exhibe sa bague. « En effet. » Puis elle reprend : « Je suis sûre que Kath vous l'a dit, mais vous étiez carrément la star de nos soirées pyjama, quand nous étions petites.

— Non, dit Jared, adressant un sourire à Kath, qui dévoile toutes ses dents. Elle ne l'a pas mentionné, bizarrement, répond-il, et tous deux continuent à se fixer avec un sourire crispé jusqu'à ce que Lizzie finisse enfin par se jeter à l'eau.

— Jared ! Qu'avez-vous fait de beau depuis tout ce temps ? Vous êtes toujours acteur, ou... ? »

Jared se lance dans une présentation nébuleuse de *DadZone*. Taylor lève les sourcils en regardant Kath. *T'es pas croyable*, articule-t-elle, et Kath hausse les épaules avec ostentation.

« Jared, dit-elle, espérant égayer l'atmosphère, je peux te commander un cocktail ?

— Non merci ! répond gaiement Jared. Je ne bois pas.

— Jared ! l'interrompt une des invitées. Racontez-nous comment c'était de faire *Péchés de sang*. Comment vous vous êtes retrouvé à jouer ce rôle ?

— C'est une drôle d'histoire, en fait... », commence Jared, et toutes les femmes de la table se penchent vers lui, comme des fleurs au soleil. Malgré tout son désir d'être pris au sérieux, il est clair aux yeux de Kath que ce n'est pas la première fois qu'il se fait inviter à dîner au nom d'une concupiscence datant d'il y a vingt ans. C'est un courtisan accompli : attentif, charmant, et avec une capacité stupéfiante à détourner les avances ouvertement sexuelles à la vitesse d'une prise de jujitsu. À maintes reprises, les femmes tentent de flirter avec lui et, à maintes reprises, il pare et ramène le sujet à *DadZone*, jusqu'à ce que Kath ait l'impression qu'elle et lui sont en guerre ; son objectif à elle est d'entraîner la nuit du côté du sexe, de la prise de risque, de l'excitation... tandis que lui s'efforce très poliment de les baratiner jusqu'à ce qu'il n'y en ait plus une seule qui tienne debout.

Trente minutes s'écoulent, puis une heure, puis une heure vingt-cinq. Les femmes semblent modérément s'amuser, mitraillant leur invité de questions, mais Kath a envie d'arracher un bout de son verre à vin à coups de dents, de sentir les éclats se briser et craquer entre ses mâchoires. Et cette petite visite de courtoisie lui coûte *mille putains de dollars* ?

« Jared, dit-elle, la lourdeur soudaine de sa voix

Le garçon dans la piscine

l'informant qu'elle est saoule. J'ai une idée. Tu veux aller te baigner ?

— Ha, ha ! répond-il. Il fait un peu frais pour ça, tu ne trouves pas ?

— Je ne trouve pas, non, répond Kath. Lizzie, Taylor et moi avons grandi dans le Massachusetts. On s'est baignées par des temps bien plus froids que ça. »

Elle cherche du regard la confirmation des deux autres. Taylor l'ignore, mais Lizzie saisit l'occasion au vol, avec un sourire coquin. « Ça peut être marrant de se baigner, dit-elle, en attrapant Taylor par le poignet. Tu te souviens de la fois où on a séché le cours de français en dernière année, et on est allées dans cet étang naturel ? »

Taylor lève les yeux, au milieu d'un texto.

« Et on est rentrées à l'école en douce, trempées jusqu'aux os.

— Et M. Swan était tout, genre : "Pourquoi vous êtes toutes mouillées toutes les deux ?" Et nous, genre : "On a dû prendre une douche après le sport !" »

Kath ne connaît cette histoire que parce que Lizzie insiste pour la raconter encore et encore – c'est l'une des rares qu'elle est la seule à partager avec Taylor –, mais elle est prête à saisir toutes les chances de sortir la soirée de ce marasme, alors elle adresse un sourire encourageant à Lizzie.

« Allez, quoi. Chiche. Allons nous baigner », lance Lizzie, et les autres femmes se laissent gagner par son enthousiasme. Quand Taylor répond : « Je ne sais pas... », elles réclament son accord en scandant, au rythme de leurs poings légers sur la table : « Taylor ! Taylor ! » jusqu'à ce que celle-ci finisse par accepter.

Toutes se dirigent vers la piscine d'un pas virevoltant, pompettes, elles sèment chaussures et sacs à main sur leur chemin, mais Jared reste assis les bras croisés sur la poitrine.

Kath se dresse devant lui.

« Alors tu viens ?

— Nan, fait-il. Je crois que je vais passer mon tour sur ce coup-là. »

Il la déteste de l'avoir entraîné là-dedans, c'est évident, mais et alors ? Elle le déteste aussi. Il n'est qu'un exutoire, c'est tout, pour une sorte d'énergie sauvage, aventureuse : la cible du désir, et non sa source.

« Allez, viens dans la piscine, dit-elle.

— Non, merci. Je n'ai pas pris mon maillot.

— Hé, dit-elle, et elle se penche tout près. Je t'ai payé très cher pour être là, alors qu'est-ce que tu dirais d'oublier un peu ta putain de fierté et d'aller te baigner avec ma copine ? »

Jared fronce les sourcils, les yeux fixés droit devant lui, sans la regarder et, elle se demande alors si sous cet air tellement raide, maussade et arrogant, il y a de la honte.

« S'il te plaît, reprend-elle. Ça représenterait tellement pour Taylor…, mais comme il ne répond pas, elle ajoute : Je rallonge d'une centaine de dollars.

— Deux cents, lâche-t-il d'un air sombre.

— OK. Mais la demi-heure qui vient a intérêt à être bien. »

Et avec un geste tellement fluide qu'elle ne peut s'empêcher de se demander si une part de lui savait exactement comment la soirée allait se passer, il se débarrasse de ses chaussures et se dirige vers la piscine,

Le garçon dans la piscine

ôtant sa chemise en chemin. « *Mesdames* », dit-il, la voix mielleuse et pleine d'autodérision. Les invitées sont toujours agglutinées au bord, n'ayant pas encore rassemblé leur courage pour sauter dans la piscine. Jared jette sur le côté sa chemise froissée en boule, et se dresse, les jambes écartées, devant Taylor. « Même si j'aimerais croire que vous avez toutes été intriguées par le pitch de ma Web série, comme votre amie a eu la gentillesse de me le rappeler, j'ai été invité ici pour une raison, dit-il. Qui veut venir se baigner avec moi ? » Faisant rouler ses hanches, il déboucle sa ceinture, la dégage de ses passants, et la fait tournoyer autour de sa tête.

Les invitées poussent des « Ooh » et des « Aah », mais Kath se recroqueville, furieuse. Il est en train de faire exactement le truc qu'elle redoutait, ce qu'elle cherchait à éviter en allant le solliciter : il est en train de se transformer en bouffon, et d'entraîner Taylor avec lui. Il se tortille pour quitter son jean, dansant sur une musique imaginaire, se frottant les mains le long des cuisses, tandis que Taylor le regarde, humiliée par procuration, comme la cible forcée d'un « Joyeux anniversaire » interprété par le personnel de salle dans un restaurant à thème. *Va te faire foutre, Jared Nicholas Thompson*, se dit Kath. *Va te faire foutre tout droit en enfer*.

Le pantalon de Jared est maintenant ramassé sur ses chevilles, et il ne porte plus que son boxer, toujours en train de danser comme un idiot. Mais au moins il a l'allure qu'il faut : souple et imberbe, la peau tendre. Malgré tous ses efforts pour se rendre ridicule, il est beau, et au moment où elle s'en rend compte, elle voit que Taylor le remarque, elle aussi – même s'il n'y a pas de changement évident dans son expression, juste les contours de son visage qui semblent s'adoucir.

Jared fait craquer son dos et s'étire, exhibant les touffes jumelles de poils sombres sous ses bras, et Taylor lève la main et libère sa queue-de-cheval de son élastique. Puis, sans prévenir, Jared se ramasse et plonge dans la piscine, maladroitement, éclaboussant les femmes qui se tiennent le plus près du bord. L'une d'elle sort son portable et se met à prendre des photos. « C'est quoi le hashtag du mariage déjà ? » chuchote-t-elle, mais personne ne lui répond.

Le garçon dans la piscine nage la brasse papillon, exactement comme dans le film il y a vingt ans. Ses bras percutent l'eau comme dans un ballet, parfaitement synchronisés, tandis que le reste de son corps vibre dans une vague compacte qui ondule le long de son ventre, de ses hanches et de ses cuisses. Chaque fois qu'il finit une longueur, il se retourne avec un coup de pied spectaculaire, laissant comme une traînée de bulles de champagne derrière lui. Ils pourraient tout aussi bien être dans un motel miteux, passé minuit, car le bruit qu'il fait en brassant l'eau est le seul qui parvienne aux oreilles des invitées. Il termine trois longueurs, nageant les derniers mètres sous la surface, son corps devenu un ruban mouvant et brillant qui tremble dans les eaux calmes du bassin. Il s'approche de Taylor, qui est assise au bord, les jambes repliées sous elle, et fait du surplace en attendant patiemment, jusqu'au moment où elle se met debout. Les yeux mi-clos, comme si elle rêvait, elle fait glisser sa sandale et lui présente son pied. Il s'en empare et le serre tendrement contre lui, et puis, jetant seulement un bref regard à Kath, il prend l'orteil de Taylor et le suce en l'aspirant profondément dans sa bouche. Toutes les spectatrices prennent une inspiration au même moment. Oublié sur la table, un portable sur silencieux s'illumine trois fois avant de virer au noir. Taylor libère son pied, le pose avec légèreté sur l'épaule nue de Jared, et le pousse brutalement sous l'eau. Il descend, les mains plaquées sur les mollets de Taylor et, tandis que les secondes passent, même si elle sait que ce n'est qu'un jeu, une performance rémunérée, Kath ne peut s'empêcher de l'imaginer sous l'eau, piégé et en train de se débattre, attendant la permission de Taylor pour respirer. Enfin, avec un halètement entrecoupé, il refait surface, les cheveux ornés de gouttes d'eau brillantes comme des diamants. Il lève les yeux vers Taylor, et elle le contemple à ses pieds.

Oh, pense Kath, *j'ai réussi. Je lui ai donné ce qu'elle voulait. Que va-t-il se passer, maintenant ?*

Taylor éclate de rire. « Je crois que ça suffit pour ce soir », dit-elle. Elle retire son pied de la piscine, et c'est à ce moment-là que Kath arrive derrière elle, pose les mains sur ses épaules, et la pousse dans l'eau.

SACRIFICE

J'ai découvert le livre enfoncé derrière un rayonnage de la bibliothèque. C'est à peine si on pouvait appeler ça un livre, en fait. Pas de reliure, juste une liasse de pages photocopiées agrafées ensemble. Pas d'emplacement pour une carte derrière, ni de trace d'une de ces petites étiquettes à scanner. Je l'ai roulé, mis dans ma poche, et suis passée sans m'arrêter devant la bibliothécaire. *Rebel rebel*.

Arrivée chez moi, je l'ai ouvert à la première page et j'ai suivi exactement les instructions. J'ai dessiné un cercle à la craie par terre dans mon sous-sol, pilé du basilic avec des mûres trouvées dans mon placard à provisions comme si je me préparais un cocktail d'été super classe, puis j'ai ajouté une mèche brûlée de mes cheveux, et une goutte toute fraîche de mon sang, ponctionnée dans la pulpe de mon pouce à l'aide d'une épingle. Non parce que je croyais que ça allait m'apporter tout ce que mon cœur désirait – je n'étais même pas sûre d'avoir ce genre de désirs –, mais parce que j'avais lu assez de livres dans ma vie pour savoir que lorsque vous tombez sur un recueil de sortilèges caché derrière le rayonnage de votre bibliothèque de quartier, il faut au moins en tenter un.

J'ai été déçue, mais pas surprise, de constater que rien ne se passait. J'ai feuilleté le reste du livre, curieuse de découvrir ce que j'aurais pu faire apparaître d'autre : la richesse, la beauté, le pouvoir, l'amour. Tout ça semblait un peu redondant : la catégorie *Tout ce que votre cœur désire* devait recouvrir au moins une partie de ces éléments. Très franchement, tout ce concept était un peu trop new age pour moi. Je me suis levée pour partir. Si je me dépêchais, je pouvais encore être au bar à temps pour l'*happy hour*. Penser aux cocktails d'été m'avait donné soif, et le sous-sol empestait les cheveux brûlés.

Il n'était pas là et puis, d'un coup, si. Il avait les genoux ensanglantés, éraflés par le béton, les paumes écartées comme s'il était tombé. La tête courbée. Il tremblait comme un chien tout juste sorti du bain.

Nu.

J'ai failli rire. C'est la partie de mon cerveau qui s'est remise à fonctionner en premier, la partie qui s'est dit : *Un homme nu, tu parles d'une définition littérale du désir*. Et puis le restant de moi a rattrapé son retard et je me suis ruée dans l'escalier du sous-sol en glapissant, j'ai trébuché et je suis tombée contre la porte. Tandis que je braillais et m'excitais sur la poignée, il s'est levé. Il a chancelé. Sa cheville s'est tordue, et ça m'a arraché une grimace. Il a titubé puis repris à nouveau son équilibre.

Il a levé la tête et m'a regardée.

« N'aie pas peur », a-t-il dit.

Sauf qu'il avait un accent, écossais peut-être ou

irlandais, ce qui fait qu'il a avalé les voyelles et prolongé le *r* en grasseyant : « N'aie pas peurr. »

Je suis enfin parvenue à ouvrir la porte, et je l'ai claquée et verrouillée derrière moi. Me réfugiant dans la cuisine, j'ai attrapé les deux plus gros couteaux du bloc, et je me suis recroquevillée en position défensive. Je m'attendais à ce qu'il me pourchasse, qu'il essaie d'enfoncer la porte à coups de pied – elle n'était pas bien solide –, mais trente secondes ont passé, et le sous-sol est resté silencieux.

Tenant toujours mes couteaux prêts, je me suis approchée doucement de mon sac à main et l'ai renversé d'un coup de coude, pour faire glisser mon téléphone sur la table.

Je pouvais appeler la police, et je n'aurais même pas besoin d'expliquer quoi que ce soit.

« Il y a un homme nu chez moi.
— Comment est-ce qu'il est arrivé là ?
— Je ne sais pas. »

Ça les ferait venir, toutes sirènes hurlantes. Si à leur arrivée, il s'était évanoui – si tout cela n'était qu'une hallucination –, je pourrais leur dire qu'il s'était échappé par la fenêtre. Appeler la police était une solution à moindre risque.

Mais.

Si mon sens de l'absurde a été la première portion de mon cerveau à se remettre du choc, et la peur en deuxième, la curiosité était en train de se pointer tranquillement, bonne dernière. J'avais fait de la *magie*.

Parfois, dans les histoires, les gens confrontés au paranormal ont une réaction d'horreur au moment où la réalité se délite et où ils doivent faire face à une prise de conscience naissante : tout ce en quoi ils ont toujours cru était un mensonge. En contemplant mon téléphone, j'ai ressenti exactement la même chose, sauf que c'était le contraire : non de l'horreur, mais une joie fébrile et grandissante. C'était là ce que tous ces livres promettaient. *Je le savais*, ai-je pensé. *Je savais que le monde était beaucoup plus intéressant qu'il ne prétendait l'être.*

J'ai mis mon téléphone dans ma poche de derrière, bien vérifié que je savais exactement sur quel bouton appuyer pour lancer un appel d'urgence, et j'ai enfilé mon blouson de cuir noir, en partie pour me tenir chaud, mais surtout pour me donner du courage. Les couteaux prêts à frapper, j'ai descendu les marches.

Il était toujours au milieu du cercle, là où je l'avais laissé.

Si je vous le décris en termes de cheveux, de couleur des yeux, de forme du visage, l'effet sera complètement faussé parce qu'il était la personnification en chair et en os de mes désirs les plus intimes, pas des vôtres. À vous d'imaginer votre propre homme nu, et je me contenterai de vous dire ceci : il était plus charnu que ne l'aurais imaginé, un beau morceau, et ce n'est qu'à moitié une blague salace. Il ne dégageait rien de mignon, et rien d'efféminé. Rien d'angélique non plus, donc si c'est ce que vous aviez commencé à imaginer, recommencez.

Je me suis assise sur la marche la plus haute, et j'ai pointé mon couteau sur lui.

« Bouge pas.

— Je ne peux pas, a-t-il répondu. Regarde. » Il a

fait un petit pas en avant et puis il est retombé en arrière, comme s'il avait buté contre une porte en verre.

Ça faisait plutôt vrai, mais, pour autant que je sache, l'univers pouvait très bien m'avoir envoyé un mime nu et fourbe. J'ai une nouvelle fois dardé mon couteau en l'air en guise d'avertissement.

Le grimoire gisait à moitié ouvert une marche plus bas, et je l'ai attrapé d'un geste vif.

J'ai parcouru à nouveau rapidement la page du sortilège, en quête d'indices, mais je n'ai vu que le titre tout en haut, dans une police désuète un peu floue : « Tout ce que votre cœur désire ».

« Qui es-tu ? » j'ai demandé.

Il a ouvert la bouche, l'a refermée, et a serré ses bras autour de son corps.

« Je ne sais pas, a-t-il répondu. Je ne me souviens pas.

— Tu ne te souviens pas de ton nom ? Ou tu ne te souviens de rien ? »

Il a secoué la tête.

« De rien, a-t-il répondu tristement. De rien du tout.

— Est-ce que tu exauces les vœux ?

— Non, a-t-il dit, et puis sa bouche s'est incurvée en un petit sourire contrit. Pas que je sache, en tout cas. On pourrait sans doute essayer.

— Je souhaite un chat », j'ai dit. C'est sorti tout seul. J'essayais de penser à quelque chose de petit et pas dangereux, quelque chose dont je saurais immédiatement que c'était apparu. « Non. Attends. Je retire ce que j'ai dit. Je ne veux pas de chat, ça ne compte pas. Je veux cent millions de dollars. En dollars, pas en pièces. En billets de cent dollars, je veux dire. Ici même, devant moi. Fais-les apparaître. »

L'homme m'a regardée avec une expression légèrement amusée, et quand il n'est apparu ni chat ni argent, il a tourné ses paumes vers le haut avec un sourire. « Je suis désolé, a-t-il dit. Je ne pensais pas que ça marcherait. »

Son sourire a déclenché un afflux de sang à mon visage, mais je me suis forcée à ne pas le lui rendre. C'était comme ça que je réagissais à la beauté, chez les femmes comme chez les hommes : d'abord attirée par elle, j'avais ensuite un mouvement de recul. Gouvernée par mes pulsions immédiates, puis furieuse de m'être fait avoir.

« Il fait un peu froid ici, a-t-il dit gentiment. Je me demandais si je pourrais avoir une couverture ?

— Je vais y réfléchir », ai-je répondu.

Remontée dans la cuisine, j'ai fait les cent pas, retournant encore et encore le couteau dans ma main. Une partie de moi se disait : Allez c'est bon, donne une couverture au mec à poil ! Mais une autre partie résistait. Il y avait quelque chose de pas clair dans ce sortilège. Si ce n'était pas de la magie noire, en tout cas elle était plutôt équivoque. Parce que s'il avait dit : « Je suis pédiatre oncologue mais j'écris de la poésie à mes heures perdues », d'accord, peut-être, tout ce que mon cœur désire. Mais à quoi pouvait bien me servir un bel amnésique ? Et puis, historiquement, les cercles de craie contiennent des diables et des démons, pas des petits copains potentiels. Lui donner quoi que ce soit pourrait m'obliger à rompre le cercle, et à le libérer. Si je merdais là-dessus, je n'aurais peut-être pas d'autre chance de faire ce qu'il fallait. Avant d'entreprendre quoi que ce soit d'autre, je devais jeter encore un coup d'œil au grimoire.

Il s'en sortirait très bien. Après tout, il ne faisait pas *si* froid que ça dans ce sous-sol.

Quand je suis enfin redescendue plusieurs heures plus tard, mon invité – assis par terre, les bras serrés autour de ses jambes – avait la mine assez pâle. Il y avait une tache humide à l'autre bout du cercle, et le sous-sol ne sentait plus seulement les cheveux brûlés, mais aussi la pisse. Oups.

« Je suis désolée de t'avoir fait attendre aussi longtemps, ai-je dit. Voilà déjà une couverture pour toi. Et je vais vite aller te chercher une bouteille de Gatorade vide ou un truc du genre, dans une minute. »

L'homme a levé les yeux vers moi.

« Écoute, a-t-il dit. Je sais que tout ça doit te paraître bizarre, mais je te jure, ça l'est encore plus pour moi. J'obéirai à tous tes ordres, et je ne te ferai aucun mal, promis, mais je t'en prie, essaie, au moins : si tu voulais bien effacer un peu ce cercle, voire tout enlever, je pourrais peut-être sortir, et on pourrait monter et discuter de tout ça ?

— Ouais…, j'ai répondu. Je ne vais pas faire ça. Désolée, c'est juste que tu pourrais être un démon ou un truc comme ça, et je ne peux pas courir le risque. Mais je crois que j'ai trouvé un moyen de tirer ça au clair. Écoute, je vais te donner la couverture, en supposant que je puisse passer au travers du cercle. Je veux que tu la prennes, ensuite, je veux que tu laisses ta main droite ici, au bord, là où je peux l'atteindre. Ne tente rien. T'as compris ?

— J'ai compris », a-t-il soupiré.

Je lui ai jeté la couverture. Il l'a prise, gardant la main tendue comme je le lui avais demandé, et j'ai tailladé le dos de son bras avec la lame de mon couteau.

« Mais putain !? » a-t-il hurlé. Bondissant en arrière, il a heurté l'autre bout du cercle de craie et s'y est cogné la tête, et c'était vertigineux à voir, comme le vide semblait le retenir tandis qu'il glissait le long de cette barrière invisible jusqu'au sol. Je l'avais coupé plus profondément que je n'en avais eu l'intention, et une épaisse ligne de rouge s'échappait de son avant-bras. Il m'a fixée avec horreur, pressant son dos contre le bord le plus éloigné du cercle comme si, en poussant assez fort, il avait une chance de passer à travers.

« Redonne-moi ton bras, j'ai dit.

— Hors de question », a-t-il répondu, en le serrant contre lui avec son autre main.

J'ai sorti une compresse de gaze de ma poche arrière.

« J'ai besoin de ton sang, ai-je dit. Je suis désolée. Je dois juste tester un truc. Une fois que ce sera fait, je te laisserai sortir tout de suite, promis. »

Il m'a carrément *grogné* dessus.

« T'approche pas de moi, putain, espèce de cinglée. »

Le lendemain matin, je suis descendue avec un plateau chargé de tout ce que le café d'à côté avait à offrir de plus délicieux : un mug fumant de café corsé regorgeant de crème et de sucre ; un croissant au beurre ; un yaourt parfait plein de baies rouges ; un bagel aux oignons émincés recouvert de *cream cheese*

Sacrifice

et nappé de grosses tranches de saumon fumé rose vif. Le sous-sol lui-même puait encore plus qu'avant, mais la bonne odeur de nourriture a quand même réussi à s'imposer.

J'ai posé le plateau au sol, détournant les yeux des pires saletés contenues dans le cercle tandis que mon invité me dévisageait avec haine. Si je m'étais trompée sur le fonctionnement du grimoire, et que l'univers avait *effectivement* essayé de m'envoyer mon âme sœur, j'avais clairement gâché mes chances.

Les dents serrées, il m'a fourré son bras sous le nez. La plaie s'était refermée, avec une croûte sombre.

« Donne-moi ton autre bras », j'ai dit, sortant à nouveau le couteau. Il m'a lancé un regard noir, la lèvre retroussée, et il n'a pas bougé.

Je sais, je sais, mais écoutez : j'avais lu le truc de travers. « Tout ce que votre cœur désire », imprimé au sommet de la page : ce n'était pas le nom du sortilège, mais celui du livre. Le premier sort n'avait pas de nom, comme l'homme que j'avais fait apparaître. Le suivant, la *richesse*, contenait dans sa longue liste d'ingrédients (en plus de l'argent et des baies de genièvre, des bougies vertes et du romarin) non pas du simple sang, mais du sang de cœur, inscrit avec les mêmes caractères flous. J'avais testé le sortilège moi-même la veille au soir, en perçant un nouveau petit trou dans mon pouce, et rien ne s'était passé. C'est de son sang dont j'avais besoin. Il fallait que je lui en prenne. J'ai désigné la nourriture, toujours loin hors de sa portée.

« J'attendrai aussi longtemps qu'il le faudra », ai-je dit.

J'ai fait le sortilège au sous-sol, tandis que l'homme dans le cercle engloutissait son petit déjeuner. Aucune liasse de billets n'est miraculeusement apparue. Je m'apprêtais à appeler la police pour leur demander de venir arrêter le squatteur fou qui s'était introduit chez moi quand un appel d'un numéro inconnu a fait sonner mon téléphone.

Un *héritier joyeux* : c'est ainsi qu'on vous nomme quand le parent qui meurt et vous laisse tous ses biens est tellement éloigné que vous ne le connaissez même pas assez pour le regretter.

Je lui ai donné un oreiller pour aller avec la couverture, un short, un de ces petits W-C portatifs de camping, autant d'eau et de nourriture de qualité qu'il le souhaitait, à condition qu'il coopère. « S'il te plaît, ne fais pas ça », a-t-il dit quand je suis revenue, vous auriez fait quoi, vous ?

Au bout d'une semaine, il a essayé de lutter pour m'arracher le couteau, de me traîner dans le cercle avec lui, mais il avait un jour de retard : j'avais déjà fait le sortilège pour obtenir la *force*.

Je jure que je l'ai traité aussi bien que je le pouvais. J'ai cessé de lui tailler le bras : je passais le couteau aussi légèrement que possible sur son dos, et ensuite je lui faisais des pansements. Ça ne cicatrisait pas trop mal, surtout compte tenu de l'humidité du sous-sol ; fini les plaies moches et pleines de croûtes, juste un réseau de fines lignes roses, qui s'estompaient en prenant une jolie teinte argentée.

Ce n'était pas facile, même au bout de plusieurs semaines. Personne n'avait jamais eu peur de moi auparavant, et chaque fois qu'il tressaillait à ma vue, j'avais l'impression de m'être erraflé le cœur sur un clou.

C'est seulement quand j'ai eu terminé le troisième sortilège, l'*intelligence*, que j'ai été capable de formuler une ligne de défense claire. Sans nom et sans histoire, un corps conçu sur mesure pour satisfaire ma convoitise... même son accent chantant était né quelque part dans les profondeurs de mes rêves. Je ne l'avais pas seulement appelé, je l'avais *créé*. Et donc, puisque c'est moi qui l'avais assemblé, à partir d'herbes, de sang, de magie et de désir, il n'était pas tout à fait réel. Lui aussi faisait partie du livre, comme les sortilèges eux-mêmes, ou les listes d'ingrédients qui leur servaient de préambule. Ce n'était pas une personne, pas vraiment, mais une idée, qui avait pris vie grâce à l'action de mon esprit et aux mots sur la page.

L'intelligence était un don appréciable. J'aurais dû la faire apparaître en premier, parce que j'ai carrément mieux dormi après ça.

« Tu as l'air différente », m'a-t-il dit un matin, et c'était vrai. Parfois, il fallait quelques heures ou quelques jours à un sort pour dévider son mince écheveau de logique et faire son chemin jusqu'à mon héritage, ou à ma promotion incroyablement rapide au poste de P-DG. Mais, d'autres fois, je me réveillais simplement différente : c'est comme ça que ça s'était passé pour la *force*, l'*intelligence* et maintenant la *beauté*.

« Oui », ai-je dit. Dans la mesure où je m'étais sacrément bien convaincue qu'il n'était fondamentalement pas réel, ce fut une vraie surprise de découvrir à quel point la façon dont il m'a contemplée alors me faisait plaisir : à quel point je désirais ce regard, le désirais lui. Maintenant que j'avais ma propre beauté, mes propres armes, je pouvais baisser un peu la garde.

Je me suis mise à passer de plus en plus de temps au sous-sol. Il ne répondait pas grand-chose, mais au moins, il écoutait. Nous nous sentions tous les deux seuls. Je ne pouvais parler à personne d'autre de tous les trucs incroyables qui s'étaient mis à m'arriver et, après de longues journées solitaires dans ce petit cercle sombre et exigu, il ne pouvait pas s'empêcher d'avoir vraiment envie de ma compagnie. Ou, en tout cas, il savait très bien faire semblant.

Tard, un soir, ivre, et pas qu'un peu, je lui ai promis que quand j'en aurais terminé, quand le livre serait fini et qu'il n'y aurait plus d'autres sorts à jeter, je le laisserais sortir du cercle et partagerais tout ça avec lui. « Après tout, ai-je bredouillé, ça t'appartient autant qu'à moi. » Je n'étais pas naïve – je savais que je ne pourrais jamais lui faire confiance –, mais il était si adorable que je ne pouvais pas m'empêcher de le désirer, et j'avais désormais pris l'habitude d'obtenir ce que je voulais. Bien sûr, je savais qu'il ne pourrait pas me pardonner. Pas sans mon aide. Je m'étais efforcée d'éviter de regarder de trop près les sortilèges suivants – bizarrement ça me semblait un manque de respect, comme de sauter directement à la dernière page d'un livre –, mais je savais que le titre du dernier, c'était l'*amour*.

Et puis un nouvel ingrédient est apparu sur la liste.

***

À ce stade, nous avions instauré une sorte d'équilibre et, quand je descendais avec le couteau, il me présentait son dos. Je l'ai regardé, et j'ai eu envie de vomir. Ses muscles autrefois parfaits s'étaient relâchés en une chair molle et maladive. Il avait la peau d'un blanc terreux à cause de tous ces jours passés tapi dans le noir. J'ai constaté que, malgré toutes les précautions que j'avais prises, les entailles les plus récentes étaient toujours à vif et suintaient à travers les pansements, et j'ai vu que sous chaque bosse formée par un os de sa colonne vertébrale, il y avait une ombre. J'en ai ressenti une culpabilité cuisante, et j'ai songé à arrêter, à piétiner le cercle pour l'effacer, à le libérer. Je ne l'avais jamais désiré davantage qu'à ce moment-là, brisé, moche et dépendant de moi. Et par ailleurs, vu tout ce que je possédais déjà – la richesse, le succès, la chance, l'intelligence, la force, la beauté –, qu'est-ce que le *pouvoir* pouvait avoir de plus à m'offrir ? J'ai fait tourner la pointe du couteau dans la paume de ma main, déchirée. Nous n'étions qu'à la moitié du livre.

« Je suis désolée, ai-je dit, toujours en train de faire tourner le couteau, tourner jusqu'à ce que ma main se mette à brûler et saigner. Il faut qu'on fasse un truc nouveau aujourd'hui. »

Avoue que t'en meurs d'envie

Un sortilège, et puis un autre, et puis un autre. Chaque soir, cela devenait de plus en plus dur de lui extirper des larmes. J'ai hurlé, supplié et imploré, j'ai moi-même sangloté. J'ai même dit, dans un moment de faiblesse : « Tu ne comprends pas que c'est pour nous que je fais ça ? » Mais je suis aussi devenue créative, et pas seulement avec le couteau. Il a pleuré de douleur, il a pleuré de terreur, il a pleuré de solitude, il a pleuré d'épuisement et de désarroi. Et il a pleuré pour moi. Certains soirs, j'ai rampé dans le cercle avec lui et je l'ai pris dans mes bras tandis qu'il sanglotait, et je lui ai chuchoté à l'oreille comment ça serait quand on serait enfin ensemble, quand tout ça serait terminé.

Une année a passé. Il pleurait, je récoltais chaque goutte salée, et le monde s'est ouvert à mes pieds comme un œuf qui se fend. Ce n'était pas seulement que j'avais tout ce que je désirais, ou tout ce que je pensais désirer, ou tout ce que j'avais imaginé désirer. J'avais tout ce qui pouvait être désiré. J'inventais de nouveaux besoins juste pour les satisfaire.

Le jour où j'ai atteint la dernière page du livre, j'ai rassemblé tous les autres ingrédients et je les ai emportés en bas, au sous-sol : des herbes du marché paysan, des babioles du bazar Tout à un dollar.

Il était recroquevillé par terre, immobile, pâle et inerte, et, quand je l'ai vu, j'ai laissé échapper un petit sanglot. Ses paupières ont frémi et se sont ouvertes.

« Chuuuuut », j'ai dit, et j'ai souri. J'ai tendu la main dans le cercle et lui ai caressé le bras. Il n'y avait aucun endroit de son corps qui ne soit pas marqué de cicatrices entrecroisées argentées et luisantes. Je me suis demandé si ce dernier sort allait toutes les effacer, s'il allait me revenir avec une peau toute fraîche, comme neuf.

« Mon amour, mon amour », ai-je fredonné.

Cela faisait des mois qu'il n'avait pas formé des mots cohérents, mais il a gémi et tressailli, et je lui ai serré l'épaule avec douceur, j'ai caressé ce qui restait de ses cheveux.

J'ai ouvert le livre à la dernière page, marquant le pli vers l'arrière. Nous le brûlerions ensemble, lui et moi, une fois les sortilèges terminés. Mon amour me serait rendu, entier, comme une renaissance.

Sauf que... attendez.

Non. Oh, non.

Sous mes yeux, la formule du sortilège s'est brouillée et transformée. A exigé autre chose de moi. De lui. J'aurais pu pleurer mais, au lieu de ça, j'ai ri. J'ai ri encore et encore et encore. Ça finit toujours comme ça, pas vrai ? Vous ne pouvez pas avoir tout ce que votre cœur désire, parce que où serait la morale dans tout ça ?

J'ai fixé à nouveau le sortilège, concentrant toute ma volonté pour qu'il se modifie, mais ça n'a pas marché.

Alors je suis entrée dans le cercle et je l'en ai extirpé de force. Je me suis souvenue, un an plus tôt, d'avoir hurlé et de m'être écartée précipitamment de lui. Comme il était grand et intimidant. Maintenant j'avais la *force*, et il ne pesait presque rien. J'ai décroisé ses bras, ôté son tee-shirt en lambeaux. J'ai sorti mon couteau, me suis mise à califourchon sur sa poitrine. Je me suis penchée pour embrasser ses lèvres sèches et fendillées, et j'ai placé la pointe de la lame au niveau de son sternum. Je trouverais un autre amour, ce que mon cœur à moi désirait vraiment. La promesse était juste là, dans le livre.

« N'aie pas peur », ai-je murmuré.

sang de cœur
larmes de cœur
cœur

LE SIGNE DE LA BOÎTE D'ALLUMETTES

Avant toutes choses, ceci...

Laura, en train de réviser dans un bar de Red Hook en pleine journée. Une pile de livres de bibliothèque contre son coude, un crayon planté dans le chignon brun emmêlé de ses cheveux. Jean poussiéreux, pull dépenaillé, et un rouge à lèvres sombre que David, qui l'observe de l'autre bout de la salle, trouve à la fois séduisant et totalement incongru. Elle arrache le crayon d'un coup sec pour souligner une page et, ce faisant, renverse sa bière du coude. Pour sauver les livres, elle se laisse tremper du genou à la cuisse. Ce soir-là, tandis que David frotte son menton pour en ôter les traces, Laura lui expliquera que le rouge à lèvres est une stratégie : une touche de rouge dès le réveil, et peu importe à quel point vous êtes débraillée par ailleurs – vêtements tachés, traces d'eye-liner, cheveux gras –, les gens vous trouveront glamour plutôt que négligée. Mais la vérité, c'est que Laura est à la fois glamour et négligée. Sa façon d'être négligée est glamour. Aucune contradiction là-dedans. Et puis, se dit David, combattre la crasse avec du rouge à lèvres est clairement le type de doctrine mode que seuls les gens très jeunes et très beaux peuvent adopter sans encombre : le genre de fille lumineuse sans même y penser, que même les taches et les fringues moches peuvent mettre en valeur à leur manière : *Voyez, même ça, ça ne peut pas me diminuer.*

Six mois plus tard, même s'ils se disent « Je t'aime », font des trucs de couple normal comme se plaindre de leurs amis et se chamailler pour savoir à quelle heure aller bruncher, il reste une part de David qui s'attend à voir Laura lever un jour les yeux sur lui, interloquée, et dire : *Attendez, c'est une blague, hein ? Mais t'es qui, toi, bordel ?*
Et puis, un soir, elle arrive avec une heure de retard au dîner. Au lieu d'annoncer la rupture qu'il soupçonne toujours d'être imminente, elle déclare qu'elle a quitté son programme de doctorat. Elle veut qu'il accepte cette offre d'emploi sur laquelle il tergiverse en ce moment, pour qu'ils puissent déménager de l'autre côté du pays, « tenter la Californie », prendre un nouveau départ.
David a-t-il envie de quitter son boulot et de déménager en Californie ? La passion soudaine de Laura pour cette nouvelle vie qu'elle a imaginée pour eux l'éblouit tellement qu'il est sincèrement incapable de le savoir. Mais, ce soir-là, Laura se brosse les dents avec la même énergie sans retenue qu'elle met dans tout ce qu'elle fait, et quand elle crache dans le lavabo, la mousse blanche est striée de filaments de bave rouge. Elle se penche vers le miroir et adresse une grimace à son reflet, fascinée, les lèvres retroussées pour dévoiler des crocs tachés de sang. Dans le sillage des événe-

Le signe de la boîte d'allumettes

ments qui vont suivre, David reviendra sur ce souvenir, comme une sorte de présage : Laura, captivée devant un miroir, s'émerveillant à la vue de son propre sang.

Un an plus tard, Laura interpelle David dès qu'il passe la porte.
« Regarde ça, réclame-t-elle, avant même qu'il ait le temps de poser son attaché-case. Regarde mon bras. J'ai été piquée. »
David saisit son poignet d'une main avec précaution, et elle présente le dessous tendre et orné de rougeurs de son bras, pour qu'il l'inspecte. « Oh, merde, dit-il. C'est quoi ce truc ? Des punaises de lit ? » Des rumeurs d'infestations de punaises de lit ont pris de l'ampleur dans leur quartier de San Francisco, même s'il semble impossible que ce genre de bestioles craintives et noctambules puisse survivre bien longtemps dans leur appartement rutilant tout de verre et d'acier.
« Non, dit Laura. Avec les punaises de lit, c'est petit et rouge, et ça forme des grappes. Ça, c'est pas des punaises de lit. »
Pour avancer une hypothèse sur la piqûre, il est obligé de regarder son bras d'un peu trop près pour être totalement à son aise – rien que l'idée d'une démangeaison lui donne envie de se gratter –, et distingue une grosse papule blanche, de quatre ou cinq centimètres de large, nichée au creux de son coude. Des marques rosées entrecroisées indiquent qu'elle l'a tripotée. Trop gros pour une piqûre de moustique.
« Une morsure d'araignée, peut-être ? demande-t-il.
— Peut-être...
— En tout cas, n'y touche pas. » Ce conseil vaut

autant pour son bien que pour celui de Laura : il déteste ce bruit, l'ongle sur la peau. Ça le fait penser au bruit écœurant du chewing-gum qu'on mastique, ou à quelqu'un qui renifle en se raclant la gorge.

Laura s'affale à nouveau sur le canapé, le bras tendu aussi loin d'elle que possible, comme si elle essayait de se tenir à distance de la tentation. David sait que sa détermination durera cinq minutes en tout et pour tout, s'il ne vient pas à son secours.

Tout en appliquant de la lotion à la calamine sur son bras, en massant pour que ça pénètre, il demande :

« Comment s'est passée ta journée de repos ?

— Pleine de démangeaisons. Rien de spécial à part ça.

— As-tu eu le temps de… ? »

C'est un sujet à propos duquel ils tournent autour du pot depuis ce qui semble une éternité. Laura, qui a eu des difficultés pour trouver du travail quand ils sont arrivés en Californie, est désormais furieusement insatisfaite de son poste d'assistante auprès du patron despotique d'une galerie d'art du coin… mais elle a aussi (du moins c'est ce qu'il semble à David) du mal à résister au tourbillon de drames et de récriminations qui anime cet endroit. Elle déteste quand David laisse entendre qu'elle serait peut-être plus heureuse ailleurs, et l'accuse d'être tout le temps sur son dos chaque fois qu'il lui suggère de chercher un autre boulot.

Fidèle à son habitude, elle ne le laisse même pas finir sa phrase.

Elle retire brutalement son bras, envoyant une giclée de lotion rose en travers du canapé.

« Tu ne peux vraiment pas t'empêcher d'être toujours après moi, hein ? dit-elle. Tu ne peux pas me ficher la paix. »

Trois jours. Trois autres piqûres. Laura devient encore plus irritable, la plus infime des provocations éveille sa susceptibilité. Quand la troisième piqûre apparaît sur son visage, bourgeonnant sur la courbe dure de sa pommette, elle la gratte tellement que son œil enfle au point de se fermer.

« Tu devrais voir un médecin », lui dit David au petit déjeuner vendredi matin, incapable de la regarder en face. Son œil enflé lui donne l'impression qu'elle lui fait un clin d'œil.

« Peux pas, répond-elle. Ma franchise.
— Laur'. Arrête.
— Il y a un dispensaire sur Langford Street. J'ai un rendez-vous lundi. Donc bon. »

Un dispensaire, alors que la dernière fois qu'ils sont sortis dîner, ils ont dépensé deux cents dollars rien que pour le vin. La violence avec laquelle Laura s'autoflagelle peut être viscéralement choquante à observer : c'est comme la regarder se claquer volontairement une porte sur les doigts. Mais il refuse de répondre à sa provocation et riposte plutôt :

« Si j'arrive à prendre mon après-midi, ça te dit que je vienne ? »

Elle le gratifie d'un sourire éclatant.

« David. C'est si gentil de ta part. Bien sûr. »

Ce n'est qu'après avoir passé quarante-huit heures d'affilée à la maison avec Laura pour le week-end que David réalise à quel point elle s'est totalement laissé submerger par la guerre contre sa peau. Le nombre de piqûres a triplé du jour au lendemain. Toute sa journée s'articule autour de ses tentatives pour apaiser les démangeaisons incessantes, et essayer de ne pas se gratter. Après un bain de bicarbonate de soude le matin, suit une friction de basilic et d'aloe vera. Elle se coupe les ongles de façon obsessionnelle, lave et relave les draps, applique avec précaution des pansements qu'elle enlève immédiatement. Le reste de son temps est consacré aux recherches sur Internet, reformulant frénétiquement les mots clés : « peau grosseur piqûre gratte » ; « piqûre démange peau conseils » ; « piqûres bras ventre visage », avant d'analyser minutieusement une succession d'images affreuses à faire frémir et d'entreprendre de fouiller le tréfonds de forums regorgeant de compagnons de souffrance : des milliers de fils de discussion à n'en plus finir, plaintifs et infructueux.

David rampe dans l'appartement à quatre pattes, à la recherche de coupables – des mouches ou des larves, des puces ou des mites – mais se relève les mains vides. Dix minutes passées à chercher lui-même sur Internet aboutissent à tellement de possibilités qu'il conclut que ce genre de recherches est pire qu'inutile : les démangeaisons sont un symptôme si répandu qu'il interdit tout diagnostic. « Je crois vraiment que tu devrais consulter quelqu'un de plus qualifié que Doctissimo », lui dit-il.

Laura enfonce ses ongles sous le bouton de son bras, désormais un cratère rond et luisant, cerné de jaune comme une brûlure de cigarette.

« Rends-moi service, dit-elle en se grattant. Arrête

d'essayer d'aider, d'accord ? Tu ne fais qu'aggraver les choses. »

Le dimanche soir, il se réveille face à un vide dans le lit à côté de lui. Il va au salon et la trouve sur le canapé, entourée de mouchoirs froissés, chacun taché d'une petite fleur rouge de sang. « Je n'arrive pas à dormir, gémit-elle. C'est comme s'il y avait un truc qui *rampe* là-dedans, sous ma peau. »

David ne l'a jamais vue aussi défaite. Il presse ses lèvres sur la raie qui sépare ses cheveux, borde une couverture autour de ses épaules et lui fait du thé. Ils veillent ensemble jusqu'à ce que le soleil se lève, et alors il l'aide à se laver et à s'habiller.

La salle d'attente du dispensaire est pleine de gens souffrants, et l'atmosphère même semble huileuse, chargée de maladie. Ils attendent plus d'une heure après celle fixée pour le rendez-vous de Laura et, quand l'infirmière appelle enfin son nom, celle-ci relève le menton et insiste pour y aller seule.

Elle réapparaît moins de quinze minutes plus tard, une mince feuille de papier jaune à la main et un air sceptique sur le visage.

« Elle recommande des *antihistaminiques* sans ordonnance, dit-elle, sans même ralentir quand elle passe devant lui pour regagner la sortie. Elle m'a dit de ne pas me *gratter*.

— Elle n'avait pas d'hypothèses sur ce qui peut causer ça ?

— Elle n'en avait pas la moindre idée, putain. »

L'indignation qu'ils partagent les réunit brièvement, mais bientôt cette alliance temporaire se désagrège. Un autre point de démangeaison est apparu au sommet du crâne de Laura, et elle a dégagé en grattant une petite tonsure de la taille d'une pièce de monnaie. La peau en dessous est épaissie et squameuse, couverte de pellicules. « Tu es sûr que tu n'as pas de piqûres ? demande-t-elle. Même des petites ? Ça n'a aucun sens. On partage tout. Pourquoi est-ce qu'ils s'en prendraient à moi et pas à toi ? »

Mille fois pendant la semaine qui vient de s'écouler, il a senti une démangeaison fantôme qui courait soudain sur sa peau, mais il a toujours frotté avec le plat du doigt au lieu de gratter, et ça s'est évanoui dans le monde spectral d'où c'était venu.

« Je ne sais pas, répond-il. Je suis désolé, mon cœur.

— Et pourquoi tu serais désolé ? réplique-t-elle sèchement. En quoi est-ce ta faute ?

— C'est juste... je veux que tu saches qu'on va affronter ça ensemble. »

— Oh, oui oui, dit-elle, se mouchant dans un mouchoir taché de sang. Je sais. »

David va au travail comme d'habitude le mardi, et perd plusieurs heures à faire les mêmes recherches Google qu'il jugeait être une perte de temps deux jours auparavant. Il rentre chez lui pour trouver Laura en train d'examiner son bras à la loupe, se servant d'un coton-tige pour creuser profondément dans la petite plaie. C'est à peine si elle lève les yeux vers lui, tant elle est absorbée par sa traque. « Il y a quelque chose là-dedans. Je le vois. C'est comme une... petite... tache... blanche. »

Le signe de la boîte d'allumettes

Il se penche sur elle, horrifié. « Mais qu'est-ce que tu fais ? »

Elle enfonce le coton-tige dans la papule, et le sang sort en moussant autour. Elle brandit le petit bâtonnet, triomphante. « Là ! s'écrie-t-elle. Tu vois ? »

À l'extrême pointe de la houppette de coton trempée de sang, il croit peut-être distinguer un petit point minuscule, pâle et luisant. Plissant les yeux, il essaie d'en discerner la forme : un insecte ? un œuf ? une petite peluche ?

Laura lorgne le coton-tige.

« Oh, putain. Ça *bouge* encore. Tu sais quoi ? J'ai lu un truc là-dessus. On appelle ça des mouches gastérophiles. Elles pondent des œufs à l'intérieur de toi, si tu as une petite coupure ou une brûlure je crois, et ensuite les œufs se transforment en larves qui s'enfouissent sous ta peau. Ou bien, en fait, ça pourrait être ces vers, qu'on peut attraper en nageant dans une eau contaminée… enfin bref, c'est un genre de parasite. C'est pour ça que tu n'as rien, pour ça qu'on a rien trouvé. Ce n'était pas caché dans l'appartement, c'était caché à l'intérieur de moi, tout ce temps-là.

— C'est dégoûtant.

— Je sais ! » dit-elle, mais elle n'a pas l'air dégoûtée, elle a l'air soulagée. David peut comprendre pourquoi – au moins, elle a trouvé une sorte de réponse –, mais il est incapable de partager son soulagement, parce que, même à travers la loupe, il ne voit rien d'autre qu'un petit point blanc.

Laura extirpe quatre spécimens mystérieux de plus, et les met de côté dans un petit sachet de congélation en plastique qu'elle conserve au réfrigérateur, à côté du jus d'orange. Prétendant toujours qu'elle ne peut pas se permettre une visite chez le médecin, elle revient de l'épicerie avec un assortiment odorant d'ingrédients pseudo-médicinaux : huile de coco, ail, vinaigre de cidre. Elle mesure avec soin à l'aide de cuillères à café les dosages de ce remède maison, et refuse de manger ou de boire quoi que ce soit d'autre. Les parasites se nourrissent de sucre, dit-elle à David. Ce régime est destiné à les affamer.

David ne croit rien de tout cela, ni le diagnostic ni le traitement... mais au moins ses yeux s'éclairent, elle est un peu plus gaie, et les marques de grattage les plus à vif ont commencé à s'estomper. Ils parviennent même à avoir quelques conversations brèves et apaisées sur d'autres sujets que sa peau. Peut-être, se dit-il, cet épisode passera-t-il sans qu'il le comprenne jamais, une petite turbulence malheureuse dans une période déjà difficile.

C'est alors qu'il est réveillé par un bruit de grattement. Il tend le bras pour chasser la main de Laura de son visage et, quand il retire ses doigts, ils sont glissants et dégoulinent. Il allume la lumière et a un mouvement de recul : dans son sommeil, Laura a arraché la croûte sous son œil, et un masque de sang rouge et visqueux recouvre tout le côté gauche de son visage.

La dispute qui s'ensuit dure des heures. Quand le soleil se lève en plein milieu, David se fait porter pâle au boulot. Laura hurle tellement longtemps qu'elle en perd sa voix. David donne un coup de poing dans un mur.

Le signe de la boîte d'allumettes

Comble des choses, le point de départ de la dispute est un tableau Excel. David l'a créé quand ils ont emménagé à San Francisco. Il s'intitule « David et Laura habitent ensemble », et recense toutes leurs dépenses communes : loyer, voiture, alimentation, voyages. Ils divisent ces dépenses chaque mois, proportionnellement à leurs revenus. David, ingénieur, gagne plus d'argent que Laura, qui est encore intérimaire. En conséquence, Laura paye dix-huit pour cent de leurs dépenses communes tandis que sa contribution à lui couvre les quatre-vingt-deux pour cent restants. Tout en nettoyant les dégâts sur le visage de Laura, David dit :

« Il faut que t'ailles chez le médecin.

— Je ne peux pas m'en payer un.

— Eh bien, on peut le mettre dans le tableau Excel. »

Laura lève les yeux au ciel.

« Quoi ? demande David.

— Rien, j'en ai juste tellement marre de ce truc parfois.

— Je suis désolé, j'essayais d'aider. Tu peux m'expliquer ce que j'ai fait de mal ?

— Laisse-moi te poser une question, dit Laura. Quand je mourrai, est-ce que tu vas mettre quatre-vingt-deux pour cent de mes frais d'enterrement dans ton tableau, et envoyer une facture à mes héritiers pour le reste ?

— Tu es littéralement couverte de sang, et tu préfères quand même encore t'en prendre à moi que demander de l'aide ! » lâche David.

Et alors Laura dit : « Tu veux que je te dise, David... », et ils sont lancés.

« Les gens qui s'aiment prennent soin l'un de l'autre, glapit Laura au moment où la dispute atteint son point culminant. Ils ne tiennent pas de comptes au dollar près de ce qu'ils dépensent l'un pour l'autre dans un putain de *tableau Excel*. C'est pas comme ça que c'est censé marcher !

— Et alors quoi ? crie David en retour. Tu veux que je paye tout pour que tu puisses continuer à faire ton boulot de merde que tu détestes ?

— C'est à ça que notre vie ressemble à tes yeux ? Pas étonnant que tu m'en veuilles autant, si c'est ça que tu ressens !

— Je ne ressens rien du tout ! Je pense seulement que ce n'est pas trop te demander que de contribuer un peu à...

— Oh, bien sûr. Tu ne ressens rien du tout. Voilà qui est tout à fait impartial, David, merci.

— Bien sûr que je ressens des choses, c'est juste que je...

— Le problème avec toi, dit Laura, c'est que tu n'es pas investi dans cette relation, pas vraiment. Tu es toujours sur la retenue, tu...

— Oh. *Arrête*. Je suis investi...

— Tu parles que t'es investi ! T'as investi quatre-vingt-deux pour cent exactement. Comment ai-je pu l'oublier ? Tu paies, et tu tiens tes comptes au centime près.

— Je n'ai pas le droit de tenir mes propres comptes ? »

Elle secoue furieusement la tête, comme si ça pouvait aider à propulser les mots hors de sa bouche. « Ce n'est pas de ça qu'il s'agit. Il s'agit... il s'agit de savoir aimer quelqu'un ! »

Ses paroles restent suspendues dans l'air, jusqu'à ce que David répète après elle :

« Tu es en train de me dire que je ne sais pas comment *aimer quelqu'un* ?

— Non, répond Laura, le menton obstinément projeté en avant, comme un enfant. Tu ne sais pas. »

C'est alors que cela se produit, le petit moment de grâce qui tombe parfois du ciel, tout à coup, pour signaler la fin d'une dispute. Les sourcils froncés de Laura tremblent légèrement. Elle voit qu'elle se montre ridicule. Et il voit qu'elle voit.

« C'est marrant, dit-il, d'une voix plus calme. Parce que j'avais clairement l'impression que j'étais en train de t'aimer, tout ce temps-là.

— Eh ben, dit-elle, glissant de manière presque imperceptible vers la comédie, t'as fait ça comme un nul.

— Vraiment ?

— Pour l'essentiel. Ouais.

— Même à ton anniversaire ?

— À mon anniversaire, je suppose que t'étais pas trop mal.

— Et donc, qu'est-ce que je suis censé faire ? Dis-moi. Je te le demande, sincèrement.

— Tu n'es pas censé *faire* quoi que ce soit. Tu es censé dire : "Laura. Je t'aime. Ça va s'arranger."

— Laura, dit-il, en prenant sa main dans la sienne. Je t'aime. Ça va s'arranger. »

Tandis que Laura fait une sieste agitée sur le canapé, David prend rendez-vous avec son médecin traitant. Il dit à la secrétaire que c'est une urgence et elle parvient à leur trouver une place l'après-midi même. Quand Laura se réveille, il lui dit qu'il a pris rendez-vous. Avant qu'elle puisse émettre une objection, il ajoute : « S'il te plaît, laisse-moi juste faire ça, d'accord ? »

Le médecin est un homme âgé avec des touffes de poils cendrés qui lui dépassent des oreilles, et quand David entoure Laura d'un bras et demande s'il peut l'accompagner dans la salle d'examen, il ne voit rien à y redire.

Le docteur Lansing émet un claquement de langue inquiet devant la joue déchirée de Laura, et lui demande de lui montrer chacun de ses boutons. Elle les présente l'un après l'autre, et il pose des questions sur un ton doux et encourageant, auxquelles elle répond de son mieux. Quand elle a terminé, elle prend le petit sachet en plastique dans son sac à main, et lui raconte sa théorie sur les mouches gastérophiles, et les preuves qu'elle a trouvées.

Quelque chose d'étrange se produit alors : le visage du docteur se vide de toute expression, c'est comme si sa curiosité s'était tarie d'un coup. Il accepte le sachet, ne lui accordant qu'un examen rapide, et puis le pose sur la table en le froissant.

« À part les démangeaisons, comment vous sentez-vous en ce moment ? » demande le docteur Lansing.

Laura hausse les épaules et répond : « Ça va. »

David garde le silence devant cette contre-vérité manifeste. Le docteur Lansing insiste : « Comment se sont passés ces derniers mois pour vous, d'un point de vue émotionnel ? »

Laura hausse à nouveau les épaules.

« Bien, je crois.

— Vous dormez bien ?

— Je ne peux pas vraiment dormir, vu que je suis tout le temps en train de me gratter », répond Laura, au moment même où David l'interpelle : « Laur' ! Allez, quoi ! »

Laura et le docteur Lansing se tournent vers lui, interloqués, et, malgré le regard d'avertissement que lui adresse Laura, David insiste. « Enfin bon, je n'essaie pas de... les démangeaisons ont été très pénibles, je sais. Mais tu ne te souviens pas, ma chérie, tu avais déjà du mal à dormir même avant ça, à cause du stress au boulot, tu disais... et puis bon, est-ce que j'ai tort de dire que depuis qu'on a déménagé, les choses ont été assez difficiles ? »

Il continue à attendre que Laura reprenne le fil de l'histoire à sa suite, mais comme elle n'en fait rien, il raconte tout à M. Lansing, décrivant les faits de façon aussi désespérée et confuse que si c'était sa propre histoire, et une part de lui a le sentiment que c'est le cas. Alors qu'il termine, il voit sur le visage de Laura l'expression d'un profond sentiment de trahison.

Ce n'est qu'à ce moment-là qu'il prend pleinement conscience de l'impact de ce qu'il a fait : en essayant d'aider, il a exposé toutes ses faiblesses sans lui demander la permission. Il a utilisé ses secrets pour prouver à un étranger que ses souffrances sont entièrement dans sa tête.

Le médecin reprend : « Laura, ce que j'aimerais

faire, si vous me le permettez, c'est vous prescrire des médicaments qui pourraient aider à traiter les causes sous-jacentes d'une partie de vos difficultés. On dirait que vous avez subi beaucoup de pression ces derniers mois, et je pense que vous pourriez être surprise, une fois que votre humeur s'améliorera, de voir à quelle vitesse la résolution de vos problèmes de peau suivra. »

Se précipitant pour réparer son erreur, David intervient : « Mais au sujet des démangeaisons en elles-mêmes ? Avez-vous quelque chose pour ça ? Parce que, sinon, il serait peut-être préférable de l'adresser à un dermatologue. Tu ne crois pas ? » ajoute-t-il en se tournant vers Laura.

Mais celle-ci a l'air épuisée, toute combativité enfuie. La douleur rend son visage blessé terne et inexpressif. « Si vous pensez que des médicaments pour réguler l'humeur peuvent avoir un effet positif, je suis prête à essayer, dit-elle. J'essaierai tout ce que vous direz. »

Le médecin rédige l'ordonnance, et David, sidéré, suit Laura hors du cabinet. Il est submergé par la culpabilité. « Chérie, dit-il. Attends-moi là, OK ? » et il se précipite de nouveau dans la salle d'examen, où le docteur Lansing est en train de parachever ses notes.

« David ?

— Excusez-moi, c'est juste... Écoutez. Je crois que je vous ai donné une fausse impression. Laura n'est pas folle. Elle est un peu stressée depuis quelque temps, c'est vrai, mais elle a de bonnes raisons : le boulot, le déménagement. Je n'ai peut-être pas été le meilleur des soutiens. Et je pense... je pense que si elle dit que les démangeaisons sont réelles, nous devrions la croire. C'est tout ce que je dis. C'est tout. »

Le docteur Lansing frotte sa main sur son front profondément ridé. « Je comprends votre inquiétude, répond-il. Vraiment. Mais laissez-moi vous poser une question. » Il ramasse le sachet en plastique de Laura sur la table d'examen, et le tend à David. « Qu'est-ce que c'est selon vous ? »

David fixe le sachet froissé.

« C'est le... truc... qu'elle a trouvé. Là où elle se grattait.

— Mais selon vous qu'y a-t-il là-dedans au juste ?

— Des œufs j'imagine ? ou des larves ? C'est trop petit pour que j'arrive à voir. Mais c'est pour ça qu'elle est venue faire des examens !

— Trop petit pour que vous arriviez à voir, répète le docteur. Mais pas pour Laura. Laura pense voir quelque chose. Vous n'êtes pas certain, mais Laura pense savoir. »

David garde le silence. Il sait où le médecin veut en venir, et il ne veut pas le suivre sur ce terrain. Le docteur Lansing continue : « Ce n'est pas uniquement du stress. Mais ce n'est pas non plus un parasite. C'est un cas d'école de ce qu'on appelle le "signe de la boîte d'allumettes". Cela date de l'époque où les patients arrivaient avec des boîtes d'allumettes vides, en les présentant comme les preuves que des insectes vivaient sous leur peau. Maintenant les gens utilisent des sachets en plastique, ou des Tupperware. Ou prennent des photos avec leur téléphone. Mais les trucs qui sont à l'intérieur restent les mêmes. Des bouts de peau morte. De la saleté, des peluches. Le tout presque trop petit pour le voir, sauf pour quelqu'un dont l'esprit se retourne contre son propre corps, le lacère et le dissèque désespérément pour trouver des preuves de quelque chose qui n'est pas là. »

David écrase le sachet dans son poing. Ce brutal et sournois renversement de sens semble désespérément injuste : que Laura ait fait tellement d'efforts pour essayer de rassembler des preuves de ce qui lui arrive, uniquement pour que ces efforts mêmes servent à démontrer qu'elle perd la tête.

« Docteur Lansing, dit David. Si c'était moi. Si j'étais venu vous voir en me plaignant d'une démangeaison. Vous seriez aussi prompt à ne pas prendre ça au sérieux, dans ce cas ? »

La mâchoire du médecin s'affaisse d'un coup, dans une moue de désapprobation. « Fiston, c'est ce que j'essaie de vous dire. Ce n'est pas que je ne le prends pas au sérieux. Les insectes sont peut-être imaginaires, mais la souffrance de Laura est réelle. Le délire de parasitose peut être un symptôme de dépression, mais aussi un signe précoce de psychose... et c'est très difficile à traiter, précisément parce que les patients sont très rarement prêts à accepter l'aide qui leur est offerte. Aujourd'hui, Laura est disposée à prendre le traitement dont elle a besoin. Si vous l'aimez, ne vous mettez pas en travers de ça. Je vous en prie. »

Et ainsi, Laura commence son traitement, des antidépresseurs mélangés avec ce que le psychiatre auquel on l'a adressée qualifie de neuroleptiques parmi les plus légers. Comme le régime de jeûne, par certains aspects, cela semble bénéfique. Elle prend enfin un peu de repos, même si elle se met à dormir huit heures par nuit, puis neuf, puis dix, et à rajouter de longues siestes l'après-midi. Quand il rentre du travail, David la trouve souvent sur ce canapé taché de lotion. Elle prend du poids, et ses magnifiques cheveux bruns se font plus clairsemés. Mais elle ne se gratte plus comme autrefois, et la plaie de son visage commence à se refermer. Des éruptions continuent tout de même à bourgeonner sur son corps – malgré lui, David continue à les voir comme des piqûres –, pourtant elle résiste à l'envie dévorante de s'y attaquer et, au bout d'un jour ou deux, ça se dégonfle et s'estompe. David se convainc que c'est suffisant, qu'elle est en train de guérir, mais de temps à autre, il regarde la femme aux yeux ternes et aux gestes ralentis sur le canapé, et c'est presque comme s'il la haïssait de lui avoir volé la personne qu'il aimait.

Ils s'enfoncent dans une sorte d'inertie, et David se voit contraint d'affronter la possibilité que cela soit la nouvelle normalité, le mieux que les choses puissent jamais être. Tard le soir, quand Laura dort, David se surprend à revenir à l'idée d'un parasite, un truc plus physique que le mal de vivre. C'est vrai, après tout, que Laura n'a pas l'air seulement déprimée, mais vidée de quelque chose de fondamental. Et si elle était réellement porteuse d'une infestation exotique quelconque, et qu'à cause des élans intempestifs de David, le médecin l'ait reléguée à tort dans le monde des malades mentaux, la droguant pour qu'elle endure sa souffrance en silence ?

Quand bien même cette possibilité l'accable clairement, une fois qu'il s'y accroche, David est incapable de laisser tomber. Il aime Laura, la vraie Laura, cette calamité électrique qu'il a vue pour la première fois en train de renverser de la bière partout sur elle au bar. Mais il ne se souvient pas de la dernière fois où cette Laura a porté du rouge à lèvres de couleur vive. Cette Laura soigne méticuleusement son apparence, de façon à ne pas laisser transparaître son désordre intérieur.

Et, un matin, il invite donc Laura à s'asseoir. Il lui apporte sa couverture préférée, lui prépare du thé. Quand il lui demande comment elle se sent, elle répond le même truc qu'elle dit toujours : « Ça va. » Mais elle a le blanc des yeux d'une teinte jaunâtre, et le bord des narines rouges, comme roussi.

« J'ai réfléchi, dit-il, s'installant sur le canapé à côté d'elle. Je m'inquiète pour toi. Et je me demande si on n'a pas abandonné trop vite l'idée qu'il y a vraiment un truc qui cloche chez toi, je veux dire, avec ta peau. »

Elle médite sur le fond de sa tasse de thé et dit, lentement :

« Parfois, je me le demande aussi.

— Je sais que le Depakote aide. Mais il y a peut-être autre chose.

— Peut-être. J'imagine.

— Ça ne peut pas faire de mal, n'est-ce pas, de prendre un deuxième avis ?

— Genre, un autre psychiatre ?

— Je pensais à un dermatologue. Un bon. » Il ouvre un dossier, et lui montre un tas de documents soigneusement rangés : des articles, extraits de revues validées par la communauté scientifique, qu'il a imprimés au boulot.

« Il y a beaucoup d'indices qui montrent que très

souvent, des maladies de peau réelles – je veux dire physiquement réelles – sont diagnostiquées à tort comme des problèmes psychiatriques. Surtout chez les femmes. Le docteur Lansing est *vieux*. Dans sa génération, ils pensaient que tout était psychosomatique : les fibromyalgies, la fatigue chronique. Si on veut de vraies réponses, il faut qu'on voie de bons médecins. Pas juste bons. Les meilleurs.

— Ça a l'air cher, dit-elle.

— Laura. Je m'en moque. »

Ses yeux s'animent brièvement d'une lueur inattendue, et sa bouche se tord en un sourire familier.

« On pourrait le mettre dans le tableau Excel.

— *Merde* au tableau Excel, répond-il. Laura. Je t'aime. Je vais m'occuper de toi. Ça va aller. »

Ils roulent vitres baissées jusqu'au cabinet du nouveau médecin trouvé par David, et l'air frais leur fouette le visage tandis qu'ils passent leur plan en revue. Ils ont décidé de ne pas apporter le sachet de preuves, qui est toujours dans le réfrigérateur, intact, et d'éviter de mentionner les médicaments qu'elle prend tant qu'il n'y a pas de questions directes. Ils veulent se présenter à neuf, libérés des soupçons qu'ils ont déclenchés sans le vouloir quand Laura a présenté le sachet, quand David a évoqué son stress. Au contraire, elle repartira de zéro : « À part ça je suis en bonne santé. J'ai des démangeaisons. »

Le cabinet de la nouvelle dermatologue est spacieux, peint dans des tons pastel, et dégage une rassurante odeur de propre. Bien que David se porte volontaire pour les accompagner, la docteure, plus professionnelle que le docteur Lansing, demande à voir Laura seule. Vingt minutes s'éternisent en trente, puis en quarante-cinq, et quand Laura ressort, David bondit de son fauteuil.

« Qu'est-ce qu'elle a dit ?

— Elle a dit oui oui, les éruptions, le stress, etc. Elle a insisté au sujet des médicaments, j'ai fini par lui parler du Depakote. Je n'aurais pas dû. Tu avais raison, je l'ai vue changer d'avis. Genre, instantanément. Elle m'a proposé un peeling chimique pour la cicatrice. »

David secoue la tête de déception, mais maintenant c'est Laura qui le réconforte. « On savait que ce serait difficile. Ce n'est que le début. »

C'est vrai. Ils le savaient ; et c'est juste un début. Ils ont pris contact sur le Web avec tout un réseau de personnes souffrant de maladies difficiles à diagnostiquer, des soutiens qui leur ont donné une liste de douze pages de long recensant des médecins bienveillants. Ils trouveront des réponses, même si ça doit prendre une vie entière. David y croit, et il voit dans le regard de Laura, et dans son grand sourire laqué de rouge à lèvres, qu'elle y croit, elle aussi.

S'il s'est représenté ce moment des dizaines de fois, il n'a jamais imaginé qu'il puisse avoir lieu ici : sur le parking morne d'un cabinet médical, le ciel grisonnant de nuages qui défilent rapidement au-dessus d'eux. Et pourtant, dès que les mots commencent à monter en lui, il est incapable de les arrêter et n'en a aucune envie : « Laura, dit-il. Veux-tu m'épouser ? »

Ils se marient une semaine plus tard, au tribunal. Ils n'en parlent à personne – ni à leurs parents, ni à leurs connaissances à San Francisco, ni à leurs amis à New York. Laura s'achète une nouvelle robe, car aucune de ses anciennes ne lui va, et se trouve un joli chapeau vintage qu'elle décore avec un petit bout de voile. Ils demandent à un autre couple clandestin de leur servir de témoins, et posent pour quelques photos prises par des étrangers. Laura a l'air un peu triste en voyant les clichés, et David devine pourquoi : ces photos ne finiront jamais sur une cheminée, pour que des petits-enfants admiratifs s'extasient devant. Laura y apparaît affreusement pâle, et on distingue clairement sous le voile la cicatrice de sa joue. Mais ils pourront recommencer, faire mieux la prochaine fois. Justement : ils ont désormais une infinité d'opportunités de découvrir comment s'aimer l'un l'autre. Ils ont toute leur vie pour y arriver.

Le soir du mariage, David est allongé près de Laura quand un rayon de clair de lune se porte sur son bras. La première piqûre, celle par laquelle tout a commencé, a cicatrisé depuis longtemps pour former une crête brillante. Difficile de croire que quelque chose de si petit ait pu causer tant de dégâts... même une balle aurait à peine provoqué plus de souffrance dans son sillage.

Deux centimètres au-dessus de la cicatrice, une nouvelle papule est apparue dans un renflement de chair tendre, et David passe le doigt dessus. Elle est tiède au toucher, presque fiévreuse, bien que Laura ait par ailleurs la peau fraîche. En la caressant, il la sent soudain palpiter sous ses doigts : le battement d'une paupière, le *tic-tac* d'une montre.

David retire précipitamment sa main et se frotte les doigts pour les débarrasser de cette sensation vivante et perturbante. Il veut croire qu'il l'a imaginée, sauf que ses yeux continuent à lui fournir des preuves : la peau de la papule, tendue comme celle d'un tambour, tremble et se déforme comme s'il y avait quelque chose qui cognait de l'intérieur, essayant de se frayer un chemin vers la sortie.

« Laura, murmure-t-il. Laura, réveille-toi. » Mais elle est partie loin dans quelque rêve chargé de médicaments, et il est impossible de l'en tirer. Il plisse les yeux dans la pénombre tandis que la peau du bras de Laura se ride comme une mer agitée. Et là, sous ses yeux, le cercle de chair enfle, et un trou d'épingle sombre apparaît au centre. Une bulle translucide de sang gonfle lentement au-dessus du trou, et éclate en une giclée rouge, au moment où le parasite qui se nourrit de Laura depuis tous ces mois perce sa chair et se libère en se tortillant.

David s'en empare. Il l'agrippe dans son poing et tire, et celui-ci se défait comme une cordelette vivante. Il l'extirpe de la peau de Laura et le jette, humide et agité de mouvements convulsifs, sur les draps entre eux : cette chose impossible, cette chose inconcevable.

Le parasite humide fouette le lit, un tube d'une quinzaine de centimètres de chair blanche noueuse, bordé de mille pattes frémissantes qui ondulent comme des algues dans cette atmosphère inconnue. Voilà une preuve trop grande pour une boîte d'allumettes, trop puissante pour un sachet en plastique : ils retourneront demain chez le médecin avec cette preuve sans équivoque piégée dans un épais bocal en verre. Elle avait raison depuis le début, et il a eu raison de croire en elle : il était passé tellement, tellement près de tout perdre.

Les voilà désormais sauvés. Il ne sera plus le seul à la croire. Le corps de Laura est peut-être encore infesté de milliers de larves grouillantes, mais leur mère est en train de mourir, et demain, toute la médecine sera du côté de Laura, et l'aidera à combattre l'invasion jusqu'à ce que son sang lui appartienne de nouveau, jusqu'au jour où elle sera à nouveau légère, libre et pure.

Le parasite se tord dans un dernier spasme violent et, tandis que David l'observe, le ver se cabre, aveugle et affamé, et l'une de ses pattes frôle son visage. David l'agrippe, mais c'est trop tard : le ver s'accroche à lui et plonge, pénétrant de force à travers le point sensible entre l'œil et l'os, dans une explosion aveuglante de douleur blanche.

David sent ses mille pattes fourmillantes danser à l'intérieur de sa joue, égratigner son crâne, caresser et chatouiller la surface de son cerveau. Puis la sensation s'affaiblit et s'évanouit, ne lui laissant rien d'autre qu'une démangeaison au point d'entrée, et une papule bouffie, aussi petite qu'une piqûre de moustique, à la base de l'œil. À ses côtés, Laura roule sur elle-même, gémit et se gratte dans son sommeil, et David s'effondre près d'elle tandis que le monstre né sous la peau de son amante pulse dans ses veines, nageant avec un instinct infaillible vers son cœur.

PULSION DE MORT

OK, donc c'était il y a un moment, à l'époque où j'habitais encore à Baltimore et où je me sentais vraiment foutrement seul. C'est ma seule excuse, à supposer d'ailleurs que j'en aie une : j'étais au chômage et je louais une chambre à la semaine dans un motel, à l'autre bout du pays par rapport à tous les gens que je connaissais, et je vivais sur mes cartes de crédit tout en essayant de « me trouver ». C'est-à-dire me défoncer et me bourrer la gueule en permanence, et dormir genre dix-huit heures sur vingt-quatre.

À peu de choses près, les seules personnes à qui je parlais régulièrement à cette époque-là étaient les filles que je rencontrais sur Tinder. J'étais dans ma chambre, à boire, regarder des pornos et jouer à des jeux vidéo, et soudain il me venait à l'esprit que je n'avais pas causé avec une personne vivante depuis une semaine ou deux, sans parler de quitter ma chambre, de changer de vêtements ou de manger quelque chose qui n'ait pas été livré dans une boîte en carton. Je me mettais à swiper, pour essayer de trouver une fille qui puisse m'aider à me sentir comme un être humain pendant un petit moment. Quand j'y arrivais, on se retrouvait dans un bar et on discutait pendant une heure, et puis la fille venait chez moi pour baiser. Je ne voyais jamais la même fille plus d'une poignée de fois. Ce n'était pas fait exprès, en réalité. C'était juste comme ça que les choses se passaient.

Le truc que je suis en train de vous raconter s'est passé avec une de ces filles. Elle était mignonne – petite, blonde, de quelque part dans le Midwest je crois. Rien qu'en voyant son profil je savais qu'on n'avait rien en commun. Et ce n'était pas sa faute – en fait je n'avais vraiment rien en commun avec personne, à cette époque-là. J'étais encore en plein divorce et je ne parlais à personne de ma famille à part à mon frère, quelque chose comme une fois tous les quinze jours… Écoutez. Je savais que je n'étais pas du tout en état d'avoir une relation, et je n'avais pas l'intention d'infliger à qui que ce soit ma présence sur le long terme. J'étais au moins capable de ce degré de lucidité sur moi-même.

Donc cette fille et moi, nous nous envoyons des messages, et je lui raconte quelques trucs sur moi, ma situation, rien de profond. Elle semble raisonnablement intéressée, alors je lui demande si elle veut qu'on se retrouve pour boire un verre. Elle répond qu'elle ne boit pas, et je dis : OK, on peut se prendre un dessert ou un truc comme ça, pas de souci. Et alors elle dit : En fait, si ça te va, je peux peut-être tout simplement passer ?

Ça arrivait parfois de rencontrer ce genre de franc-parler sur Tinder. Pas souvent, parfois. J'étais toujours partant mais, intérieurement, je me disais chaque fois : Waouh, c'est courageux. Parce que je sais que je ne vais pas te violer et te tuer, mais comment est-ce que *toi* tu le sais ? Évidemment, ce n'était pas le genre de question que je pouvais leur poser en vrai. Je me demandais, c'est tout.

Donc maintenant cette fille vient chez moi, et je cours dans tous les sens pour essayer de faire un peu le ménage, parce que cette chambre est une porcherie et que le cochon qui y vit, c'est moi. Je prends une douche, je me rase et je fourre des trucs dans le placard, pour essayer de donner l'impression que je suis le genre de personne qui change régulièrement de sous-vêtements, alors qu'en vrai, si Tinder n'existait pas, j'aurais sûrement porté le même boxer incrusté de merde tellement longtemps que j'aurais déclenché une infection mortelle.

Je suis encore en train de faire ce que je peux pour me rendre un tout petit peu moins répugnant quand on frappe à ma porte. Avant de l'ouvrir, je regarde à travers le judas, juste pour m'assurer que c'est elle. Qui d'autre ça pourrait bien être, hein ? Mais j'étais dans une phase un peu paranoïaque, sûrement à cause de toutes ces drogues. Et la voici : cette fille adorable, les cheveux relevés en queue-de-cheval haute comme une pom-pom girl, et elle porte un petit tee-shirt rose et un jean, et ma première pensée, c'est : *oh, putain, ouais*. Parce qu'on ne sait jamais, quand ces filles apparaissent dans la vraie vie, à quoi elles vont ressembler. On peut faire des sacrés tours de passe-passe de nos jours avec des filtres et ce genre de conneries. Mais la deuxième chose que je remarque, c'est qu'elle a une valise avec elle. Pas une grosse – c'est un de ces sacs à roulettes, du genre qu'on peut emmener en bagage à main dans l'avion. Bizarre, hein ?

J'ouvre la porte, et la première chose que je fais, c'est de blaguer sur la valise : Waouh, combien de temps t'as prévu de rester ? Elle rit, et je dis : Non, sérieusement, tu trimballes quoi là-dedans ? Du maquillage ou un truc comme ça ? Elle a un sourire en coin, genre elle a un secret, et ensuite elle me fait un clin d'œil et répond : Si t'as de la chance, tu le découvriras peut-être.

Il y avait toujours ce moment, quand j'invitais des filles, où elles réalisaient que je vivais vraiment dans une chambre de motel, que je ne faisais pas qu'y passer. Je le leur disais toujours avant – je les mettais en garde, en fait –, mais parfois, elles ne pouvaient pas vraiment y croire avant de l'avoir constaté de leurs propres yeux. Même quand je me débrouillais à peu près sur le ménage, je ne pouvais dissimuler le fait que la situation était foutrement sinistre. Si elles avaient l'air vraiment catastrophées, je leur proposais toujours de les emmener ailleurs, mais aucune ne m'a jamais pris au mot. Je crois que, passé le choc initial, elles étaient simplement désolées pour moi, la plupart du temps.

Mais cette fille... si elle en a quoi que ce soit à foutre de mes conditions de vie, elle n'en laisse rien paraître. Elle franchit nonchalamment la porte avec sa valise derrière elle comme une hôtesse de l'air, et puis elle se dirige vers le lit et saute directement dessus, genre : allons-y ! Elle n'enlève même pas ses putains de chaussures. Et je sais que c'est un peu ridicule, après tout ce que je viens de dire sur l'état de décrépitude dans lequel je vis, mais ça me fait chier. On se connaît depuis tout juste trente secondes, et tu te pointes avec ta valise et tes saloperies de chaussures sur mon lit, faudrait voir à te calmer un peu, là, vu ? Les chaussures sont pas mal, en soi – des Keds, peut-être ? –, mais un peu éraflées, et il y a une trace brune, je prie pour que ce soit de la boue, sous l'une des semelles. Probablement que si j'avais été dans un autre état mental, j'aurais dit quelque chose du genre : Hé, ça te dérange d'enlever tes chaussures avant de monter sur le lit ? Et on n'en aurait pas fait toute une affaire. Mais je suppose que c'était là tout le problème, à ce moment-là, mon incapacité à gérer les interactions humaines normales. Je savais que je surréagissais – selon toute vraisemblance, l'édredon avait carrément vu pire. Ça m'arrivait d'y penser parfois, quand je n'arrivais pas à dormir : comme le couvre-lit aurait brillé de mille feux sous la lumière noire, avec toutes les traces de merde, de sang, de pus et de foutre étalées partout dessus et, par extension, partout sur ma peau. Et maintenant je me dis, pourquoi est-ce que je n'ai pas porté le couvre-lit au pressing, si ça m'embêtait tellement ? Mais je ne l'ai pas fait. C'était ça ma vie, à l'époque.

Revenons à cette fille. Elle est sur mon lit. Je lui propose de boire un coup avant de me souvenir que ce n'est pas son truc. Elle répond : Je veux bien un verre d'eau, et je lui demande si elle veut des glaçons avant de réaliser que je n'en ai pas, et donc elle doit se contenter d'eau du robinet tiède dans un gobelet en carton. Franchement, je suis au top. Mais, encore une fois, elle semble n'en avoir rien à faire. Je lui demande si elle a envie de regarder un film, et elle dit OK, mais sur un ton genre : *Toi et moi on sait tous les deux qu'il n'y aura pas de séance de cinoche de soir*. Ce qui me va. Il y a des filles qui savent ce qu'elles veulent, et parfois ce qu'elles veulent c'est tirer un coup au hasard dans une chambre de motel avec un type pas trop mal, rencontré sur Internet. Les gens qui surestiment la différence entre ce que les hommes et les femmes veulent au lit ne savent pas de quoi ils parlent, à mon avis. Peut-être que la femme moyenne est un tout petit peu plus conservatrice que le mec moyen, mais il se passera toujours des trucs sacrément dingues à l'extrémité de la courbe. Simples statistiques, pas vrai ?

Très vite, on est en train de se chauffer, et puis de plus que se chauffer, et puis je prends l'initiative de chercher un préservatif, et elle m'interrompt : « Attends. » OK, je me dis, elle ne veut pas coucher, juste faire des trucs. C'est plutôt courant. Honnêtement, ça ne me dérange même pas. Je préférerai toujours une pipe pleine d'entrain à un rapport sans enthousiasme.

Mais au lieu de ça elle dit : « Il y a un truc que tu dois savoir à mon sujet. »

Je dis : « Quoi ? »

Elle dit : « Le truc avec moi, c'est que j'ai des goûts vraiment très précis sur ce qui me plaît au lit. Et le seul moyen pour que je prenne mon pied, sexuellement, c'est que tu fasses exactement ce que je te dis de faire, exactement de la manière qui me plaît. »

Rappelez-vous, c'est la première fois qu'elle me dit autant de mots d'affilée depuis qu'on s'est rencontrés.

Je suis un peu déconcerté. Mais je réponds : « OK, d'accord. Pas de problème. Dis-moi. »

Elle dit : « Je veux que tu acceptes de respecter mes souhaits, et de faire ce que je te demande, parce que c'est vraiment important pour moi. »

Je réponds : « Enfin, d'accord, je te respecterai, évidemment, mais je ne peux pas dire que je vais faire un truc avant de savoir ce que c'est. »

Ça semble raisonnable, pas vrai ? Pourtant elle s'irrite un peu. Je le vois sur son visage, comme si elle avait voulu que je dise oui tout de suite, sans poser de questions. Et elle est mignonne et tout, mais franchement...

Avec une voix basse, suave, genre sexe au téléphone, comme si elle s'apprêtait à suggérer le truc le plus sexy et le plus cochon du monde, elle dit : « Je veux qu'on aille dans la douche, ensemble. Et je veux qu'on s'embrasse, tu vois, qu'on se caresse et qu'on se chauffe un peu. Le truc normal. Et ensuite, après un petit moment – et ce point est très important – quand je ne m'y attends pas, je veux que tu me balances un coup de poing au visage aussi fort que tu peux. Une fois que tu m'as frappée, quand je suis tombée, je veux que tu me donnes un coup de pied dans l'estomac. Et après on pourra faire l'amour. »

Vous feriez quoi dans cette situation ? Sérieusement, je vous pose la question. Parce que voilà ce que je fais moi : je lui ris au nez. Je lui ris carrément au nez. Pas parce que c'est drôle, mais juste parce que... je ne sais même pas pourquoi. Je ris, et je ris, et comme elle ne rit pas avec moi, je me contente de la regarder en clignant des yeux, jusqu'à ce qu'elle finisse par dire, lentement : « C'est ça que je veux. Frappe-moi, et donne-moi un coup de pied, et après, une fois que tu l'auras fait, on pourra faire l'amour. »

Dans ma tête, je me dis : Bon d'accord, cette personne est dingue.

Ou alors elle se fout de moi.

Ou alors c'est un genre de test, et on est dans une téléréalité ou un truc comme ça.

Mais j'ai envie de me montrer poli, alors tout ce que je dis c'est : « Je suis désolé, je respecte tes désirs et tout, mais c'est pas vraiment mon truc. »

Et elle répond : « Ça n'a pas d'importance que ce soit ton truc ou pas. C'est *mon* truc. Et j'ai besoin qu'il se passe ça si on veut baiser. »

Cette situation était foutrement inconfortable, putain. Elle se contente de me fixer, elle patiente, elle s'attend à ce que j'accepte de faire ce truc que je ne vais évidemment pas faire, et je ne sais pas quoi dire, mais elle ne me donne aucune piste, et ça semble insensé de dire simplement, bon ben voilà alors, à plus, meuf. Et donc je finis par dire : « Ça t'embête pas si on continue à se chauffer un petit moment, comme ça j'y réfléchis ? »

Elle dit oui, et c'est donc ce qu'on fait. Pendant tout ce temps-là, mon cerveau mouline à fond. Je pense : Non, absolument pas, je suis pas là pour flanquer un coup de poing à une inconnue, mmhmmh, pas moyen. La vérité, c'est qu'elle ne savait même pas ce qu'elle demandait. Pas possible. Elle était petite, peut-être cinquante kilos à vue de nez, et je suis plus costaud que je n'en ai l'air. Si je la frappais de toutes mes forces, en fait elle avait de sérieux risques de mourir, putain. Et même si c'était un genre de coup monté, si par exemple son plan était de me menacer ensuite de me livrer à la police et de me faire chanter, ou que son copain venait la sauver et me casser la gueule parce que c'est ce qu'il lui faut à *lui* pour prendre son pied, n'empêche qu'elle ne savait pas ce qu'elle faisait, à me demander de la frapper aussi fort.

Mais bien sûr, parce qu'elle est mignonne et qu'on est toujours en train de s'emballer et que ça me plaît, mon cerveau finit par essayer de trouver un moyen de considérer la situation qui puisse faire passer cette requête absurde pour quelque chose de pas si complètement dingue que ça. Peut-être qu'elle se trompe sur le degré de force qu'elle me demande d'utiliser, mais à part ça, elle sait ce qu'elle veut. Genre, il y a une gradation dans les coups de poing, et ce qu'elle veut, c'est être frappée d'une manière qui ne mette pas réellement sa vie en danger. Peut-être que bloquer sur les termes *aussi fort que tu peux*, c'est juste se laisser égarer par la sémantique. Cette fille veut que je la frappe, parce que c'est ça qui l'excite et, quand on y pense, ce n'est pas *si* différent d'une fille qui veut qu'on la gifle, qu'on lui mette une fessée ou qu'on l'étrangle, toutes choses que j'ai déjà faites, avec plus ou moins d'enthousiasme et de réussite. OK, je me dis, cette fille a un vice, et il est plutôt flippant. Va savoir où elle a trouvé ça... enfin bon, j'imagine, et il y a des tas de possibilités sinistres, je n'ai pas envie de m'aventurer trop loin sur cette pente. Mais quelle que soit la raison, maintenant elle a ce truc, et elle n'y peut rien, forcément (c'est comme un fétichiste du pied ou même un pédophile), vu qu'on n'a aucun contrôle sur ce qu'on désire : tout ce qu'on peut contrôler, c'est ce qu'on en fait. Cette fille gère ses désirs d'une façon parfaitement mature et responsable : elle t'en a parlé, les yeux dans les yeux, elle n'a pas attendu que vous ayez eu genre trois rencards et que vous soyez dingues l'un de l'autre. Elle a été franche et elle t'a donné le choix. D'une certaine manière, elle se rend vulnérable devant toi, en te demandant de faire ce truc qui pourrait pousser beaucoup de gens à la juger. Oui, elle a eu l'air un peu autoritaire et rigide là-dessus, mais la vérité c'est qu'elle a été honnête, ouverte et directe et, d'une certaine façon, tu ne peux qu'admirer ça.

Donc maintenant j'en suis au moment où je me demande à moi-même : Est-ce que je *peux* la frapper ? Pas aussi fort que j'en suis capable, mais juste genre... symboliquement ? En supposant qu'après, elle sera carrément super excitée et qu'on couchera ensemble et que ce sera fantastique. Pourquoi pas, hein ? Mais quand même, je me demande... qui fait une chose pareille ? Quel genre de personne va rencontrer un type qu'elle n'a jamais vu et lui demande de la frapper aussi fort qu'il peut ? Quelqu'un qui a une pulsion de mort, voilà le genre de personne. Et même en mettant de côté ma propre aversion naturelle pour l'idée d'introduire des coups dans une situation sexuelle, qu'est-ce que je fous, à baiser une fille qui a envie de mourir ? Quel genre de mec est-ce que ça fait de moi ?

Le truc, c'est que je pense à ça *maintenant*. J'aurais bien aimé pouvoir prétendre que je n'y pensais pas à ce moment-là : que j'étais trop enveloppé dans un brouillard dépressif pour que ça me vienne à l'esprit. Mais en fait ça *m'est* venu. J'y ai pensé, mais ensuite j'ai juste... laissé couler. Comme si ma conscience était une paire de freins aux patins usés. Je n'avais pas envie de frapper cette fille, mais la situation était entraînée par son propre élan, eh, ouais, c'est vrai, elle était tordue, mais la vérité, c'est que toutes ces filles sur Tinder qui venaient me rencontrer et coucher avec moi dans ma chambre de motel, elles étaient toutes plus ou moins tordues. Les nanas dotées du *moindre* instinct fonctionnel de survie… elles me sentaient venir à deux kilomètres. J'imagine que c'était le cas de toutes les filles, d'une manière ou d'une autre. Certaines étaient juste attirées par l'odeur. Parce que, soyons honnête, cette fille-là n'aurait jamais demandé à un putain d'agent immobilier de la cogner, ni à un étudiant. Elle avait reconnu en moi quelqu'un qui lui donnerait ce qu'elle voulait. J'avais ouvert la porte, et elle s'était dit, ouaip, ça ressemble à un mec qui pourrait prendre plaisir à me mettre son poing dans la figure. Être considéré ainsi… c'était perturbant. Mais ce qui l'était encore plus, c'est qu'à première vue, elle avait raison. Peut-être que j'avais ce désir en moi, même si je ne le voyais pas. Et peut-être qu'en faisant ce qu'elle me demandait, je pourrais soit m'en débarrasser, soit prouver qu'il n'existait pas.

Alors je lui demande, une dernière fois : « Est-ce que t'es *sûre* de vouloir faire ça ? »

Elle répond : « Je suis sûre. »

Je dis : « Tu ne veux pas plutôt qu'on se fasse des câlins et qu'on regarde un film ? »

Elle glousse, et répond, un peu moqueuse : « Quoi, t'as peur ou quoi ? »

Je m'apprête à nier, mais ensuite je me dis : Pourquoi

ne pas dire simplement la vérité ? Alors je réponds : « Oui, en fait oui. »

Elle pose la main sur la mienne, comme pour me rassurer.

« Je sais que c'est étrange, dit-elle. Je ne veux pas te faire flipper.

— Je crois que j'ai seulement besoin d'un peu de temps pour me faire à l'idée, je lui réponds. Je n'ai encore jamais mis un coup de poing dans la figure à une fille. »

En fait, je n'ai jamais mis de coup de poing dans la figure à personne, mais ça je ne le dis pas : je n'ai pas envie de passer pour un amateur.

Elle rit. « Aucune expérience requise ! Ce serait un honneur d'être ta première. »

En lui voyant ce sourire, j'ai soudain envie de lui poser un million de questions, du genre, mais bon sang qu'est-ce qui t'a conduite à en arriver là, et d'où tu viens, et est-ce que t'as des frères et sœurs, et c'est quoi ton boulot, et quelle est la première chose dont tu te souviennes, et c'est quoi ta couleur préférée, et oh, au fait, qu'est-ce qu'il y a dans cette valise que t'as apportée ?

Mais avant que je puisse ajouter quoi que ce soit, elle me presse à nouveau la main.

« Tu n'as aucune raison de t'en faire, dit-elle. Tu vas être super, je te le promets.

— Je ne suis pas très sûr de ce que ça dit de moi.

— Ça veut dire que je te fais confiance », et elle m'embrasse sur la joue.

Je ne sais pas si c'est vrai, mais c'est ce que j'ai

besoin d'entendre. Je réponds : « OK. Si t'es sûre que c'est ce que tu veux, alors je vais le faire. »

Son visage s'éclaire comme un putain de sapin de Noël. Elle m'embrasse à nouveau, saute du lit d'un bond et court dans la douche pour voir de quoi ça a l'air. Alors, ce n'est sans doute même pas la peine de le préciser, mais il n'est pas question ici d'une salle de bains genre escapade romantique avec savon grand luxe et douche à effet pluie : c'est une petite cabine crasseuse de motel, avec de la moisissure sur les carreaux et des taches d'origine mystérieuse sur les murs. Une part de moi au moins s'attendait à ce qu'elle voie ça et change d'avis. Mais point du tout : elle ouvre le robinet et entre tout droit là-dedans.

Elle est très belle nue, même sous les néons de la salle de bains – elle a ce type de petit corps parfait pour la position de la toupie qui me plaît beaucoup –, mais, en même temps, je l'inspecte discrètement pour repérer d'éventuels bleus, me demandant si je suis genre le troisième type à qui elle a demandé de la cogner cette semaine. Elle ne porte aucune marque, cependant. Pas de coupures, rien. C'est une fille à l'allure parfaitement normale.

Je rentre dans la douche avec elle, et nous nous embrassons, et ensuite elle se baisse pour s'occuper un peu de moi, mais je ne réagis pas vraiment à cause de la pression de ce qui va arriver après. Très vite, il est clair qu'il faut oublier la pipe, alors je dis : « Eh, on n'a qu'à se peloter », et c'est ce qu'on fait, mais au bout de quelques minutes elle s'écarte et se met à se savonner, le regard fixé par-dessus mon épaule comme s'il y avait un truc super intéressant là-haut.

Je comprends que c'est sa manière de signifier qu'elle ne fait pas attention, et que ce serait le bon moment pour un coup de poing.

Alors je lui flanque un coup de poing. Mais pas vraiment. C'est juste la plus légère et la plus délicate des tapes. Comme si je faisais « pouf » sur son nez avec mon poing.

Pitié, pourvu que ça suffise, je me dis.

Mais non. Pendant une seconde, son visage affiche un air de mépris absolu.

Elle dit : « J'ai besoin que tu prennes ça au sérieux, Ryan. Ça c'est *pas* aussi fort que tu peux. Frappe-moi pour de vrai. OK ? »

Elle se met à se shampouiner les cheveux, ce qui me fait gagner un peu de temps, mais je vois bien que, genre l'horloge est en train de tourner, et maintenant j'ai cette terreur en moi, dans mon corps, et je la sens qui se manifeste : cette faiblesse dans mes bras, ce serrement de poitrine. Il y a un seuil entre le moment où c'est pour rire et le moment où c'est pour de vrai. Il faut que je vise le point où ce n'est pas assez pour lui faire vraiment mal, mais assez pour la satisfaire, et c'est une zone dangereusement étroite. Le risque d'erreur de calcul est élevé. Bien sûr, une petite part de mon cerveau me dit : Mec, t'as pas besoin de faire ça, t'as pas besoin de t'embarquer là-dedans. Mais il y a une autre part de moi qui se souvient du moment où elle s'est excusée de m'avoir fait flipper, et que je lui ai juré que sa demande ne faisait pas d'elle quelqu'un de complètement tordu. Je ne veux pas me rétracter. J'ai envie d'être capable de lui donner ce qu'elle m'a demandé, j'en ai vraiment envie.

Pulsion de mort

Et alors on est donc dans cette situation absurde où elle n'arrête pas de me jeter des petits coups d'œil de plus en plus insistants, genre allez mec, vas-y quoi, fais-le, fous-moi ton poing dans la figure, et l'eau est en train de refroidir et elle commence à vraiment s'agacer, mais comme elle doit faire comme si elle ne savait pas que ça va venir pour que ça marche, elle continue à shampouiner ses cheveux à n'en plus finir et à pousser des soupirs, et je serre le poing et je me hurle dessus : Fais-le, fais-le, fais-le...

Et je le fais. Je prends de l'élan et je la cogne, pour de vrai.

Elle s'effondre. En tombant, elle laisse échapper ce long « ouuuuuuuf » mélodramatique, et quand elle heurte le sol, il y a un petit filet de sang qui dégouline de son nez en direction de la bonde. Un tout petit. Mais quand même.

Je fais : « Merde ! Est-ce que ça va ? »

Immédiatement, j'ai carrément la nausée. Je pense : Oh, mon Dieu, et si elle était morte ? J'imagine mon arrestation, ma comparution au tribunal, ma mère qui pleure tandis qu'on m'expédie en prison couvert de chaînes. Je pense : Je vais devoir me débarrasser de son corps, parce que personne ne me croira jamais si je dis la vérité.

Je me penche pour prendre son pouls. Elle ouvre les yeux, et comme si j'étais son partenaire débile dans une pièce de lycée, et que j'avais oublié mon texte, elle siffle : « Je vais *bien*, mais t'es censé me donner un *coup de pied* maintenant. »

Elle referme les yeux, et laissez-moi vous dire une chose, à ce moment précis, je haïssais cette fille, et je suis à peu près sûr qu'elle me haïssait aussi. Je savais exactement ce qu'elle était en train de se dire : elle s'était mise en quête d'un vrai dur prêt à l'accompagner dans les bas-fonds obscurs où elle était engluée, peu importe lesquels, mais au lieu de ça elle s'était retrouvée avec ce lâche minable, un type trop tordu pour lui dire d'aller se faire voir, mais aussi trop flippé pour faire ce qu'il avait dit qu'il ferait.

Je n'avais même pas tellement réfléchi au coup de pied jusque-là, parce que j'avais complètement bloqué sur le coup de poing, mais maintenant ça semble encore pire de lui flanquer un coup de pied alors qu'elle gît là les yeux fermés, sans défense, toute recroquevillée en position fœtale, comme si elle essayait de se protéger de moi. Il y a même un dicton là-dessus, comme quoi c'est vraiment mal de frapper quelqu'un qui est déjà à terre. Je suis debout au-dessus d'elle, dans cette douche de motel glaciale et pleine de moisissures, à essayer de bouger ma jambe, et je ne peux pas, je ne peux pas le faire. Mais je sais que tant que je ne le ferai pas, ça ne se terminera pas. Peut-être que, dans un univers alternatif, une version de moi la ramasse, l'enveloppe dans une serviette et lui dit : « Ma chérie, je te respecte mais tu mérites mieux, on mérite mieux tous les deux », ou ce genre d'absurdités. Mais, si je vivais dans cet univers, elle ne serait pas là, je ne vivrais pas dans ce motel ; ou au minimum, cette version de moi aurait mis cette saloperie d'édredon au pressing, lui aurait dit d'enlever ses chaussures de mon lit. Voilà un monde qui aurait eu du sens. Mais dans ce monde-ci, je regarde cette fille à mes pieds, et je me dis : Putain, va te faire foutre, ma belle, parce que je savais que ma vie était merdique... mais je ne réalisais pas vraiment à quel point elle était merdique jusqu'à ce que tu t'amènes.

En désintox, on parle de ce que ça fait de toucher le fond, et j'ai envie de dire que c'était ça mon fond, planté au-dessus de cette fille nue, à me préparer à lui envoyer un coup de pied dans le bide. Ce mélange de responsabilité et d'impuissance... Vraiment, planté au-dessus d'elle, j'ai vu avec une clarté absolue que je n'avais personne d'autre à qui m'en prendre, que j'étais le seul qui avait laissé ma vie partir complètement en vrille. Tout ce que j'avais pu faire m'avait conduit jusqu'à ce point. Tous mes choix m'avaient amené précisément ici, à ça.

Mais si ça avait *vraiment* été le fond pour moi, j'aurais changé, pas vrai ? Voir la lumière aurait eu un impact sur moi, ça m'aurait aidé d'une façon ou d'une autre. Sauf que non. Je me suis juste senti encore plus mal.

Et donc, finalement, je le fais. Je lui balance un coup de pied dans l'estomac, exactement comme elle me l'a demandé.

Et c'est à ce moment-là que je comprends pourquoi tout le truc devait se passer dans la douche, parce qu'elle vomit. Une gerbe de gruau beige jaillit de sa bouche, se mélange à l'eau et tourbillonne autour de mes chevilles, et à ce moment précis ma mémoire fait *pschitt* comme une télé qui lâche, mais je peux vous dire que c'était tellement pire que ce que j'avais imaginé, c'était vraiment vraiment vraiment vraiment affreux.

Après, elle se rince à peine. Elle ne touche même

pas au savon, elle se met simplement au lit et me fait signe, et cette petite voix dans ma tête est littéralement en train de *hurler*, c'est juste genre Ryan, stop stop stop, par pitié, mais je n'en fais rien, je la baise, juste là sur cet édredon de motel, et je retiens mon souffle pour ne pas sentir le vomi, et elle a cette croûte de sang qui tapisse l'intérieur de ses narines et l'espace entre le nez et la lèvre supérieure, qui est le pire putain de truc que j'aie jamais vu.

Je ne sais pas.

Quand j'essaie de reconstituer l'état dans lequel je me trouvais, à ce moment-là de ma vie, de comprendre comment j'en suis arrivé là, à ce coup de poing, à ce lit, à cette fille… je n'y arrive pas. Je vois bien à quel moment certaines mauvaises décisions ont pu entraîner d'autres mauvaises décisions, mais je ne parviens pas à suivre le fil jusque-là ; c'est comme si j'imaginais une courbe, le long de laquelle je dégringole de plus en plus bas, et soudain je suis hors écran radar, invisible, et puis, au bout d'un petit moment, la ligne remonte à nouveau, et je ne sais pas ce qui s'est passé entre temps. Parce que le pire, ce n'était pas de la cogner, ni de la baiser après, ni de m'agenouiller au-dessus de la cuvette dans la salle de bains avec des haut-le-cœur, une fois que c'était fait. C'est ce que j'ai ressenti après, quand c'était terminé, quand elle était partie et que j'étais seul.

Je n'ai jamais su ce qu'il y avait dans cette valise. Peut-être que c'étaient des sex toys, ou de la lingerie. Peut-être des accessoires fétichistes. Peut-être des gants de boxe. Peut-être que c'était une bombe : un taré lui avait dit un truc genre, va dans cette chambre et demande à un type de te cogner, parce que si tu ne le fais pas je vous expédie tous les deux direct dans l'au-delà. Peut-être que la valise était vide. Peut-être qu'elle était sans-abri, et que c'était tout ce qu'elle possédait. Elle m'a bloqué sur Tinder juste après être partie – sérieusement, ça s'est passé tellement vite que je pense qu'elle a dû le faire sur le parking – donc je ne le saurai jamais.

C'était une fille qui avait des tas de problèmes, manifestement. On avait tous les deux des trucs à régler, mais je peux dire en toute franchise que c'était la seule personne que j'aie jamais rencontrée qui était sans aucun doute aussi tordue que moi, et donc apparemment on avait au moins ça en commun, pas vrai ?

Pas très longtemps après que tout ça s'est passé, mon frère s'est pointé à Baltimore et a organisé une intervention. Mon divorce a été prononcé, et j'ai fini par trouver un job et quitter la ville, j'ai commencé à aller à une réunion de temps à autre, même si je n'ai jamais réussi à suivre toutes les étapes. La ligne de ma vie ne s'est mise à remonter peu à peu que lorsque j'ai réussi à nouveau à trouver du sens à mes actes. Je pouvais représenter mes décisions sur un graphique ; même quand je faisais de mauvais choix, je pouvais vous en donner les raisons. Je pouvais dire, j'ai fait x à cause de y.

Ça fait des années, mais je pense toujours à elle. Jacquelyn, elle s'appelait. Je m'interroge sur elle, sur ce qui l'avait conduite à en arriver là, sur le contenu de sa saloperie de valise, sur ce qu'elle fait maintenant. À la fin, je parviens toujours à la même conclusion :

elle doit être morte, pas vrai ? À la façon dont elle m'a parlé, la précision avec laquelle elle a expliqué ce dont elle avait besoin... je n'étais pas la première personne à qui elle demandait de la frapper comme ça. Je sais que non. Et il y a une issue naturelle à ce type de décisions. Si vous entrez x, vous obtenez y. Vous ne pouvez pas continuer à rencontrer des types dans des chambres de motel et leur demander de vous cogner sans finir morte un jour ou l'autre, non ?

Mais qui sait.

Peut-être que si.

À PLEINES DENTS

Ellie aimait mordre. Elle mordait les autres gamins en maternelle, mordait ses cousins, mordait sa mère. À l'âge de quatre ans, elle allait chez un médecin spécialisé deux fois par semaine pour « travailler » sur cette manie de mordre. Chez le médecin, Ellie prenait deux poupées et les faisait se mordre, et puis les poupées parlaient de ce qu'elles ressentaient quand elles mordaient et quand elles étaient mordues. (« Ouille », disait l'une. « Désolée », disait l'autre. « Ça me rend triste », disait la première. « Ça me rend heureuse, disait l'autre. Mais… désolée encore. ») Elle réfléchissait à des listes de choses qu'elle pourrait faire au lieu de mordre, comme lever la main et demander de l'aide, ou prendre une grande inspiration et compter jusqu'à dix. Suivant la suggestion du médecin, les parents d'Ellie accrochèrent un tableau à la porte de sa chambre, et sa mère y ajoutait une étoile dorée en guise de bon point pour chaque jour où elle n'avait pas mordu.

Mais Ellie adorait mordre, encore plus qu'elle n'aimait les bons points, et elle continua à mordre avec une joie farouche jusqu'à ce qu'un jour, après la maternelle, la jolie Katie Davis la montre du doigt et chuchote tout fort à l'attention de son père : « Celle-là, c'est Ellie. Personne ne l'aime. Elle *mord* les gens. » Ellie se sentit tellement morte de honte qu'elle ne mordit plus personne pendant plus de vingt ans.

***

Adulte, même si l'époque où elle mordait pour de vrai était derrière elle, Ellie se laissait encore aller à des rêveries dans lesquelles elle traquait ses collègues partout dans le bureau, pour les croquer. Par exemple, elle s'imaginait se faufilant dans la salle de reprographie où Thomas Widdicomb était en train de compiler des rapports, si absorbé par sa tâche qu'il ne remarquait pas Ellie rampant derrière lui à quatre pattes. *Ellie, mais, bon sang...*, s'écrierait Thomas Widdicomb au tout dernier instant, juste avant qu'elle ne plante ses dents dans son mollet rebondi et poilu.

Car si le monde avait réussi à faire assez honte à Ellie pour qu'elle arrête de mordre, il ne pouvait lui faire oublier le bonheur de s'approcher sur la pointe des pieds derrière Robbie Kettrick pendant qu'il se tenait devant la table de travaux manuels, en train d'empiler des cubes d'un air suffisant. Tout est normal, tranquille, ennuyeux, et voilà qu'arrive Ellie – *CROC !* Maintenant Robbie Kettrick braille comme un bébé et tout le monde hurle et s'affole, et Ellie n'est plus juste une petite fille, mais une créature sauvage, qui vadrouille dans les couloirs de la maternelle en semant le chaos et la destruction sur son passage.

À pleines dents

La différence entre les enfants et les adultes, c'est que les adultes comprennent les conséquences de leurs actes, et Ellie, en tant qu'adulte, comprenait que si elle voulait payer son loyer et conserver sa mutuelle, elle ne pouvait pas se balader au boulot en mordant les gens. Donc, pendant longtemps, elle n'envisagea pas sérieusement de mordre ses collègues – pas jusqu'à ce que le responsable administratif meure d'une crise cardiaque au déjeuner, devant tout le monde, et que la boîte d'intérim envoie Corey Allen pour le remplacer.

Corey Allen ! Plus tard, les collègues d'Ellie se demanderaient entre eux : Mais qu'est-ce qui avait bien pu passer par la tête des types de la boîte d'intérim pour l'envoyer, lui ? Corey Allen avec ses yeux verts, ses cheveux blonds et ses joues roses n'avait rien à faire dans un contexte de bureau. La place de Corey Allen, tel un faune ou un satyre, était dans un champ inondé de soleil, entouré de nymphes nues et joyeuses, à faire l'amour et à boire du vin. Comme le disait Michelle de la compta, Corey Allen donnait l'impression qu'il était capable, à tout instant, de décider de démissionner de son poste de responsable administratif et de filer vivre dans un arbre. Ellie, qui n'était pas très intégrée au boulot, débarquait souvent au milieu de conversations à voix basse au sujet de Corey Allen, probablement centrées sur la folle envie des autres femmes du bureau de coucher avec lui. Corey Allen était d'une beauté surnaturelle.

Ellie n'avait pas envie de coucher avec Corey Allen. Ellie avait envie de le mordre, un grand coup.

Elle en avait pris conscience en regardant Corey Allen poser des donuts recouverts de glaçage sur un plateau avant la réunion du lundi matin. Quand il eut fini d'arranger les beignets, il se retourna, et remarquant qu'elle le fixait, lui fit un clin d'œil. « Dis donc, Ellie, t'as l'air d'avoir faim », lâcha-t-il avec un regard lubrique.

Ellie n'était pas en train de reluquer Corey Allen comme il semblait le laisser entendre : elle ne pensait même pas aux donuts. Mais, d'un coup, elle se surprit à imaginer ce que ce serait de refermer ses mâchoires sur l'endroit le plus tendre du cou de Corey Allen. Celui-ci pousserait un glapissement et tomberait à genoux, cet air imbu de lui-même carrément effacé de son visage. Il tenterait faiblement de lever la main sur elle en s'écriant : « Oh non, Ellie ! Stop ! Je t'en prie ! Qu'est-ce que tu fais ? » Mais Ellie ne répondrait pas, la bouche trop pleine de la chair tendre au goût de gibier de Corey Allen. D'ailleurs ce n'était pas obligé d'être le cou. Elle n'était pas regardante sur l'endroit. Elle pourrait mordre Corey Allen à la main, ou au visage. Ou au coude. Ou au cul. Tous ces endroits auraient un goût différent, une sensation en bouche différente, un équilibre distinct entre l'os, le gras et la peau : tous seraient, à leur façon, délectables.

Peut-être que je vais vraiment *mordre Corey Allen*, se dit Ellie après la réunion. Elle travaillait à la communication, ce qui voulait dire qu'elle passait quatre-vingt-dix pour cent de son temps à composer des e-mails que personne ne lisait jamais. Elle avait un compte d'épargne et une assurance-vie, mais pas d'amoureux, pas d'ambition, pas d'amis proches. Son existence tout entière, se disait-elle parfois, était fondée sur l'idée que rechercher le plaisir était moins important qu'éviter la souffrance. Peut-être que le problème avec l'âge adulte, c'était que vous faisiez trop attention à peser les conséquences de vos actes, de sorte que vous vous retrouviez avec une vie qui ne vous inspirait que du mépris. Et si Ellie mordait vraiment Corey Allen ? Et si elle le faisait pour de bon ? Il se passerait quoi ?

Ce soir-là, Ellie se changea pour passer son plus joli pyjama, alluma une bougie, et se versa un verre de cabernet. Puis elle décapuchonna un stylo, ouvrit son carnet de notes préféré, et entama une page blanche.

Raisons pour ne pas mordre Corey Allen
1. C'est mal.
2. Je pourrais avoir des problèmes.

Elle mâchouilla le bout de son stylo, puis ajouta deux points subsidiaires.

Raisons pour ne pas mordre Corey Allen
1. C'est mal.
2. Je pourrais avoir des problèmes :
a) je pourrais me faire virer ;
b) je pourrais me faire arrêter/avoir une amende.

Ellie se dit : Si cela signifiait que je peux mordre Corey, ça ne me dérangerait pas de me faire virer. Depuis un an et demi, presque tous les jours, elle passait l'essentiel de son heure de déjeuner sur son téléphone, à faire défiler les offres d'emploi sur Monster.com. Elle était prête pour un nouveau poste, et se sentait parfaitement qualifiée pour ça. Cependant, trouver un nouveau job après avoir démissionné de l'ancien n'était pas la même chose que trouver un nouveau job après avoir été viré pour avoir mordu quelqu'un. Serait-il impossible de trouver un nouveau boulot dans ces conditions, ou juste très difficile ? Pas évident à savoir.

Ellie sirota son vin et porta son attention sur le point *b) je pourrais me faire arrêter/avoir une amende.* Bon, c'était clairement une possibilité. Mais la vérité, c'est que si une femme mordait un homme dans un contexte de bureau, l'homme serait fortement soupçonné d'avoir fait quelque chose pour le mériter. Si, par exemple, elle s'approchait de Corey et le mordait à la vue de tous, pendant la réunion du lundi matin, et qu'ensuite, quand on lui demanderait pourquoi elle avait fait ça, elle répondait : « Pour mon plaisir sexuel », alors oui, elle se ferait probablement arrêter. Mais si elle mordait plutôt Corey en privé, disons dans la salle de reprographie, et qu'elle répondait, lorsqu'on lui demanderait pourquoi elle avait fait ça : « Il a eu un geste déplacé », ou même, pour épargner sa réputation : « Il est arrivé derrière moi et m'a fait peur : je l'ai mordu de façon instinctive, je suis tellement désolée », alors les gens lui donneraient probablement le bénéfice du doute. En y réfléchissant de plus près, en tant que jeune femme blanche sans antécédents judiciaires, Ellie disposait probablement d'au moins une carte Chance « Vous êtes libérée de prison ». Tant qu'elle inventait une histoire plus ou moins sensée, on la croirait.

En fait, se dit Ellie, tout en étirant ses jambes et en remplissant à nouveau son verre de vin, il y avait une autre possibilité concernant la façon dont tout ça pourrait se passer. Et si elle s'approchait de Corey, en privé, et le mordait, et que tout ça était tellement bizarre qu'il n'en parlait à personne, parce qu'il avait du mal à le croire lui-même ?

Imaginez. On est tard dans l'après-midi, il est cinq heures passées. Il fait déjà nuit. Le bureau est vide. Tout le monde est rentré chez soi, sauf Corey et Ellie. Corey est en train de charger du papier dans la photocopieuse quand Ellie entre dans la pièce. Elle se tient derrière lui, trop près, de façon inconvenante. Il croit savoir ce qui va se passer. Il se raidit, se préparant à la repousser poliment, pas parce qu'il a des règles concernant la bienséance sur un lieu de travail, mais parce qu'il fricote déjà avec Rachel des RH. « Ellie... », commence-t-il, sur un ton d'excuses, au moment où elle attrape son avant-bras et le porte à sa bouche.

L'adorable visage de Corey se tord d'abord sous le choc, puis la douleur. « Arrête, Ellie ! » hurle-t-il, mais personne ne l'entend. Les tendons de son bras roulent et claquent entre les mâchoires d'Ellie. Enfin, Corey retrouve assez de sang-froid pour l'envoyer promener. Elle recule en titubant, atterrit contre la pile de ramettes de papier, et s'affale sur le sol. Corey la fixe avec horreur, serrant contre lui son bras ensanglanté. Il attend une explication de sa part, mais elle ne lui en offre aucune. Au lieu de cela, elle se relève calmement, lisse sa jupe, et essuie le sang sur sa bouche avant de quitter la pièce.

Que va faire Corey ? Bien sûr, il pourrait courir tout droit aux RH et dire : « Ellie m'a mordu ! » mais quand même, c'est un bureau, pas une école maternelle. Tout dans cette conversation serait ridicule. « Ellie, avez-vous mordu Corey ? » demanderaient-ils, et Ellie hausserait les sourcils et dirait : « Euh… non ? Quelle drôle de question. » Si les gens des RH essayaient d'insister, en ajoutant : « Ellie, ce sont des accusations graves », tout ce qu'elle aurait à répondre serait : « Ouais, gravement dingues. Évidemment que je n'ai pas mordu le responsable administratif, et je ne sais pas pourquoi il prétend que je l'ai fait. »

En fait, il y avait de fortes chances que Corey ne dise rien du tout. Il resterait un moment dans la salle de reprographie, à réfléchir à la situation, et puis, le lendemain, il aurait décidé que le plus simple était de faire comme si rien ne s'était passé. Il se présenterait au travail avec une chemise à manches longues, pour couvrir la vilaine contusion sur son bras, le petit croissant là où elle l'avait marqué avec ses dents. Et, ensuite, une part du cerveau de Corey Allen se consacrerait entièrement à localiser Ellie en permanence. Elle le surprendrait en train de la fixer pendant les réunions et, quand ils se retrouveraient à l'occasion de pots au bureau, il serait en permanence en mouvement, pour s'efforcer de rester aussi loin d'elle que possible. D'une certaine manière, ce serait comme s'ils étaient tout le temps en train de danser, même s'il ne lui adressait plus jamais la parole. Des mois plus tard, quand il n'y aurait personne d'autre pour le voir, elle lui ferait un grand sourire et lui montrerait ses crocs, et il deviendrait pâle comme un fantôme, et se dépêcherait de quitter la pièce. Il se souviendrait d'elle pour le restant de ses jours : ils seraient unis par des liens luisants de peur, la sienne.

Plus tard ce soir-là, alors que la sueur séchait sur son corps, ses jambes entortillées dans les draps, Ellie se força à retourner au salon et prendre son carnet de notes. Les fantasmes restaient des fantasmes, mais c'était important de garder au moins un pied dans le monde réel. Elle se remit au lit, ouvrit le carnet de notes et réécrit sa liste :

Raisons pour ne pas mordre Corey Allen
1. C'est mal.
2. C'est mal.
3. C'est mal.
4. C'est mal.

Ellie emporta son carnet de notes au travail, où elle plaça la liste au fond de son tiroir, y jetant un œil chaque fois que la tentation de mordre Corey Allen devenait trop grande. Elle inventa un jeu, le jeu des « occasions ». Ellie n'allait *pas* mordre Corey, même si elle en avait envie, et elle se disait qu'elle avait un certain mérite. Donc, dès qu'elle se retrouvait dans une situation où elle *aurait pu* le mordre, et ne le faisait pas, elle se récompensait d'un point. Elle enregistrait l'heure et le lieu dans son carnet de notes, à côté de la petite étoile. Un point pour l'avoir croisé dans une cage d'escalier vide. Un point pour avoir remarqué quand il était entré dans des toilettes individuelles et n'avait pas immédiatement verrouillé la porte. Un point quand, juste comme dans son fantasme, elle l'avait repéré en train de se diriger vers la salle de reprographie, tout seul, alors que tous les autres étaient rentrés chez eux. Quand elle atteignait dix points, elle sortait s'offrir une glace et, tout en la dégustant, elle s'autorisait à fantasmer jusqu'à plus soif sur l'idée de mordre Corey Allen.

Avoue que t'en meurs d'envie

Au bout de quelques semaines, Ellie remarqua quelque chose d'intéressant au sujet de ses « occasions ». Si on dessinait une courbe illustrant le nombre d'« occasions » qu'elle avait obtenues au fil du temps, cette courbe serait partie de tout en bas, pour grimper ensuite régulièrement à mesure qu'Ellie en apprenait davantage sur l'emploi du temps de Corey Allen, et identifiait les emplacements de premier choix pour pouvoir mordre quelqu'un sans être vu. Mais soudain, à la mi-décembre, la courbe dégringola de façon spectaculaire : l'emploi du temps de Corey Allen devint imprévisible et, quand il pénétrait dans ces endroits privilégiés, ils étaient rarement vides. Il y avait du bruit dans les données, et il fallut donc un petit moment à Ellie pour réaliser que la personne qui se trouvait le plus souvent à ces endroits était Michelle, de la compta. Qui était mariée.

Tiens donc.

Quand arriva l'époque de la rituelle fête de fin d'année, jouer au jeu des « occasions » n'était plus tellement amusant. Ellie ne voulait pas fantasmer sur l'idée de mordre Corey Allen : elle voulait le mordre, et ne pas pouvoir la rendait dingue. Oui, ça arrivait de vouloir quelque chose sans pouvoir l'obtenir. Mais parfois aussi les gens savaient que ce qu'ils voulaient était immoral, et ils le faisaient quand même. Comme coucher avec une personne mariée : c'était mal, mais les gens faisaient ça tous les jours. Tiens, prenez par exemple le pauvre mari de Michelle de la compta, juste ici, avec son pull de Noël couvert de baie de houx. Imaginez ce type incapable de fermer l'œil, s'évertuant à comprendre pourquoi sa femme est devenue si distante. Imaginez la souffrance et la honte qu'il ressentirait s'il consultait ses textos et découvrait une série d'échanges romantiques entre sa femme et Corey Allen, celui-là même qu'elle avait un jour qualifié de « petit elfe flippant ». À coup sûr, la douleur émotionnelle subie par le mari de Michelle de la compta dans de telles circonstances surpasserait *largement* la douleur physique d'une simple petite morsure. Surtout si Ellie mordait Corey quelque part où il n'y avait pas tant de terminaisons nerveuses que ça – disons, son dos, ou le haut de son bras.

Arrête, Ellie, s'enjoignit-elle avec fermeté. *On ne justifie pas un mal par un autre mal. Corey Allen est responsable de son comportement, et toi tu es responsable du tien.*

Et, pourtant, elle ne pouvait s'empêcher de lui lancer des regards noirs tandis qu'il se mêlait aux gens en faisant du charme et en distribuant des gobelets de punch. Il n'arrêtait vraiment pas d'échanger des regards appuyés avec Rachel des RH. Michelle de la compta était probablement sacrément jalouse en ce moment même. Mais bon, Corey Allen était lui-même très probablement jaloux du mari de Michelle de la compta, donc peut-être que c'était précisément le but. Ce n'était vraiment pas sympa de la part de Corey Allen de flirter avec Rachel comme ça, juste pour rendre Michelle jalouse. Corey Allen était vraiment le dernier des salauds.

Ellie resta là, à se demander si Corey Allen allait la remarquer. La robe qu'elle portait était moulante, en velours noir, très longue : plus sexy que ce qu'elle portait d'habitude au bureau, mais potentiellement lugubre, aussi, pas vraiment le truc idéal pour attirer l'attention d'une personne aussi espiègle que Corey Allen. Maintenant, celui-ci se trouvait à l'opposé du groupe d'invités, en train de bavarder avec quelqu'un qu'Ellie ne reconnaissait pas, sans doute la femme d'un collègue. Peut-être que Corey Allen jouait à sa propre version du jeu des « occasions », se récompensant avec des points pour toutes les femmes qu'il parvenait à faire glousser et rougir.

Ellie se sentit accablée de désespoir, presque suicidaire. Quel était l'intérêt de tout ça ? Elle devrait peut-être mordre Corey Allen, et ensuite se jeter d'une falaise.

Rentre chez toi, Ellie, se dit-elle. *Tu es saoule.*

Elle laissa son verre vide sur la table à côté d'elle, et se dirigea vers les toilettes individuelles pour s'asperger le visage avec un peu d'eau. Quand elle sortit il était là, seul dans le couloir par ailleurs désert, à l'attendre : Corey Allen.

Un point pour Ellie ! C'était là une « occasion » en or. Ce qui signifiait, si elle ne voulait pas faire quelque chose qu'elle pourrait regretter, qu'il fallait qu'elle s'en aille.

« Salut, Ellie ! dit gaiement Corey Allen. J'ai cru que tu partais ! Je ne voulais pas te laisser te sauver sans te dire au revoir !

— J'étais juste en train de faire pipi », répondit Ellie, et elle essaya de l'esquiver pour passer.

Corey Allen renversa la tête en arrière et éclata de rire, et Ellie imagina de plonger ses dents dans sa pomme d'Adam, comme si c'était une Granny Smith.

À pleines dents

Bordel de merde, Corey Allen, se dit-elle. *J'essaie de garder mon self-control, là. Laisse-moi passer.*

« Attends, Ellie, dit Corey Allen, en lui saisissant le bras. Tu vois ce truc là-haut ? au plafond ?

— Hein ? » fit Ellie, levant les yeux par réflexe. Et, au même moment, Corey Allen l'attrapa, plaqua ses lèvres sur les siennes et fourra sa langue dans sa bouche. Elle essaya de le repousser, mais il parvint à la maîtriser d'une main tout en se servant de l'autre pour lui empoigner les fesses. Il était remarquablement fort pour un elfe.

Quand il la lâcha enfin, après ce qui lui sembla une éternité, elle tomba en arrière, le souffle coupé, certaine qu'elle allait vomir.

« Mais putain, Corey ? » lâcha-t-elle.

Corey Allen gloussa. « J'avais cru voir du gui ! s'écria-t-il. Oups ! Au temps pour moi ! »

C'était horrible, pensa Ellie. Pire qu'une morsure. Vraiment grotesque.

Mais alors elle se dit, oh, mais oui. La voilà ma chance.

Même si ça faisait vingt ans qu'elle n'avait pas pratiqué, Ellie avait les nerfs solides, et elle savait très bien viser. Elle ouvrit la bouche comme une lamproie et plongea sur la saillie de la pommette de Corey, qui craqua spectaculairement sous ses dents. Cette morsure était tout ce dont elle avait rêvé. Corey glapit, se débattit et la griffa, mais elle ne lâcha pas prise. Au contraire, elle secoua brutalement la tête de gauche à droite, trois fois, comme un chien secoue sa proie pour la tuer, et elle lui arracha un lambeau de visage.

Avoue que t'en meurs d'envie

Corey Allen s'effondra à ses pieds, agrippant ses joues en hurlant.

Ellie cracha le bout de peau qu'elle avait dans la bouche, et essuya le sang sur ses lèvres du dos de la main.

Oh, mon Dieu.

Elle était allée trop loin.

Il allait être défiguré.

Elle allait finir en prison.

Au moins, elle garderait ce souvenir pour le restant de ses jours. Elle mettrait à profit ses heures d'emprisonnement pour esquisser des portraits pleins d'amour du visage grimaçant de Corey Allen quelques secondes après qu'elle l'eut mordu, et les scotcherait sur les murs de sa cellule.

Une voix accusatrice s'éleva derrière elle : « J'ai vu ce qui s'est passé. J'ai tout vu. » C'était Michelle de la compta. Avant qu'Ellie puisse dire quoi que ce soit, Michelle de la compta la serra dans ses bras.

« Est-ce que ça va ? demanda Michelle. Je suis tellement désolée.

— Hein ? fit Ellie.

— C'était une agression, dit Michelle. Il t'a *agressée*.

— Ah oui ! dit Ellie, se souvenant. C'est vrai !

— Il m'a fait la même chose. Il m'a suivi dans la cage d'escalier et m'a pelotée. Plus d'une fois. C'est un véritable prédateur. J'étais venue t'avertir. Dieu merci, tu as su te défendre. Tu es une vraie guerrière Ellie. Tu es sûre que ça va ?

— Tout va bien », répondit Ellie.

Et c'était vrai.

Parce qu'il s'avéra que Corey Allen avait peloté

non seulement Ellie, et non seulement Michelle, mais plusieurs autres femmes. La réaction des RH fut rapide et sévère. Corey s'en alla, et Ellie n'eut même pas une note dans son dossier. En fait, elle se retrouva avec bien plus d'amis au bureau qu'auparavant.

Malgré cela, elle quitta son poste avant six mois, en quête d'un nouveau départ, et par la suite, elle changea de travail de façon régulière, chaque année. Parce que, comme Ellie eut tôt fait de le découvrir, il y en avait un dans chaque bureau : l'homme au sujet duquel tout le monde chuchotait. Tout ce qu'elle avait à faire, c'était écouter, et attendre, et lui offrir une « occasion », et très bientôt, il viendrait la trouver.

REMERCIEMENTS

Lalise Melillo. Marc Shell. Biodun Jeyifo. Glenda Carpio. Bret Anthony Johnston. Jeff VanderMeer. Ann VanderMeer. Claire Vaye Watkins. Laura Kasischke. Peter Ho Davies. Eileen Pollack. Doug Trevor. Petra Kuppers. Helen Zell. La Fondation Hopwood. La promotion Clarion 2014. La promotion 2017 du MFA de Michigan. Jenni Ferrari-Adler. Taylor Curtin. Sally Wofford-Girand. Deborah Treisman. Alison Callahan. Meagan Harris. Brita Lundberg. Jennifer Bergstrom. Jennifer Robinson. Carolyn Reidy. Jon Karp. Michal Shavit. Ana Fletcher. Emma Paterson. Joe Pickering. Carly Wray. Lila Byock. Michelle Kroes. Darian Lanzetta. Olivia Blaustein. Marion Grice. Jill Kenrick. Alison Grice. Carol Roupenian. Gary Gazzaniga. Armen Roupenian. Alex Roupenian. Elisa Roupenian Toha. Martin Toha. Vivian Toha. Jenn Liddiard. Melissa Urann Hilley. Liz Maynes-Aminzade. Lesley Goodman. Andrew Jacobs. James Brandt. Nick Donofrio. Schuyler Senft-Grupp. Christin Lee. Lucy Eazer. Ashley Whitaker. Ingrid Hammond. Callie Collins.

Merci.

10/18, une marque d'Univers Poche,
est un éditeur qui s'engage pour
la préservation de l'environnement
et qui utilise du papier fabriqué à partir
de bois provenant de forêts gérées
de manière responsable.

Imprimé en France par CPI

N° d'impression : 3038843
X07522/01